# MÉMOIRES

## DE

# BILBOQUET

8° Z L Senne 3185

PARIS. — TYPOGRAPHIE SIMON RAÇON ET COMP., RUE D'ERFURTH, 1.

# MÉMOIRES

### DE

# BILBOQUET

RECUEILLIS PAR

## UN BOURGEOIS DE PARIS.

## PARIS

### LIBRAIRIE NOUVELLE

BOULEVARD DES ITALIENS 15, EN FACE DE LA MAISON DORÉE.

## 1854

# INTRODUCTION.

Qui je suis ? — Toutes les grosses caisses et toutes les coulisses. — La statue d'Isis. — Vive la vie! — La *Casquette*. — Le *Monumental*. — Les billets de mille et l'estime des apoth'caires. — Les rois et les reines de la société contemporaine.— Malivire, Rocofane. — Le tremplin de la célébrité. — Récit intime des cabrioles.—Les chroniqueurs d'autrefois. — Arbute et Agamemnon. — Les parangons de la chronique. — En avant, la musique!... — Les éloges à trois francs la ligne. — Le fermier de la place de la Bourse. — Un goujon colossal. — Le banquisme et la civilisation.

Qui je suis ? vous le savez, ô Athéniens de la rue Saint-Martin et du boulevard de Gand ! Vingt fois, en me voyant passer le ventre en avant et le col enfoncé dans la cravate, vous vous êtes retournés pour me contempler.

C'est Bilboquet, disiez-vous, le grand Bilboquet, notre Bilboquet qui a couru toutes les bagues dans le carrousel de la vie. Il a sondé tous les problèmes, il a résolu toutes les questions, il a crevé toutes les grosses caisses. Les coulisses, il les a toutes connues : coulisses de la science, de la littérature, de la Bourse, du quartier Bréda, de la politique, des Funambules et de la pharmacie.

I.

1

Oseur, chercheur, inventeur et vainqueur, il a, d'une main sûre, arraché le voile qui cachait la statue d'Isis. Spirituel comme Voltaire, tendre comme Rousseau, savant comme d'Alembert, beau comme Helvétius, encyclopédique comme Diderot, éloquent comme Lamartine, lyrique comme Hugo, adroit comme Bosco, il a mis la main à toutes les pâtes et escamoté toutes les muscades.

Que n'a-t-il pas fait, cet homme, qui a traversé les orages de l'existence debout sur le sommet d'un flot comme le géant Adamastor ? Depuis quarante ans que nous le voyons conduire le char de sa fortune sur l'arène olympique, il a peut-être bien accroché quelques bornes et exécuté quelques gigantesques culbutes, mais avec quelle prestesse ne s'est-il pas remis sur pied !

Tombé saltimbanque, il se relève médecin ; dégoûté d'Hippocrate, il se jette dans les bras de Terpsychore pour aller roder dans les jambes du gros Plutus ; et vive la vie ! un échec le mène à deux victoires. S'il échoue avec l'*eau pour faire couper les rasoirs*, il trouve dans une pâte pectorale des billets de mille et l'estime des apothicaires.

Ancien directeur de spectacle forain, ancien gérant de la grosse caisse avec accompagnement de cymbales, ancien fondateur de la *Casquette de Paris*, ancien publiciste du journal conservateur le *Monumental*, et officier de l'ordre de l'Éperon d'or, il a tout dirigé, tout géré, tout fondé, tout administré, tout rédigé et tout manipulé.

Ses amis sont les hommes et les femmes les plus distingués de notre temps; c'est l'étincelant Sosthène, le prudent Cabochard, la tendre Atala, la délicieuse Zéphyrine, le vigoureux Gringalet, le distingué Malivire, le frétillant Roquofane, et le déterminé Ducantal : Gringalet, Sosthène, Atala, Cabochard, Ducantal, Roquofane, Malivire, Zéphyrine, les rois et les reines, les dieux et les déesses de la société contemporaine. Si elle est encore debout, cette société française ébranlée par le bélier de la bande noire ; si la religion, la famille et la propriété sont plus raffermies que jamais, à qui le devons-nous?

Pour redresser toutes ces institutions courbées par le vent révolutionnaire, que n'a-t-il pas fait, cet illustre philanthrope? Il a tout donné : des conseils, des articles, et même des romans socialistes. Il aurait donné Boniface Ducantal par-dessus le marché, si cela avait été nécessaire.

Voilà ce que vous dites ou ce que vous pensez, quand vous m'apercevez digérant sur le boulevard des Italiens, à l'heure où le gaz étincelle. Vous savez qui je suis; je puis donc commencer mes Mémoires, persuadé que vous me suivrez dans cette promenade rétrospective à travers les différentes carrières que j'ai successivement parcourues avec une certaine gloire, j'ose le dire. Je mets au service de mes concitoyens l'exemple de ma vie agitée, mais non sans tache, ainsi que le fruit de ma vieille expérience.

Puisse ce récit intime des cabrioles que j'ai exécutées sur le tremplin de la célébrité servir à la gloire de mon pays et être l'assise sur laquelle édifieront les historiens de l'avenir! Que la postérité dise: Si l'histoire du dix-neuvième siècle nous est révélée, grâces en soient rendues à Bilboquet! Tel est le vœu que je forme, ô mes concitoyens! il est modeste comme ma personne.

Mais, avant de commencer le récit de mes aventures, il n'est peut-être pas inutile de faire remarquer combien les gens qui rédigent aujourd'hui leurs Mémoires l'emportent sur les chroniqueurs d'autrefois.

Comment procédaient-ils, ces vieux dénicheurs d'historiettes? Retirés des affaires, vieillissant au fond d'un château, comme le duc de Saint-Simon, par exemple, se consolant de l'âge en racontant les souvenirs de la jeunesse, ils enfouissaient leur manuscrit dans un tiroir fermé à double tour, et lui interdisaient le jour pour un demi-siècle. O naïveté! De cette façon, amis et ennemis n'étaient pas, de leur vivant, éclaboussés par certaines révélations désobligeantes. O enfance de l'art! quand paraissait à la lumière de la publicité le chapitre des indiscrétions, fils et petits-fils des gens attaqués ou ridiculisés avaient suivi les aïeux dans la tombe. O innocence et candeur!

Nous avons, Dieu merci! changé tout cela, ainsi que bien d'autres choses, nous, les chroniqueurs nouveaux.

Ne pas faire peser sur le fils les fautes ou les ridicules paternels, c'était bon aux époques mythologiques. Nous parlons, nous, comme il nous plaît des gens que nous avons connus, et même de ceux que nous n'avons jamais vus. Nous les juchons sur des tréteaux, nous les mettons en scène bon gré, mal gré, nous en faisons des pantins dont nous tenons les ficelles.

Cela dût-il nuire à leur honneur, à leur considération, à leur fortune, qu'ils soient nos amis ou nos ennemis, des indifférents ou des proches, ils sont les comparses qui nous donnent la réplique, des repoussoirs habilement placés, les ombres du tableau dont nous sommes la lumière, les Arbates et les Arcas d'une tragédie bourgeoise, où nous usurpons le rôle d'Agamemnon.

1.

Nous publions impitoyablement leurs lettres, leurs confidences, leurs secrets ; nous levons l'écluse des confessions générales.

Quand nous ne savons rien sur un personnage, nous avons recours à un procédé littéraire bien connu : à l'invention. C'est ainsi que nous livrons au public les mots qui pourraient avoir été dits, et ceux qui n'ont jamais été prononcés. Quel progrès !

Nous broyons dans le mortier de nos confidences la fable et la vérité, le réel et l'imaginaire, ceci et cela, et nous servons chaud. Plus la décoction est épicée, poivrée et pimentée, plus le palais blasé du public est chatouillé agréablement. Nous en arriverons à ôter notre chemise devant tout le monde, et ce sera très-drôle. Si les intéressés réclament par la voie des journaux, tant mieux : autant de réclamations, autant de publicité gratuite, autant d'exemplaires enlevés, autant de gros sous dans la poche. Les vieux chroniqueurs, avec leur réserve, leur respect des convenances, n'étaient que des enfants ou des idiots. Nous sommes, nous, avec notre audace, notre mépris de l'opinion, les parangons du genre, les révolutionnaires de l'historiette, les Titans de la chronique ! Nous spéculons sur la bêtise humaine. En avant la musique !

Oui, en avant la musique! C'est le cri de l'écrivain moderne substitué à l'antique invocation.

En avant la grosse caisse, l'ophicléide, la page d'annonces sur toute sa largeur, le chapeau chinois, la clarinette, le trombone et la réclame!

En avant les éloges à trois francs la ligne, la critique de la quatrième page, l'entre-filet étincelant, chatoyant, insinuant et mirobolant!

Autrefois le poëte s'adressait à Apollon, à Mercure, à Jupiter, à Vesta, ou à tout autre fétiche mythologique; je m'adresserai, moi, au fermier de la place de la Bourse: c'est toi seul que j'invoque, ô grand homme! Prépare tes clichés, rédige tes réclames les plus mirifiques, et, si ce colossal goujon qu'on nomme le public ne mord pas à l'hameçon de ton éloquence, il faudra désespérer à tout jamais du banquisme et de la civilisation.

# MÉMOIRES

## DE

# BILBOQUET

## CHAPITRE PREMIER.

### RESTAURATION.

Je frappe les trois coups, et je lève le rideau de ma
vie. Attention !

Mon père n'était ni un Montmorency ni un Courte-
nay ; il était de cette race de bourgeois parisiens si

célèbres dans nos annales par la sagacité de leurs observations, la finesse de leur esprit, la bonhomie de
leur personne et la familiarité de leurs manières.

Il était, de plus, fabricant de queues de boutons
dans la rue Saint-Martin, à l'enseigne de la *Merlette
d'or*.

Grand, sec, la figure en lame de couteau, la casquette de loutre sur la tête, tout le quartier l'a vu,
pendant des années, se promener dans sa boutique,
les mains derrière le dos, dans l'attitude historique
de Frédéric II et de Napoléon.

Quand venait le soir, il s'installait au coin de son
feu, tirait ses lunettes de leur étui, et cet homme, qui
avait passé sa vie à polir des boutons de cuivre, consa-
crait deux ou trois heures à lire et à méditer la Phar-
macopée.

Une singulière lecture, dira-t-on, pour un fabricant
de queues de boutons !

C'est que mon père était un homme étrange ; il
voyait toutes choses de la vie à travers le prisme de
la pharmacie.

Il avait bâti sur cette science toute une philosophie
nouvelle. Selon lui, on ne pouvait être un homme
complet si l'on n'avait pas été un peu pharmacien. Le
mélange de différents ingrédients, la combinaison des
substances, ouvrait, s'il faut l'en croire, à l'esprit le
plus obtus d'immenses horizons.

La connaissance pharmaceutique, me disait-il souvent, conduit à la connaissance des hommes. Et il
regardait l'école de pharmacie comme la pépinière

gouvernementale de l'avenir. Que de fois je l'ai entendu s'écrier, dans des moments d'obsession douloureuse : « Pourquoi Voltaire n'était-il pas pharmacien ? »

Ma mère était morte quelques mois après ma naissance, et mon père, pour combler le vide laissé par cette mort, avait appelé auprès de lui sa sœur.

Ma tante avait des habitudes et des idées tout à fait opposées à celles de mon père.

Elle courait, trottait du matin au soir par la maison, et ne cessait de plaisanter son frère sur sa passion pour l'apothicairerie. Son idéal, à elle, c'était la toge et le bonnet carré de l'avocat.

« Voilà l'Empire fini, disait-elle en remuant et rangeant tout ; on ne dit plus rien en France depuis quinze ans, il est évident qu'on va parler à *tire-larigot*. Si nous faisions de ton fils un avocat, crois-tu que cela ne vaudrait pas mieux pour lui que de passer sa vie dans les drogues ? »

Mon père haussait les épaules, arpentait la chambre ; puis il s'approchait de moi, me contemplait avec amour, me prenait dans ses bras et m'embrassait : il me voyait déjà, dans ses rêves ambitieux, le pilon à la main et la main à la pâte.

Toutes ces discussions avec ma tante, à propos de mon avenir, se terminaient invariablement par ces mots : Il sera pharmacien.

Je passe rapidement sur mes jeunes années. Mon père avait si bien parlé de ses projets à toutes ses connaissances, que j'étais connu dans toute la longueur de la rue Saint-Martin sous le sobriquet du Petit Apothicaire.

J'atteignis ainsi l'âge de quinze ans, sachant lire et écrire. Ma tante, qui poursuivait toujours son but, demandait qu'on me mît au collége.

Mon père ne voulait pas entendre parler de belles-lettres, et, pour couper court à toutes réclamations nouvelles, il résolut de s'entendre avec un patron et de me précipiter dans un laboratoire.

Les choses en étaient là lorsque ma tante changea tout à coup de batteries et feignit d'approuver la résolution de son frère. Il est impossible de dépeindre la joie de ce brave homme lorsqu'il se vit sans contestation maître du champ de bataille.

Il ne se doutait pas que ma tante avait tendu un piége sous ses pas.

Un soir, nous vîmes entrer dans la boutique un homme jeune encore, habillé de noir des pieds à la tête. Ma tante eut pour lui toutes sortes de prévenances ; elle lui parla de je ne sais plus quelle affaire pour laquelle elle l'avait fait appeler, puis elle mit mon avenir sur le tapis.

— Voilà donc ce jeune homme qui doit être la lumière de la pharmacie ? s'écria l'inconnu.

— Oui, monsieur, dit mon père, et il ne tardera pas à prendre le tablier de la partie ; avant huit jours il sera chez son maître.

— Un bel état, reprit l'inconnu, un état qui est appelé à régénérer la société.

— De fond en comble, ajouta mon père.

— Mais à une condition, répliqua perfidement l'interlocuteur, c'est que le jeune homme n'abordera pas cette carrière délicate sans quelques études philologiques préparatoires.

— Vous croyez? demanda timidement mon père.

— Si je le crois? Qu'est-ce que la pharmacie? la science la plus vaste qui existe...

— C'est vrai.

— La science la plus utile, la plus difficile, la plus universelle...

— C'est juste.

— La plus... Suivez bien mon raisonnement. Il ne s'agit pas de connaître l'amalgame des substances, il faut encore être au courant de leur origine; il faut savoir sur le bout du doigt la racine scientifique des plantes; il faut, en un mot, être un helléniste distingué, afin de pouvoir être un jour un pharmacien de premier ordre.

J'abrége cette conversation, qui ne dura pas moins de deux heures. Mon père, vaincu et convaincu, finit par déclarer au personnage, qui n'était autre que le célèbre chef d'institution Cabochard, que, dès le lendemain, je serais placé chez lui en qualité d'interne.

— Il n'est pas mal, ajouta-t-il, qu'il fasse chez vous un stage de quelques années avant d'entrer dans le laboratoire de la vraie science.

Ma tante savoura son triomphe en silence, et, le soir, elle me dit tout bas à l'oreille : « Fie-toi à moi, tu seras avocat. »

Dans l'institution Cabochard, où je fus immédiate-

1.

ment conduit, on n'enseignait que le grec. Du grec le matin, du grec à midi, du grec le soir. Cabochard avait une spécialité : il se livrait à la confection des forts en thème grec. Nous dévorions les Racines et des ragoûts que Cabochard ne craignit pas de qualifier plus tard d'*arlequins*. Si nous nous plaignions quelquefois de cette nourriture impossible, il nous répondait :

— Vous croyez-vous par hasard chez Boniface Ducantal, ce professeur vulgaire qui pousse ses élèves vers l'étude de la version latine et les amollit par une chère efféminée! Songez à vos maîtres les Lacédémoniens, qui vivaient de brouet noir!

Cabochard ne manquait jamais l'occasion de lancer un trait contre son rival Boniface Ducantal, qui lui rendait œil pour œil, dent pour dent. Cette animosité des deux chefs d'institution s'était communiquée aux élèves des deux établissements. Nous appelions par dérision ceux de la pension Ducantal les Latins, et ils nous appelaient les Grecs.

Je dois dire, pour rendre hommage à la vérité, que Cabochard a en effet lancé dans la société des grecs très-distingués.

Un chef d'institution doit être marié.

Cabochard avait pour femme une belle brune à la taille élancée, au corsage opulent; souvent, aux heures d'étude, pendant que je feuilletais le dictionnaire de Planche, je la voyais passer dans la cour, les cheveux au vent, le sourire aux lèvres, les roses sur la

joue, et sa vue me jetait toujours dans des extases in-
définissables.

Elle s'appelait de son petit nom Atala. J'ai su depuis que son vrai nom était Anastasie Raboulas ; mais
Cabochard l'avait appelée Atala par suite d'une exces-
sive admiration pour l'héroïne des *Natchez*. La religion renaissait en France.

Je parvins peu à peu à m'insinuer auprès d'Atala.
Si elle avait besoin de quelqu'un pour une commis-
sion, j'étais là; c'était moi qui me chargeais de l'achat
du bouquet et de la rédaction du compliment pour le
jour de sa fête, pour l'anniversaire de sa naissance,
pour le premier de l'an, pour Pâques et pour toutes
les solennités de ce genre.

Cabochard et Atala affectionnaient beaucoup les solennités, qui étaient toujours un prétexte de pots de
confitures et de pains de sucre à recevoir en cadeaux
de la part des jeunes élèves.

Un jour, ma tante m'ayant donné vingt-cinq francs
à l'insu de mon père, j'employai cet argent à l'achat
d'un superbe nécessaire en nacre. Je glissai dans ce
nécessaire une ligne écrite au crayon et qui contenait
ces simples mots : « A madame Atala Cabochard, le plus
dévoué de ses admirateurs. » Et, le cœur battant,
j'allai déposer ce nécessaire dans sa chambre au moment où elle venait d'en sortir.

Je n'avais pas réfléchi que mon écriture, bien connue d'Atala, qui avait reçu de moi plus de dix compliments, trahirait le donateur. C'est ce qui arriva en
effet le soir de ce grand jour ; pendant que Cabochard

était allé faire sa partie d'écarté, elle me fit venir auprès d'elle.

— Bilboquet, me dit-elle, vous avez commis une inconséquence grave, on ne fait pas ainsi des cadeaux aux dames, mon ami.

— Croyez bien, balbutiai-je en tremblant, que je ne voulais pas vous offenser...

— Votre père est-il riche? reprit-elle aussitôt.

— Mais il est à son aise, madame; du moins je le crois...

— Est-ce qu'il vous donne beaucoup d'argent?

— Lui, jamais un sou; mais j'ai une tante.

— Ah!

— Qui me glisse une pièce d'or de temps en temps.

— Une pièce d'or! tout ça? dit-elle.

— Oh! si j'avais été riche, m'écriai-je avec exaltation, j'aurais voulu vous donner un trône.

— Un trône! c'est d'une mauvaise défaite, mon garçon; n'offrez jamais ça à une femme si vous voulez réussir auprès d'elle.

— Qu'est-ce qu'il faut donc lui offrir? demandai-je étonné.

Elle me regarda, et s'écria en éclatant de rire :

— On lui offre son cœur; est-ce que ce n'est rien?

Et, cédant à un nouvel accès d'hilarité, elle ajouta, avec un geste indescriptible en me montrant la porte :

— Retournez à l'étude, mon ami, et continuez à vous instruire comme il convient à un jeune homme de votre âge.

Je revins triste, il me sembla qu'Atala s'était moquée de moi. Je ne pouvais encore me rendre compte, en ces années naïves, des singulières interrogations qu'elle m'avait adressées. Mais la passion était entrée furieuse dans mon cœur. A partir de ce moment, je négligeai le jardin des Racines et le dictionnaire de Planche : Atala m'absorbait complétement.

J'avais dix-huit ans ; mon père vint tout à coup m'arracher à cette Capoue universitaire. Il m'interrogea, et reconnut avec effroi que, si j'étais helléniste, je manquais entièrement des premiers rudiments de l'orthographe.

— J'ai fait fausse route, grâce à ton obstination, dit-il sévèrement à ma tante ; mais tout peut être réparé.

— Il a tout ce qu'il faut pour être avocat, hasarda timidement celle-ci.

— Au diable le barreau ! Il entrera demain même chez un apothicaire.

— Mon père, je suis poëte, du moins je le crois, dis-je résolûment.

A cette déclaration inattendue, ma tante écarquilla les yeux, mon père resta bouche béante et tomba sur un vieux fauteuil.

— Tu veux être poëte ! s'écria ma tante : tu veux donc crever à l'hôpital ?

Mon père était revenu à lui ; il se tourna vers ma tante, et lui dit en me montrant du doigt :

— Voilà, madame, le fruit de la détestable éducation des colléges. Cet enfant, sur lequel j'avais bâti toutes mes espérances, vient de me donner le coup de la mort.

2.

— Sors d'ici, me dit-il en se levant tout à coup ; va, je te mau...

Il n'acheva pas : ma tante lui avait mis la main sur la bouche.

— Retiens-toi, mon frère, s'écria-t-elle ; il sera apothicaire, c'est moi qui te le promets.

Touché de la douleur de mon père, je me jetai à ses genoux et lui demandai pardon. Le brave homme me releva et ne me dit que ces mots : « Bilboquet, tu m'as fait bien du mal. » Il était si bouleversé, qu'il alla se coucher sans faire sa lecture habituelle.

Le lendemain j'étais installé chez M. X..., qui fut depuis l'ingénieux inventeur de la sangsue mécanique.

J'y restai six mois, pilant, broyant, mêlant, pilulant et capsulant. Malheureusement Atala exécutait toujours la plus désordonnée des contredanses à l'horizon de mes souvenirs. Je ne pensais qu'à elle, je ne voyais qu'elle, elle partout, elle toujours ; dans mon délire, je mélangeais les substances les plus hétérogènes, je faisais les accouplements les plus monstrueux, les copulations les plus impossibles : ce n'étaient pas des pilules que je confectionnais, c'étaient des boulettes. Influence de la passion, qui n'a ressenti au moins une fois tes atteintes ?

Un matin, grand bruit dans le quartier : une vieille femme venait de rendre l'âme après avoir avalé une médecine dont la confection avait été confiée à mes soins. Les héritiers intentent un procès et demandent trente mille francs de dommages-intérêts. Mon patron invoque le témoignage du célèbre docteur G..., avec lequel il était en relation d'affaires, et celui-ci démontre péremptoirement que la vieille femme est morte d'un anévrisme au cœur.

Mon patron fut sauvé ; mais, le jour même de sa victoire, il jugea prudent de se défaire d'un élève en proie aux distractions amoureuses, et il me mit à la porte.

Me voilà donc sur le pavé avec un énorme appétit, un amour effréné, et probablement la malédiction paternelle. Pour rien au monde je ne serais retourné à la *Merlette d'or*. J'arpentais avec rage les arcades du Palais-Royal, lorsque je me sentis tout à coup frappé dans ma course par un corps dur lancé en sens contraire.

— Butor !

— Animal !

Telles furent les exclamations qui jaillirent de ce choc, en guise d'étincelles.

— Tiens ! c'est Bilboquet !

— Tiens ! M. Cabochard !

— Appelle-moi Cabochard tout court.

— Et madame ? lui demandai-je aussitôt.

— Quelle dame ? Atala ? Il y a un mois que je ne l'ai vue.

— Vous ignorez où est votre femme !

— Ma femme, répondit-il avec ce geste d'épaules qui lui est familier ; c'était bon au temps où j'avais une institution sur les bras. Il est des fonctions qui exigent le respect apparent des convenances sociales.... mais les créanciers me traquent. Je vais me défaire de mon établissement au profit d'un Allemand qui veut se consacrer à l'enseignement du français. Je peux donc te faire un aveu complet...

— Atala est libre?

— Très-libre. Elle a même poussé la liberté jusqu'à m'emporter mes dernières pièces de cent sous; du reste, une femme charmante.

A cette révélation cruelle, je restai abasourdi; les arcades et les maisons du Palais-Royal dansaient en rond autour de moi; mais, rappelant toute mon énergie, « Ma jeunesse est finie avant d'avoir commencé, pensai-je : soyons homme; » et je laissai exhaler un *ouf* mélancolique qui était comme l'oraison funèbre de mon amour.

Cabochard, avec sa perspicacité ordinaire, avait lu en un clin d'œil dans les replis de mon âme.

— Tu l'aimais? me dit-il.

— Je l'avoue.

— C'est un détail. — Venons aux choses sérieuses. — Es-tu riche?

— Il me reste dix francs.

— C'est plus qu'il n'en faut pour faire sauter toutes les banques du Palais-Royal. Entrons au 113.

On sait ce qu'était le Palais-Royal à cette époque. Sous ses arcades sonores erraient, comme de brillants météores, les sirènes à la mise et au langage décolletés. Le hasard tenait ses assises au premier étage. Nous pénétrâmes, après avoir abandonné nos chapeaux aux domestiques de l'antichambre, dans une vaste salle. Une foule compacte se pressait autour d'une longue table sur laquelle l'or et l'argent apparaissaient et disparaissaient avec une effrayante rapidité. *Rouge, impair et passe ; noire, pair et manque :* tels étaient les mots qui tombaient invariablement de la bouche du croupier.

— As-tu déjà joué ? me demanda Cabochard.

— Jamais.

— Aux innocents les mains pleines. Jette tes deux pièces de cent sous au hasard.

Je suivis les instructions de mon ancien professeur de grec.

Au bout d'un quart d'heure, nous étions possesseurs d'une somme ronde de cent francs.

— Maintenant allons dîner, me dit Cabochard.

Le repas fut gai, plantureux et arrosé de cachet vert. Cabochard ne tarissait pas en lazzi.

Il se moquait de tout le monde et surtout de lui-même. La vie est une banque, me disait cet esprit charmant qui a tenu tout ce qu'il promettait. Les hommes sont des pontes, et le hasard est le croupier. Je n'ai fait que jouer depuis que je me connais, et je ne m'en suis pas trop mal trouvé. J'ai joué à la Bourse, à la roulette, à l'amour, à la gloire, au thème grec..

— Comment ? lui dis-je.

— Oui, reprit-il. J'ai fait des élèves très-forts, et je ne sais pas un mot de l'harmonieux idiome des Hellènes ; mais cela ne m'a jamais embarrassé. J'enseignerais demain le sanscrit, le japonais, la gavotte, le grand écart et le catéchisme. Je suis propre à tout, parce que je ne sais rien. L'ignorance est ma force, l'audace est mon génie. Je n'avais pas dix sous tout à l'heure. J'ai cent francs maintenant, j'aurai peut-être cent mille écus demain.

Regarde-moi, mon petit, et salue dans Cabochard l'expansion de la paresse, l'avénement de la hâblerie, le triomphe de l'égoïsme, le règne de la chevalerie industrielle.

Je suis monté un jour sur les tours de Notre-Dame, et, en contemplant cette grande cité endormie à mes pieds, je me suis dit : Tout cela est à moi. *Quo non ascendam?* c'est ma devise, et j'arriverai à tout, à la fortune, à l'honneur, à la considération : j'aurai des chevaux, des maîtresses, des chiens, des flatteurs, des envieux, des admirateurs, et même des amis...

Je sais ma faiblesse, mais je connais aussi ma force.

Si, dans le cours de ma carrière, un de ces esclaves qui suivent le char du triomphateur tente de m'arrêter en rappelant que j'ai été pion, joueur, débauché, je me retournerai aussitôt, et je m'écrierai : « Cet homme m'insulte parce que je suis du peuple, parce que je sors du peuple, parce que je ne dois qu'à moi-même ma fortune et mon élévation. »

Et le char roulera de plus belle, aux applaudissements des imbéciles, qui précipiteront l'insulteur sous les pieds de mes chevaux... La vie est un alphabet qu'il s'agit de déchiffrer, et je le sais par cœur, cet alphabet. Garçon, une bouteille de champagne !

Subjugué par tant d'éloquence, je restai plongé

pendant quelques minutes dans une admiration voisine de la stupeur !

Cabochard avala coup sur coup trois verres de vin de Champagne, et me dit tranquillement :

— Écoute, mon garçon, je t'ai enseigné pendant trois ans la plus inutile des connaissances ; je vais, en deux mots, te rendre plus savant que tous les mandarins du Céleste empire. Si tu veux faire ton chemin, laisse tomber ton cœur dans ton ventre, et flanque ta conscience à la porte. Ça n'est pas plus malin que ça.

La morale de Cabochard me semblait hardie ; mais le désir de revoir Atala me tenait toujours au cœur, malgré ce que je venais d'apprendre sur son compte. Convaincu qu'elle reviendrait tôt ou tard auprès de Cabochard, et que de cette façon je pourrais la revoir, je fis un signe d'acquiescement aux paroles de l'orateur.

— Je médite, reprit-il, le plan d'une comédie qui peut nous rapporter de beaux droits d'auteur, si tu veux accepter ma collaboration.

— De quoi s'agit-il ?

— D'un dîner que je veux donner à mes anciens élèves, ou plutôt que mes anciens élèves me donneront. Tu représenteras le condisciple qui a eu des malheurs : discours touchant, éloquence pathétique, tout le tremblement, terminé par une brillante collecte en faveur d'un camarade infortuné. C'est moi qui paye les fleurs de rhétorique.

— Je ne comprends pas très-bien.

— Laisse-moi faire.

Cabochard fit venir le restaurateur, et lui demanda s'il voulait se charger d'un repas de cinquante couverts à vingt francs par tête.

— Toutes mes casseroles seront sur le feu, toute ma cave dansera sur la table ! s'écria le Vatel enchanté.

— Pas d'enthousiasme, pas de folies, Poliveau, reprit tranquillement Cabochard ; la soupe et le bouilli, un rôti, de la salade, un entremets, un morceau de fromage et du vin à trente ; voilà le menu.

— Pour un dîner de cinquante personnes à vingt francs par tête ?

— N'oublions pas qu'il y aura dix francs de remise par chaque convive pour l'amphitryon. L'amphitryon, c'est moi.

Poliveau cligna de l'œil, et frappa dans la main de Cabochard.

— Tope, dit-il.

Quel génie, pensai-je. Qui m'aurait dit alors qu'un jour je devais dépasser ce colosse ? Mais n'anticipons pas sur les événements.

Le lendemain, Cabochard courait porter aux trois ou quatre journaux qui existaient dans ce temps-là la réclame suivante :

« Les anciens élèves de l'institution Pastoureau, dont M. Cabochard a été le successeur, préviennent leurs anciens condisciples qu'ils se réuniront jeudi prochain pour célébrer la fête du jeune chef de cette brillante institution.

« En conséquence, on est prévenu que le repas aura lieu chez le restaurateur Poliveau, ancien élève de l'institution Cabochard, et chargé de recueillir la souscription de vingt francs par tête. Aucun étranger ne sera admis à ce banquet fraternel, qui réunira un grand nombre de nos célébrités politiques et littéraires. »

Le jeudi suivant, à six heures précises, la solitude du restaurant Poliveau se peuplait déjà d'ex-écoliers folâtres. Poliveau, à qui Cabochard avait fait la leçon, se tenait à la porte, la serviette sous le bras, embrassant hardiment chaque convive qui se présentait. Si quelqu'un faisait deux pas en arrière pour éviter cette accolade, qui n'était pas dans le programme, Poliveau s'écriait :

— Tiens! tu ne reconnais pas le petit Poliveau? Allons donc! tu sais bien, vous m'appeliez Rouget.

— Ah! oui! Rouget, le petit Rouget.

— Nous étions *copins*. Tu n'es donc jamais venu ici?

— Mais non. J'ignorais que...

— Eh bien, tu connais la porte à présent.

De tous côtés on n'entendait que des phrases dans le genre de celle ci :

— Tiens, c'est toi! Comme tu es engraissé! Je ne t'aurais pas reconnu. Que fais-tu maintenant?

— Je suis dans les cols de crinoline. Et toi?

— Moi, dans la magistrature.

— Comme ça se rencontre!

Quant à Cabochard, il était superbe. Assis au fond

I.                                                                 5

de la salle, il se précipitait dans les bras de chaque arrivant et pleurait sur son gilet.

Tout à coup Poliveau se présente en habit noir.

— Mes amis, s'écrie-t-il, nous sommes peu nombreux ; le chef avait compté sur soixante couverts, mais avec un petit supplément de cinq francs, l'amitié comblera les vides.

— Au dessert on se verra doubles, dit un vaudeville.

— C'est juste ; le vin est à part, reprend le restaurateur, et nous sommes des gaillards qui ne bronchons pas.

Le dîner est servi, on se met à table, Cabochard occupe la place d'honneur. Le premier service est un peu froid ; on n'a pas encore eu le temps de se remémorer le passé.

Des allumeurs signalent aux ingénus les hommes célèbres qui assistent au banquet. Voilà Ouvrard, le fameux fournisseur de l'armée ; voici notre grand vaudevilliste Dumersan, voici le célèbre journaliste Martainville, voici encore notre grand chanteur Elleviou ; cet autre est un fabricant de cachemires du shah de Perse ; celui-ci, le jeune Gringalet, est un publiciste de la plus belle espérance.

Cependant Cabochard, craignant que le festin ne rappelât, par sa frugalité, le dîner de la pension, se démenait comme un possédé pour occuper et distraire les convives : « N'oublions pas, disait-il aussi de temps en temps, que la cordialité la plus franche doit être l'assaisonnement de notre banquet. » Puis des compères, habilement placés par Poliveau, entretenaient le feu sacré.

— Monsieur, faites donc finir Rivard, dit un de ces plaisants, il me boit tout mon bouillon avec son chalumeau.

— Monsieur Rivard, sortez de table, répond Cabochard, s'unissant avec bonhomie à ce joyeux ressouvenir.

— Monsieur, le petit Vinet, crie un autre, il vous *liche* toujours votre beurre sur votre pain.

— Vinet! Vinet! reprend Cabochard, je te vas *relicher* autre chose...

On applaudit en frémissant de souvenir; la gaieté devient générale.

Au milieu du dîner, quelqu'un demande la parole et se lève le verre à la main :

« A l'honorable Cabochard, notre instituteur! Le souvenir de ses soins paternels ne s'effacera jamais de nos cœurs. »

Cabochard essuie une larme qui ne coule pas, et répond par des mots entrecoupés.

« A l'éternelle union des Cabochardiens! s'écrie un autre. Les anciens élèves de cette institution sont devenus l'honneur du pays dans les diverses carrières qu'ils ont embrassées. Puisse ce beau jour se renouveler éternellement pour eux.

On passa aux couplets.

Dans un intervalle de ces refrains scolastiques, Cabochard prit la parole :

« Mes amis, dit-il d'une voix émue, un de vos anciens condisciples, un de mes élèves bien-aimés, le jeune Bilboquet, qui donnait et donne toujours de si brillantes espérances, se trouve aujourd'hui dans une position qui mérite tout notre intérêt.

« Lancé dans la société, il n'en pouvait être que l'un des plus beaux ornements ; mais ce n'est pas assez pour notre siècle positif. Ce fort en thème grec, plongé dans l'infortune, est venu à moi. Que pouvais-je faire, sinon le recommander à votre bienveillance? (*Applaudissements.*)

« Bilboquet, ne pouvant payer sa faible cotisation au banquet, a du moins voulu participer à ce festin amical en qualité d'aide de cuisine. (*Acclamations.*)

« Apparaissez, Bilboquet, venez serrer les mains de vos anciens camarades, qui, touchés de l'injustice de la fortune à votre égard, ne refuseront pas de faire un léger sacrifice en faveur d'un condisciple versé dans les beautés de la langue d'Homère. »

C'était ma réplique. J'écoutais à la porte pour la saisir et ne pas manquer mon entrée. A ces mots : *la langue d'Homère*, je me précipite ; on m'entoure, on m'embrasse, pendant que Cabochard promène autour de la table une assiette qui se remplit bientôt de pièces de cinq francs ; le tour était fait.

Quand les convives se furent retirés, Cabochard me dit : « Trois cents francs de recette à nous partager, mon petit ; qu'on vienne dire après cela que l'étude du thème grec ne sert à rien ! »

# CHAPITRE II.

## LE BANQUISME ÉLÉMENTAIRE SOUS LA RESTAURATION.

Portrait de Cabochard. — Toujours de l'avant. — Le tigre à cinq griffes. — Je cherche une idée. — Retour d'Atala. — Les biscuits farineux. — L'eau infaillible. — Eurêka. — Plus de rasoirs rebelles. — Théâtre. — Arlequin et Colombine. — Le moulin de l'association. — Le *boniment*. — Arthur de Chaudrognac. — Sosthène et Zéphyrine. — Musique. — *Jonas*. — La robe couleur du soleil. — A l'ouvrage ! — Le Rubicon du banquisme. — La cité des monstres. — Mithridate. — Holopherne et Geneviève de Brabant. — Le taf — Le soleil d'Austerlitz. — **A l'assaut !...**

A partir du grand jour du banquet, je devins l'homme de Cabochard, la chose de Cabochard, le séide de Cabochard.

Cabochard aimait le luxe ; mais, philosophe avant tout, il savait se passer des superfluités de la vie.

Il habitait une chambre vaste, aérée, et nue comme l'enfant qui vient de naître.

Deux matelas superposés sur une paillasse, trois chaises, une table, tel était l'ameublement rudimentaire de ce galetas, qu'il décorait du nom d'atelier.

Cabochard disait : Mon atelier ? une faiblesse !

Il dédoubla son lit et m'accorda l'hospitalité.

Il est utile, je crois, d'esquisser la physionomie de

5.

cet illustre personnage, dont les commencements furent si rudes.

Il avait une figure colorée, un œil perçant, un ventre respectable et une chevelure laineuse. Il était trapu et, comme il le disait, carré par la base : voilà pour le moral.

S'il avait l'esprit subtil, le coup d'œil prompt et l'intelligence développée, la nature l'avait doué aussi d'une force herculéenne, d'un estomac de Lapithe sur les jambes d'un Centaure et d'une agilité de mouvements vraiment extraordinaire.

Il ne pouvait parler sans que ses mains ne se livrassent à un exercice quelconque.

C'est ainsi qu'il traitait les questions les plus ardues de la métaphysique sociale, la politique, la littérature, les arts et les spéculations industrielles en faisant le moulinet avec sa canne ou en jonglant avec des chandeliers. Son esprit et son corps avaient un égal besoin d'activité. Plein de verve, d'entrain, de fougue, il ne se laissait jamais abattre et courait à son but à travers tous les obstacles. C'est de lui que je tiens cette belle maxime qui devint la règle de ma vie : « Toujours de l'avant. »

Cabochard avait souvent de ces mots brefs qui peignent une époque et se gravent en caractères ineffaçables dans la mémoire des contemporains.

Nous vécûmes largement pendant quelques jours. Déjeuners fins, dîners à deux services , spectacles , als et le reste ; après avoir mené la vie à grandes guides, nous nous trouvâmes un beau matin en face de notre dernier écu de cent sous.

— Il s'agit, me dit Cabochard, de se procurer quelques *tigres à cinq griffes* (c'est ainsi qu'il appelait les pièces de cinq francs). Bilboquet, mon garçon, tu dois avoir une idée.

— Je n'en ai aucune pour le quart d'heure ; mais je vais chercher.

— Cherche, et tu trouveras, a dit le sage. Je reviendrai dans la journée ; tu me feras part de ta découverte.

Resté seul, je me mis l'esprit à la torture pour tâcher de faire jaillir une étincelle de mon cerveau.

Jeune et inexpérimenté, je battais follement le buisson des projets sans faire partir le moindre lapereau. J'étais plongé depuis deux heures dans mes méditations, lorsque la porte s'ouvrit toute grande et livra passage à Atala.

Qu'elle était belle, malgré sa robe fanée, ses bottines endommagées et son chapeau avarié !

Elle commença par promener son regard autour de la chambre.

— C'est là votre palais ! dit-elle ; il est joli !

Je fus mortifié de cette épigramme, dont je ne pouvais cependant me dissimuler la justesse.

— Notre habitation n'est pas brillante, dis-je ; mais, si nous avions su que vous daigneriez venir nous voir, nous aurions choisi un autre appartement.

— Vous vous êtes donc associé avec Cabochard ?

— Il le fallait.

— Et le capital social ?

— Quatre cents francs, il y a cinq jours ; l'espérance aujourd'hui, et demain la fortune.

— Je suis venue un jour trop tôt.

— Non, lui dis-je avec exaltation, car j'avais besoin de vous voir pour tenter de grandes choses. Maintenant, à moi le génie, à moi l'invention, à nous deux la richesse !

— Je sais que vous m'aimez, me répondit Atala, qui m'évita ainsi les embarras d'une déclaration ; l'amour est une belle chose, mais il n'est sincère que lorsqu'il peut ouvrir un compte chez la modiste. Est-ce que vous êtes tout à fait brouillé avec votre père ?

— Tout à fait.

— Une bêtise ! il faut vous raccommoder au plus tôt avec lui.

— Jamais. Il me rejetterait dans la pharmacie.

— Le beau malheur ! Est-ce que la pharmacie ne vaut pas mieux encore que votre association avec Cabochard ?

— Cabochard est un homme de génie.

— Et un mange-tout qui n'aura jamais dix francs devant lui ; il a le flair des affaires, mais il ne sait profiter d'aucune. Il a fait trente-six métiers, et il a toujours échoué par sa faute. Ah ! s'il avait voulu suivre mes conseils !

— Voulez-vous un serviteur dévoué, un domestique, un esclave ?

— La faiblesse de mon sexe s'accommoderait mieux d'un protecteur.

— Alors, comptez sur moi ; mon bras est à vous, mon cœur est à vous, ma vie est à vous.

Et je me précipitai aux pieds d'Atala.

Elle me releva en partant d'un éclat de ce même rire qui avait déjà tinté à mon oreille le jour où je lui avais offert un nécessaire en nacre. Puis elle ajouta :

— Pauvre petit ! il est gentil tout de même.

Et, me faisant asseoir sur une chaise, elle se plaça amicalement sur mes genoux et me dit :

— Voyons, explique-moi tes projets. Qu'est-ce que tu comptes faire ?

— Je veux vous rendre riche, m'écriai-je, le cœur débordant de joie et d'amour. J'ai une idée, une idée triomphante.

— Tant mieux ! dit une voix bien connue.

Et Cabochard se montra en faisant sauter en l'air, par un mouvement d'épaules, son chapeau, qui retomba d'aplomb sur sa tête.

A la vue de Cabochard, Atala n'avait pas bougé de place.

Je craignais que cette aimable familiarité n'enflammât la jalousie de mon ancien professeur de grec ; mais je ne savais pas encore jusqu'à quel point cet homme vraiment fort poussait la pratique de sa libre philosophie.

— La sirène est revenue, dit-il, elle embellira notre existence ; explique ton idée, mon garçon.

Je me levai en maudissant tout bas Cabochard

d'avoir troublé notre tête-à-tête, et je commençai
ainsi :

— Pendant les six mois que j'ai passés à confectionner des drogues de toutes sortes, j'ai pu me convaincre de l'extrême facilité avec laquelle le public
français accepte, achète et digère toutes les pâtes et
tous les biscuits farineux.

Il suffit d'une seule de ces compositions, qui se
nomment tour à tour des nafés, des racahouts, des
revelentina, des pilules d'escargot, des pâtes arabes,
chinoises, turques, valaques, indiennes, mexicaines,
brésiliennes, égyptiennes, abyssiniennes, pour faire la
fortune d'un chimiste d'esprit et de toupet.

— C'est vrai, dit Cabochard.

— C'est parfaitement vrai, ajouta Atala.

Encouragé par cette double approbation, je continuai :

— La question se bornerait donc pour nous à ceci :
Trouver ou fabriquer une chose quelconque qui ne
nous coûterait rien et que nous ferions payer très-cher.
On lance la drogue, on la fait *mousser*, on la débite
aux clients, et le sac est plein.

— Ton idée vaut de l'or, mon petit, me dit Atala ;
tu es plus expert que je ne croyais : il faut que je
t'embrasse.

Je me laissai embrasser et j'embrassai moi-même
avec toute l'ardeur que mettrait Tantale à avaler un
verre d'eau.

Cabochard me serra la main avec effusion et me
dit avec solennité :

— A quand la confection de la chose?

— Soyons calmes, repris-je plein d'assurance. Si j'avais à ma disposition les outils essentiels, le mortier et le pilon, il ne faudrait pas dix minutes pour improviser l'objet. La matière première est une plaisanterie.

Un peu de sucre râpé, ou, à défaut de sucre, quelques pincées de plâtre délayées dans du jus de réglisse et saupoudrées de quelques gouttes de menthe : le tout broyé, pilé et savamment manipulé, il n'en faut pas davantage.

— Nous trouverons bien cinquante francs pour acheter le mortier et le pilon, interrompit Cabochard.

— *Eurêka!* m'écriai-je ; toute composition chimique de cette nature demande un certain temps pour faire son chemin dans les larynx.

Or, nous ne pouvons pas attendre. Ajournons donc à des temps meilleurs la composition et le débit de la pâte pectorale, qui n'est encore qu'à l'état d'embryon dans mon cerveau. Nous avons à notre portée, sous notre main, un élément de succès prodigieux ; cet élément, quel est-il? C'est l'eau, mes amis, l'eau naturelle, l'eau qui est dans la fontaine.

Cette eau qui nous a coûté deux sous peut nous rapporter d'ici à quelques mois un bénéfice net de dix, quinze, vingt, trente mille francs.

— Ah! mon Dieu! il est fou! s'écria Atala.

— Laisse-le dire, interrompit vivement Cabochard.

— Nous achetons, repris-je en accentuant toutes les syllabes, un millier de petites fioles pour la faible somme de dix francs. Nous emplissons les fioles de ce liquide élémentaire, et nous lançons dans la circulation *l'eau infaillible pour enlever les taches de rousseur et pour faire couper les rasoirs.*

— Enlevé ! s'écria Cabochard, qui, ne se contenant plus, soulevait sa chaise à bras tendu.

Atala, mise en belle humeur par la perspective du numéraire, se hasarda à exécuter au milieu de la chambre la plus effrénée des cachuchas.

— Mon petit, me dit Cabochard, le colosse de Rhodes ne t'irait pas à la cheville.

Je triomphais sur toute la ligne.

— L'idée est d'autant plus heureuse, fit judicieusement observer Cabochard, que la mine découverte par le génie de Bilboquet est inépuisable.

Tant que la Seine coulera seulement de Melun jusqu'à Rouen, nous pouvons enlever les taches de rousseur et faire couper les rasoirs des quatre-vingt-six départements et de l'étranger.

A partir de ce jour, il n'y a plus de boutons sur les figures humaines, ni de rasoirs rebelles. Qu'on se le dise. Avant six mois nous roulons carrosse, mes enfants.

Je veux faire cadeau à Atala d'un chasseur haut comme une cathédrale, et Bilboquet, dont la générosité ne m'est pas inconnue, lui offrira un groom microscopique. Nous aurons une livrée bleu-de-ciel et des gens poudrés à frimas ; il ne s'agit plus que de songer à l'exécution. Quel mode allons-nous adopter pour le débit de l'*eau infaillible* ?

— Un magasin avec glaces, tentures de soie et filets d'or sur le boulevard des Italiens, dit Atala.

— Mauvais moyen. Le tapissier et le décorateur ne se laissent pas facilement attendrir. Quant aux boutiques, on a le tort de ne pas les louer sans faire payer six mois d'avance : un vieil usage qui entrave l'essor du génie industriel.

— Des annonces dans les journaux, et nous faisons un dépôt de nos flacons chez un commerçant intelligent, dis-je à mon tour.

— Même obstacle : l'argent est la mèche qui met le feu aux chandelles romaines de la réclame, et puis le dépositaire nous subtilise les trois quarts du bénéfice. J'ouvre une proposition qui me paraît plus sage et surtout plus praticable.

Cabochard se recueillit pendant une minute, exécuta un triple moulinet avec sa canne, et reprit aussitôt :

— Que diriez-vous d'un théâtre établi au carré Marigny, ce grand bazar de l'art dramatique en plein air, d'un théâtre dont moi, Cabochard, je serais le directeur, et où, sous le prétexte de femme barbue à exhiber ou de coq-à-l'âne à débiter, nous écoulerions au public enthousiaste des spectacles à dix centimes notre eau merveilleuse ?

— Un théâtre ! s'écria Atala ; un théâtre ! moi qui ai toujours eu tant de dispositions pour la scène !

— Oui, ma fille, un théâtre, un vrai théâtre où tu seras appréciée comme tu le mérites par les nombreux connaisseurs.

I.                                           4

Du haut de l'estrade où tu paraîtras en robe pailletée d'or et d'argent, tu charmeras le militaire et le civil, l'ouvrier et le bourgeois, attirés par l'aspect de tes appas vigoureux.

Tu recueilleras les bravos, les adorations et les pièces de deux sous mille fois multipliées de cette foule impressionnable.

Ah! quelle belle carrière va s'ouvrir devant toi! Ma troupe est prête, et je peux dire déjà que j'aurai les premiers sujets de la capitale.

Toi, Atala, tu seras Colombine; toi, Bilboquet, tu seras Arlequin. Le jeune Gringalet, ce critique d'art de tant de cœur, marche pour le moment sur ses tiges, il s'estimera trop heureux de contribuer aux fantaisies de la parade en qualité de pitre.

Je me charge de son engagement à un prix modéré. Quant à moi, qui suis né orateur, je débiterai le *boniment* de l'*eau infaillible* qui doit se transformer en pactole et alimenter à tout jamais le moulin de l'association.

Cabochard était rayonnant.

Je ne tenterai pas de décrire l'enthousiasme d'Atala à l'idée de poser en corsage décolleté, en jupon court, sur une estrade, et d'avoir un public.

Elle était folle d'ivresse, elle me sautait au cou avec un abandon, un laisser-aller plein de grâce.

Cabochard, tout entier à son projet, voulut tout de suite aller trouver un ami haut placé qui lui facilitât l'autorisation indispensable du préfet de police. Il me glissa cinq francs dans la main pour faire venir le dîner, dit deux mots à l'oreille d'Atala et sortit.

Le dîner fut bientôt apporté; Atala mit le couvert en chantant et en dansant, la chambre avait pris un aspect de gaieté et de bien-être que je ne lui avais pas encore connu. L'espérance et la joie avaient peuplé cette solitude et réchauffé l'atmosphère.

— Eh bien ! me dit Atala, le dîner est servi, mon petit.

— Et Cabochard? demandai-je.

— Cabochard ne veut pas troubler notre tête-à-tête... C'est un homme discret...

— Serait-il vrai?

Nous nous mîmes à table ; Atala mangea comme quatre, et Cabochard ne rentra que le lendemain matin.

Cabochard, exalté par l'espérance, avait fait merveille. Il avait enlevé d'emblée l'autorisation préalable. Il avait traité pour l'achat d'une grosse caisse, d'un chapeau chinois et d'un ophicléide; il avait déjà commandé son estrade et sa baraque.

Plongé dans la méditation, il arpentait la chambre à grands pas en laissant tomber de ses lèvres des fragments de phrases qui résonnaient comme des cymbales; il s'occupait évidemment de la rédaction du *boniment* de l'*eau infaillible*.

Atala rinçait les fioles en lançant dans l'espace des gammes chromatiques, et moi, je découpais en trèfle les morceaux de papier qui devaient servir d'enveloppes à nos flacons.

La plus grande activité régnait dans le galetas, transformé en laboratoire.

Cabochard ne s'était pas trop avancé en nous annonçant la coopération de Gringalet.

Ce jeune publiciste, qui traitait les questions d'esthétique dans le journal des toilettes, vint nous voir et nous déclara que, fatigué de critique, il n'était pas fâché de se consacrer au culte de l'art pur.

Cabochard lui promit cinquante francs par mois, une nourriture suffisante, des égards, et le marché fut conclu.

Le théâtre avait un pitre.

Gringalet avait le physique du rôle : petit, sec, la bouche toujours ouverte et le nez légèrement retroussé, il devait nécessairement obtenir de grands succès dans sa nouvelle profession.

Cabochard ne fut pas aussi heureux à l'égard d'un autre écrivain qu'il voulait également engager. Arthur de Chaudrognac, Auvergnat pur sang, qui était venu à Paris comme porteur d'eau et qui avait abandonné la partie du liquide pour se consacrer exclusivement à la démolition des grands hommes.

En revanche, il fut assez adroit pour faire l'acquisition de Sosthène, fils de Boniface Ducantal, le chef de l'institution *latine*.

La vie de Sosthène avait déjà été très-agitée. Sosthène, au sortir de ses humanités, avait piqué une tête dans le sentiment. Épris de mademoiselle Zéphyrine Casse-Noisette, il avait fait toutes sortes de folies pour cette jeune personne, fille d'une portière de la place

Royale et qui devait devenir, grâce à sa brillante
éducation, un de nos *camellias* les plus à la mode.

Mal avec son père, qui gémissait des débordements
de son fils ; frappé au cœur par l'abandon de Zéphyrine,
qui s'était laissée enlever par un capitaine de cui-
rassiers, Sosthène rimait une élégie sur le boulevard
avec l'intention de souhaiter le bonsoir à l'existence
aussitôt que sa dernière strophe serait terminée, lorsque Cabochard entreprit de relever son moral abattu,
et finalement le détermina à entrer dans la troupe en
qualité de phoque.

Je ne sais comment s'y prit Cabochard, mais, au
bout de huit jours, son théâtre lui était livré ; il avait
ses instruments de musique et un vaste tableau représentant Jonas dans sa double situation, c'est-à-
dire entrant et sortant.

Les fioles étaient rangées dans une caisse ; le *boniment* était rédigé ; Atala avait une robe couleur du soleil, dont le corsage, savamment échancré, laissait à
ses charmes toute leur liberté.

Gringalet était orné du classique chapeau à trois
cornes, et une queue d'un demi-mètre de longueur
lui pendait sur l'échine : tout était prêt.

La veille de l'ouverture, Cabochard rassembla tous
ses sujets dans son atelier, et les initia en peu de mots
à la connaissance de ses projets.

« Mes amis, dit-il avec l'autorité qu'il a toujours
su prendre dans les circonstances graves, vous pensez bien qu'un homme comme moi n'a pas songé à
établir un spectacle forain dans la capitale des arts et

4.

de la civilisation dans le simple but de battre de la grosse caisse ou de souffler dans une ophicléide : ma visée est plus haute, c'est vous dire qu'il s'agit d'une vaste spéculation. Si nous ne devions monter sur les planches que pour amuser la foule stupide et récolter de simples pièces de dix centimes, je vous dirais tout de suite : Il n'y a pas d'eau à boire. Mais le théâtre n'est que le prétexte d'une affaire dont l'*eau infaillible* est le but inavoué.

« Est-ce à dire pour cela qu'il faille apporter de la mollesse dans l'exercice des différents rôles confiés au zèle et à l'intelligence de chacun de nous? Non, mes amis.

« C'est par la mise en scène qu'on attire le chaland, c'est par la banque qu'on l'exalte ; ainsi, de l'entrain, de la fougue, de la fantaisie, de l'enthousiasme même. N'oubliez jamais qu'il s'agit de *cinquante centimes !*

« Toi, Atala, que la nature a puissamment douée sous le rapport des charmes extérieurs, lance tes œillades, distribue tes sourires, verse à la ronde le vin de tes provocations ; enivre et magnétise le public, et je réponds d'écouler tous les exemplaires de notre *eau infaillible.*

« Quant à toi, Bilboquet, ton rôle est le plus beau et le plus doux.

« Arlequin doit faire valoir Colombine. Soupire, aime, adore, pétille, flamboie ; et que chacun dise, en te voyant tourner autour d'Atala : L'heureux coquin !

« Gringalet n'a pas une mission moins importante.

« Il doit agir sur le gros public. Sois rabelaisien, mon garçon ; étudie la grimace, approfondis le calembour, et retourne-toi à temps pour recevoir les coups de pieds au derrière.

« Sosthène, lui, sera la curiosité en raison de laquelle on sera censé faire la parade. Il sera le monstre qui attire, la bête curieuse qui charme et qui effraye. Couché dans son baquet, le phoque se laissera approcher, dira : *Papa, maman*, comme une personne naturelle, et éternuera même du latin dans les grandes occasions. M'avez-vous compris ? »

Un oui formidable répondit à cette interrogation.

— Maintenant, à l'ouvrage ! s'écria Cabochard.

Je dois déclarer que le mode adopté par Cabochard et par Atala pour débiter l'*eau infaillible* n'avait pas obtenu tout d'abord mon approbation.

La parade en plein air me semblait un procédé vulgaire, un moyen usé.

Déjà, à cette époque, mon opinion était qu'un homme habile fait plus de bruit avec trois lignes bien placées dans un papier public qu'avec tous les instruments de cuivre des spectacles ambulants.

Mais Atala était si ravie de se montrer dans sa robe couleur de soleil, que, pour rien au monde, je n'aurais voulu faire de l'opposition.

L'amour seul m'avait jeté dans l'arlequinade ; une fois engagé dans la partie, je ne songeai plus qu'à m'y distinguer. « Le Rubicon du banquisme primitif est franchi, disais-je : va de l'avant, Bilboquet, et élève la profession jusqu'à toi. »

Le matin du jour de l'ouverture, qui était un di- manche, nous étions, Cabochard et moi, à six heures, aux Champs-Élysées pour choisir notre emplacement et dresser notre baraque, pendant qu'Atala, retenue au logis par les détails de sa toilette, donnait le der- nier coup de fer à son linge et le dernier coup de brosse à sa chaussure.

On sait quelle était la physionomie du carré Mari- gny aux jours de fête.

Là s'élevait une cité étrange peuplée d'habitants accourus de tous les coins du monde, s'il fallait en croire les tableaux, les enseignes, et les hommes-af- fiches qui parlaient aux yeux et surtout aux oreilles.

Aucun de ces habitants ne ressemblaient au com- mun des mortels, et ils n'existaient qu'à cette con- dition.

Les uns avaient plus de six pieds, les autres n'avaient pas un mètre.

Celui-ci avait quatre jambes, celui-là deux têtes, ce- lui-là marchait sur le crâne, cet autre se nourrissait de cailloux et de pointes d'épée.

C'était la cité des monstres, cité bruyante et musi- cale, cité cosmopolite; le Lapon y coudoyait le Pata- gon, et il n'était pas jusqu'au lion du désert qui ne mêlât ses rugissements au bruit des instruments et des voix glapissantes qui retentissaient dans ce Pan- démonium forain.

— Quel est ton avis? me dit Cabochard en jetant un coup d'œil sur l'emplacement laissé à notre dispo- sition; faut-il prendre le taureau par les cornes et nous

placer à côté des baraques de nos rivaux, où nous établir à l'écart entre un tir à l'arbalète et un dynamo-
mètre?

Je réfléchis un instant.

— Pas de faiblesse, répondis-je, allons droit à la
lutte, transportons, comme Mithridate, la guerre sur
le terrain de nos adversaires; si, avec tous les éléments dont nous disposons, nous succombons devant
des baladins vulgaires, c'est que nous sommes au dessous de notre mission; il ne nous restera plus alors
qu'à suivre modestement, moi les sentiers de la pharmacie, toi le chemin de l'enseignement.

Cabochard approuva ma résolution, et, deux heures après, le transparent de *Jonas* se balançait fièrement entre une *Geneviève de Brabant* et un *Holopherne.*

Nos collègues de l'*Holopherne* et de la *Geneviève
de Brabant* ne voyaient pas sans un profond dépit une
baraque rivale venir planter à quelques pas d'eux le
drapeau de la concurrence.

Nous ne prîmes pas garde à leurs réflexions peu
bienveillantes, et nous attendîmes l'heure solennelle
de midi, qui devait sonner notre triomphe ou notre
chute.

A onze heures précises, toute la troupe, réunie dans
l'intérieur de la baraque, était sous les armes.

Atala, dans sa robe couleur de soleil, les épaules
et la gorge au vent, Gringalet en pitre, moi en sédui-
sant Arlequin, Sosthène couché dans son baquet.

Quant à Cabochard, en sa qualité de directeur de

la troupe, il avait adopté un costume de haute fantaisie. Chapeau de général, culottes jaunes, bottes à la Souvarow, et redingote à la Brandebourg.

On a souvent parlé de l'émotion inséparable d'un premier début. Pour moi, je ne crains pas de dire que je ne me suis jamais senti plus jeune, plus vif, plus alerte, plus décidé à vaincre, que dans ce moment.

J'encourageais Gringalet, je donnais des leçons d'intonation à Atala, j'excitais Cabochard lui-même, j'éloignais de tous les cœurs cet ennemi des artistes qui s'appelle le *taf;* au moment de combattre, j'avais une assurance qui aurait fait honneur à un vétéran.

Huit jours passés avec Atala avaient suffi pour me transfigurer!

Cabochard jeta un dernier coup d'œil sur nous tous, nous donna ses dernières instructions, et, saisissant la grosse caisse d'une main et une demi-douzaine d'instruments de cuivre de l'autre :

— En avant, s'écria-t-il, la lutte en plein soleil !

— C'est le soleil d'Austerlitz ! m'écriai-je.

Et nous nous précipitâmes à l'assaut.

# CHAPITRE III.

Les deux baraques rivales attendaient que le *Jonas* donnât le signal pour commencer en même temps et nous étouffer sous les sons de leurs cuivres. Cabochard vit le danger.

En un clin d'œil il se fit orchestre.

Il noua des cymbales à ses genoux, plaça un chalumeau dans sa cravate à la hauteur de ses lèvres, se coiffa d'un chapeau chinois et prit un cor de chasse de la main gauche, pendant que de la droite il brandissait la mailloche de la grosse caisse.

Déjà quelques promeneurs s'étaient arrêtés devant notre transparent.

Je vis tout de suite que la beauté d'Atala faisait de l'effet.

La concurrence n'avait rien à nous opposer sous ce rapport.

Cabochard donna un coup de sa mailloche à crever la caisse, souffla dans son chalumeau, frappa ses genoux, secoua les clochettes de sa tête, se démenant comme un possédé.

Aussitôt l'*Holopherne* et la *Geneviève de Brabant* déchaînèrent leur tonnerre.

Cabochard faisait merveille, mais il ne pouvait évidemment tenir longtemps, à lui seul, contre deux orchestres.

Nos adversaires avaient voulu nous battre par notre côté faible, la musique.

Dans cette alternative, je compris qu'il fallait risquer le tout pour le tout.

Changeant tout à coup le plan de bataille, je m'empare d'un cornet à piston et le passe à Gringalet en ne lui disant que ce seul mot : Souffle.

Je prends un ophicléide pour moi et j'offre une trompette à Atala.

— Maintenant, mes amis, du poumon, du poumon et toujours du poumon.

Je n'entreprendrai pas de décrire l'effet que produisit ce colossal charivari.

Le public, qui va toujours du côté du bruit, se précipitait comme un seul homme devant le transparent du *Jonas*. Les flots humains battaient l'estrade du

haut de laquelle nous soufflions comme des tritons
enragés.

Nous avions sur nos concurrents cet immense
avantage que, nous livrant au pur caprice, nous n'é-
tions pas comme eux emprisonnés dans le cercle du
rhythme et de la fioriture.

L'*Holopherne* jouait une valse, la *Geneviève* exécutait un quadrille, et tous deux, s'astreignant à la règle
musicale en face de compétiteurs audacieux qui souf-
flaient au hasard, se trouvaient dans la position de
Mélas et de l'archiduc Charles opposant la vieille tac-
tique de Montecuculli à la fougue du général Bonaparte.

Le combat dura vingt minutes, terrible, acharné,
sans relâche ni respiration.

Au bout de ce temps, l'*Holopherne* vaincu avait
éteint son feu...

La *Geneviève* tenait encore, mais les sons étaient
mous, la respiration faisait défaut, c'était le chant du
cygne. La défaite de l'*Holopherne* redoubla notre courage, nous rassemblâmes toutes nos forces, et, nous
animant les uns les autres du regard, nous poussâmes
une note aiguë qui retentit dans toute l'étendue des
Champs-Élysées, comme la trompette de Josaphat.

Nous nous arrêtâmes épuisés.

Atala était écarlate, Gringalet ne respirait plus.

Je jetai un regard du côté de la *Geneviève* : plus
personne sur l'estrade, elle n'apparaissait plus à
l'horizon que comme un ponton désert...

Les deux corsaires étaient coulés bas.

I.                                                      5

Cabochard voulut tout de suite profiter de sa victoire ; il se plaça au milieu de nous et entreprit d'une voix de stentor le récit du *boniment* confectionné avec cet art naïf qui agit tant sur les masses.

« Messieurs et dames (*ici trois saluts*),

« Je ne vous dirai pas que je suis l'élève de celui-ci, ou le gendre de celui-là ; je ne vous dirai pas que je suis le plus grand chimiste de l'*Urope*. Mais qu'es-tu donc alors ?

« Messieurs, je n'emprunte le nom à personne, je me nomme du mien, je suis Cabochard ! un des sept fils du dragon de Paris.

« Feu mon père était chimiste, mon frère était chimiste, je suis chimiste. Je demeure rue aux Ours, maison du marchand de vin, ce qui ne veut pas dire que je demeure chez le marchand de vin ; c'est au contraire le marchand de vin qui demeure chez moi !

« J'ai visité toutes les cours de l'*Urope*, j'ai voyagé chez tous les peuples, et dans mes voyages j'ai appris plus d'un secret, entre autres l'important secret de *l'eau infaillible pour enlever les taches de rousseur et pour faire couper les rasoirs.* (*Pause.*)

« Messieurs et dames,

« Tel que vous me voyez, je me suis présenté à l'Académie *rrroyale* de médecine, j'ai exposé ma recette et obtenu mon brevet ! (*Pause.*)

« L'*eau infaillible* n'a que quatre propriétés, mais elles sont irrécusables. (*Pause.*)

« Elle enlève en deux minutes, montre en main, les taches les plus rebelles ; non pas les taches des habits, mais les taches de rousseur et autres boutons qui déshonorent la figure du sexe. (*Montrant Atala.*) Regardez cette belle femme dont le visage est si pur ; quand elle est venue à moi, elle avait les joues tatouées de rugosités. Une seule goutte de ce liquide (*montrant le flacon*), et son teint est devenu plus rose que l'aurore. Ce n'est pas tout. (*Pause.*)

« Vous versez une seule goutte de cette fiole dans un verre d'eau chaude, vous trempez dedans le premier rasoir venu, et vous avez une lame de première qualité, une lame qui raserait la barbe de l'homme des bois. Ce n'est pas tout. (*Pause.*)

« Avez-vous mal aux dents? vous faites chauffer de l'eau naturelle, vous versez dans ce liquide une goutte de l'*eau infaillible*, vous vous rincez la *boche* avec, et le mal a disparu. Ce n'est pas tout. (*Pause.*)

« Cette composition chimique raffermit les dents ébranlées et corrige la mauvaise haleine de la *boche*; elle possède encore bien d'autres propriétés qu'il serait trop long d'énumérer. Avec toutes ces qualités l'*eau infaillible* coûtera donc bien cher? Non, messieurs, nous l'avons mise à la portée de toutes les bourses.

« Il y a des flacons de un franc cinquante centimes ou trente sous, il y a des flacons de un franc ou vingt sous, qui sont les deux tiers des flacons de trente, il y a enfin des flacons de soixante quinze centimes ou quinze sous, qui sont les deux tiers des flacons de vingt sous et la moitié des flacons de trente : demandez, faites-vous servir, voilà le moment. » (*Musique.*)

A peine Cabochard eut-il terminé, que cent mains se dressèrent vers l'estrade : nous ne pouvions suffire au débit. Atala offrait les flacons avec tant de grâce, de sourires, d'œillades assassines en se penchant le corps en avant pour mieux faire apprécier toute la richesse de son corsage, que les hommes se battaient littéralement afin de recevoir une fiole de sa main.

J'avais, moi, bien découplé sous mon costume d'Arlequin, le public des femmes.

Cabochard et Gringalet faisaient la distribution un peu au hasard.

A cette foule avide d'*eau infaillible* succéda une autre foule plus avide encore. Quel entrain !

Un enthousiaste, qui venait d'acheter un flacon de vingt sous, ne voulut pas recevoir la monnaie de sa pièce de cinq francs, qu'il laissa dans la main d'Atala.

La vente dura deux heures ; soutenue par la grosse caisse, la verve de Cabochard, les saillies de Gringalet, les regards provocateurs d'Atala et la bouffonnerie de mes arlequinades ; elle ne s'arrêta que lorsque la caisse fut vide ; Cabochard fut encore dans cette circonstance à la hauteur de la situation.

— Messieurs, dit-il en s'adressant au public, qui demandait toujours des flacons de l'*eau infaillible,* l'édition est épuisée, nous ferons un second tirage cette nuit ; à demain les nouveaux exemplaires.

Et, saluant la foule avec grâce, nous descendîmes

de l'estrade ; la journée avait été rude, mais quelle victoire et que de métal !

Nous avions vendu cent flacons à un franc cinquante centimes, cent-cinquante à un franc, et cent à soixante-quinze centimes. Total de la recette : trois cent soixante-quinze francs.

Nous avions tous cent coudées !

Le soir, dîner général au *Petit-Ramponneau*. Gringalet, dont l'estomac avait beaucoup souffert par suite de débauches d'esthétique, se signala par un appétit gargantuanesque ; il absorba à lui seul une cloyère d'huîtres, un lapin en gibelotte, un pâté d'Amiens et un fromage de Marolles.

Atala but comme un templier et fut pleine de séductions. Seul, Sosthène était triste ; il ne boudait pas sur les morceaux, mais il pensait toujours à Zéphyrine.

Au dessert, Cabochard porta le toast suivant :

« A Bilboquet ! à l'inventeur de l'*eau infaillible !* Puisse cette invention le conduire à plusieurs autres ! »

J'étais devenu le lion de la société.

Au moment de regagner le logis, déception cruelle ! Atala s'était éclipsée.

Cabochard m'assura qu'elle avait été coucher chez une de ses amies.

Je ne pus fermer l'œil de toute la nuit ; le démon de la jalousie m'avait mordu au cœur.

Cabochard, qui voyait mon chagrin, avait entrepris de me consoler.

— La femme est légère, me disait-il ; Atala, en sa

qualité de brune, a des passions violentes. C'est la richesse de son organisation qui veut cela.

Ce raisonnement ne faisait qu'exciter ma colère ; je fis le serment d'avoir raison de la perfide.

Quand elle reparut le lendemain pour parader sur l'estrade, je ne lui cachai pas mon indignation.

— Je ne suis pas dupe de vos manœuvres, lui dis-je ; ce n'est pas chez une amie que vous êtes allée hier.

— C'est vrai, mon petit, me répondit-elle avec un aplomb qui me confondit ; mais que veux-tu ? je suis comme cela. Le caprice me domine, la fantaisie m'entraîne ; je suis à la poursuite d'un idéal : je cherche l'être qui fera résonner la corde de mon âme, et cet être, je ne l'ai pas encore trouvé.

— Comment ! repartis-je indigné, ne m'aviez-vous pas dit que vous m'aimiez ?

— Je ne dis pas non, et je t'aime encore ; mais, si tu veux que cet amour ne s'évanouisse pas, il faut me laisser tout entière à ma liberté et à la poursuite de mon idéal.

Elle me parla ainsi pendant une heure de son idéal. Atala, fort avancée pour son temps, préludait déjà, sans le savoir, aux audacieuses théories de la philosophie phalanstérienne.

J'étais furieux. Il me fallait débiter des lazzi et des pasquinades avec la rage dans le cœur.

Il me fallait sourire à Atala, tomber à ses genoux, l'embrasser, et j'aurais voulu la lancer par-dessus le bastingage du *Jonas*.

Telle est la vie de l'artiste : le fard sur la joue, le rire aux lèvres, la gaieté dans les yeux, et la mort dans l'âme.

Les jours qui suivirent notre première représentation furent moins productifs; mais la recette finit par se régulariser à une soixantaine de francs par séance. L'exhibition du phoque savant avait aussi bien réussi que la vente de l'*eau infaillible*. Nous avions deux publics bien distincts : l'un qui se contentait d'admirer le monstre représenté par Sosthène, l'autre qui s'obstinait à l'achat des flacons.

Atala continuait à faire des fugues, sous le prétexte de poursuivre son idéal. J'avais pris mon parti de ses infidélités. Saltimbanque le jour, je menais, le soir, sous un élégant costume de ville, la vie d'un galant homme, et je fréquentais quelques célébrités dans les lettres et dans les arts, dont il sera question dans ces Mémoires. De ce nombre, Arthur de Chaudrognac, Loustalot, Rocofane, Malivire et Romiton, qui devait être appelé à jouer un rôle politique dans les dix-huit années de la période du gouvernement de Juillet.

C'est Romiton qui le premier découvrit en France l'influence politique de la truffe. Cette vie large aurait pu se continuer pendant longtemps, sans un incident cruel que je vais raconter.

Un jour, l'intérieur de la baraque était encombré de spectateurs accourus pour admirer notre phoque intelligent. Sosthène, couché dans son baquet, faisait l'étonnement de la foule par la façon dont il prononçait quelques mots sur l'invitation de Cabochard. On

ne revenait pas de la capacité de ce monstre amphi-
bie. Tout à coup, à la vue d'une jeune personne qui
se trouvait parmi les visiteurs, le phoque pâlit, perd
la tête, et, sautant hors de sa cuve, se précipite aux
pieds de la dame en criant : « Zéphyrine! » Qu'on juge
de l'émoi ! A la vue du monstre échappé, tout le
monde recule, la jeune femme se trouve mal. Sosthène, la tête égarée, veut lui prendre les mains : « Je
suis Sosthène, disait-il, ne me reconnais-tu pas? »

A ces mots de Sosthène, un vieux monsieur fend la
foule, regarde le phoque, que Cabochard s'efforçait
de rejeter dans le baquet, et s'écrie : « C'est mon fils!
mon fils que ce saltimbanque (il désignait Cabochard)
m'a enlevé ! Mon fils, disait ce vieillard, qui n'était
autre que Boniface Ducantal, dans quelle position te
retrouvé-je ! »

Tout était expliqué, la mèche était éventée. Le public, furieux d'avoir été pris pour dupe, pousse des
clameurs atroces, Boniface Ducantal parle d'intenter
un procès pour cause de détournement de mineur.
Cabochard voit le danger, me fait un signe, et, jouant
des poings, se fraye un passage. Je le suis ; nous par-
venons à nous sauver. Il était temps !

Attirée par les cris de la foule, la police accourt,
s'informe de ce qui se passe, et, ne trouvant ni Cabochard, ni moi, ni Atala, dont un lancier chevaleres-
que avait protégé la retraite, s'empare du retardataire
Gringalet, destiné, malgré son innocence, à payer
pour tout le monde.

De là est venu le proverbe féroce :

*C'est la faute à Gringalet !*

Nous ne commençâmes à respirer que lorsque nous eûmes escaladé les cinq étages qui conduisaient à notre chambre.

Cabochard était anéanti ; il accablait Sosthène d'épithètes outrageantes : il ne savait plus où donner de la tête.

Quelques minutes plus tard, Atala arrivait au quartier général.

— Nous voilà dans de beaux draps ! dit-elle en entrant ; la baraque est en pièces et la police est à nos trousses !

— Gredin de Sosthène ! hurlait Cabochard.

Quant à moi, je ne comprenais pas cet aplatissement ; un métier de perdu, dix de retrouvés. Cabochard, malgré sa force réelle, n'était, après tout, qu'un homme de transition ; il appartenait par son passé à une époque craintive ; attardé sur la route de la banque primitive, il ne pressentait pas le grand mouvement industriel qui se préparait.

Cabochard n'était qu'un précurseur.

Je relevai en peu de mots le courage de mes deux associés.

— A quoi bon se désoler? leur dis-je. La baraque du *Jonas* n'était qu'un pont qui devait nous conduire à un nouveau rivage. Ce métier de saltimbanque devait avoir un terme. N'y pensons plus. L'heure va sonner où le saltimbanque disparaîtra de la place publique pour se loger au premier étage, dans le Boule et le palissandre.

Plus de baraque, plus de pitre, plus de phoque, plus de parade en plein vent; mais des appartements somptueux, des garçons de bureau en livrée, des commis, des casiers; soyons à la hauteur du mouvement contemporain, et, s'il se peut, devançons-le.

L'espérance recommençait à briller dans le regard flétri de mon associé.

— As-tu un plan? me demanda-t-il.

— J'en ai vingt, lui dis-je; mais pour le moment il s'agit de déguerpir au plus vite.

— Déguerpissons.

— Combien reste-t-il en caisse?

— Quinze cents francs.

— Donne deux cents francs à Atala, qui n'a rien à craindre pour elle et qui peut rester à Paris. Quant à nous, ce que nous avons de mieux à faire, c'est de traverser la Manche.

— Que ferons-nous en Angleterre? demanda Cabochard.

— Fie-toi à moi. A partir d'aujourd'hui, c'est moi qui prends le commandement du navire. Il est en bonnes mains.

Cabochard et Atala me regardèrent de la façon dont Sieyès et Cambacérès durent regarder le général Bonaparte quand ce dernier prit, le lendemain du 18 brumaire, la présidence du conseil.

Cabochard ouvrit le coffre, prit l'argent et me dit:

— Je suis prêt à te suivre.

Atala se plaça devant moi:

— C'est donc ainsi que tu me quittes, Bilboquet?

— Nous reviendrons bientôt riches et puissants, et nous ne t'oublierons pas. Tiens-toi prête pour de belles destinées. Si tu vois Gringalet et Sosthène, console-les ; remonte leur courage, et dis-leur que, de loin ou de près, je veillerai sur vous.

Nous nous séparâmes d'Atala, foudroyée par l'autorité de ma parole, et le surlendemain je faisais mon entrée, escorté de Cabochard, dans la capitale des îles Britanniques.

J'avais un plan.

On était à l'époque des banquiers libéraux, de l'indépendance d'Haïti et des constitutions américaines ; les emprunts colombiens, haïtiens, mexicains, florissaient de toutes parts. Je résolus de profiter de la brise généreuse qui soufflait alors pour lancer mon esquif sur l'archipel de la haute spéculation.

J'allai me promener dans le quartier de *Black-Friars*, et, en passant devant une de ces boutiques de curiosités transatlantiques, si communes à Londres, j'y remarquai un costume complet de cacique américain; je l'achetai, puis je revins à l'hôtel du Prince-de-Galles où nous étions descendus, dans *Leicester-Square*.

— Avec ce costume, dis je à Cabochard, nous pouvons gagner des millions.

— Nous remontons sur les planches? s'écria mon associé, emporté par son penchant vers le spectacle en plein air.

— Mon cher, repris-je, il ne s'agit pas de se faire sauvage pour battre du tambour à l'instar de celui du caveau. Mon idée est plus neuve. Tu vas endosser ce costume, et nous allons rentrer en France, le reste me regarde. Tout ce que je te demande, c'est de ne pas prononcer un mot. Ta qualité de Caraïbe te réduit à un silence absolu.

J'eus beaucoup de peine à faire comprendre mon idée à Cabochard, qui la trouvait trop vaste. Je lui peignis la figure et lui rasai une partie de ses cheveux d'après les dessins les plus exacts des derniers voyageurs. Ainsi accoutré, il ressemblait au fils d'Outaloussi.

Moi-même je me transformai en parfait gentleman ; perruque rousse, favoris idem ; je pris la qualité d'Américain et le nom de William Pexton.

J'eus soin, avant de m'embarquer pour la France, de payer une réclame dans le *Morning-Chronicle* et dans le *Times*. On annonça sans aucune difficulté que le chef d'un État puissant, situé non loin du Texas, dans l'Amérique méridionale, venait de passer par Londres, se rendant à Paris. Le paquebot partait dans la nuit, et nul ne fit attention d'abord au costume de Cabochard, qu'un vaste manteau cachait en partie.

Le jour venu, on commença à le remarquer, accroupi près du bordage et la tête penchée sur sa main.

Moi, je me mêlai aux groupes et j'entendis qu'on s'entretenait de l'annonce qui avait paru la veille dans les journaux anglais.

Nous nous installâmes à Boulogne, dans le plus bel hôtel. Cabochard, stylé par moi, jouait son rôle à merveille, si bien que sa renommée ne tarda pas à nous devancer à Paris.

A Paris, nous allâmes loger à l'hôtel Meurice, rue de Rivoli.

Cabochard se mettait de temps en temps à la fenêtre. Vingt mille personnes s'arrêtaient dans la rue pour le contempler. Sa vue faisait émeute. On ne parlait dans les journaux, dans les salons, sur les boulevards, que du cacique des Poyais nouvellement arrivé dans la capitale. On vint nous offrir cinq cents francs par soirée pour assister à l'Opéra, en loge d'avant-scène. Je refusai.

Nous nous fîmes présenter à un membre influent de la Chambre des députés qui avait pris part, sous La Fayette, à la guerre de l'indépendance.

Cabochard me débitait un idiome improvisé, que j'étais sensé traduire en qualité d'interprète.

— Visage pâle, dis-je à ce député, au nom du cacique, le chef que tu vois devant toi est le fils unique de Pic-Aïouba-le-Crocodile, qui a échangé jadis avec toi le calumet de l'amitié. En ce temps-là tes cheveux étaient comme l'aile du corbeau et sont devenus comme l'aile du cigne ; mais j'espère que ton cœur n'a pas changé à l'égard de tes frères à la peau rouge.

Le député en question se rappela assez bien avoir fumé avec Pic-Aïouba-le-Crocodile à l'époque des guerres de l'indépendance américaine.

— Hélas ! repris-je, toujours au nom du fils de Pic-Aïouba, ce grand chef n'est plus ; le Vieux des jours l'a rappelé à lui.

I. 6

Le député embrassa Cabochard en pleurant.

Ici, le but de notre voyage s'explique. Cabochard, je veux dire le cacique, ne pouvait se dissimuler que son père Pic-Aïouba-le-Crocodile, n'eût usé d'un pouvoir parfois tyrannique et toujours irresponsable. Son intention était donc de faire participer ses sujets aux progrès de la vieille Europe et de leur donner une constitution libérale rédigée par les hommes les plus considérables de la France.

Le député félicita le cacique de ces dispositions, et trois jours après cette entrevue, nous recevions le plan d'une charte modèle, où les droits civiques des Peaux rouges nous parurent suffisamment garantis.

Dès lors, nous fûmes mis en rapport avec toutes les notabilités de l'époque.

Chacun voulut contribuer à l'émancipation de la nation poyaise. On exécuta le plan d'une bourse, un projet de caisse hypothécaire, un système d'école mutuelle, et d'autres fondations analogues. Nous étions dans la jubilation, et l'argent nous arrivait de toutes parts.

Je voulus pousser l'affaire jusqu'au bout. Pour réaliser de si grandes conceptions, nous nous laissâmes aller à émettre un emprunt dont deux banquiers célèbres complétèrent l'émission en quelques jours. Cet emprunt, passant au milieu de tant d'autres du même genre, fut trouvé des plus modestes.

Ce n'est pas tout, j'écrivis à Rome au nom du cacique, et demandai la création de deux évêchés dans le royaume des Poyais. Cela produisit un effet admi-

rable à la Bourse dès que la nouvelle y parvint...
Nous nous hâtâmes de vendre ces investitures à deux
prélats ambitieux.

Nous distribuâmes aussi des brevets de général, de
colonel, de capitaine et même de simple sous-lieute-
nant, le tout moyennant finances ; nous étions acca-
blés de demandes et de sollicitations.

Tel individu qui n'avait pu parvenir à enlever le
moindre titre au mât de cocagne de la faveur ne balançait pas à donner cinquante louis pour pouvoir
faire précéder son nom de la qualité de colonel. L'é-
tat-major de l'armée poyaise était considérable ; nous
vendîmes aussi des directions, des caisses, des offi-
ces ; notre administration n'était pas moins bien four-
nie que nos cadres militaires. Je risquai une décoration : elle fit fureur.

Elle était rouge avec liséré vert. On cachait le liséré ; on ne laissait voir que l'écarlate, et cela jouait
à merveille le ruban de la Légion d'honneur. Que de
décorés j'ai faits, à raison de deux cents francs par
brevet ! Que de gens, encore aujourd'hui, qui se font
passer pour légionnaires, et qui sont tout simplement
chevaliers de l'ordre dont le cacique Cabochard était
le grand maître !

Nous roulions sur l'or et sur les diamants. Quand
Cabochard était seul avec moi, il se laissait aller à
des mouvements d'enthousiasme, à des transports
que la plume est impuissante à reproduire.

— Bilboquet, me disait-il, je te regarde comme le
géant moderne. Je me croyais quelque chose, je n'é-

tais qu'un présomptueux ; tu es le cèdre, je suis l'hy-
sope.

J'avais la plus grande peine à modérer l'intempé-
rance de langue de Cabochard, dont la nature avait
fait un orateur. Le rôle de muet lui était insupportable. Il me pressait de réaliser en espèces l'emprunt
poyais lancé par nos banquiers, et de mettre fin à la
comédie.

Je ne voulus pas me presser, pour ne pas exciter la
défiance de nos illustres protecteurs ; ce fut un tort
que je me reprocherai toute ma vie.

Un matin que j'étais sorti pour aller causer avec nos
agents des intérêts du fils de Pic-Aïouba-le-Crocodile,
Cabochard, pour se distraire, se livra à un repas dont
les conséquences devaient nous être funestes. Il s'é-
tait fait servir de tous les vins connus, et il avait tellement fêté Bacchus sous toutes ses transformations,
qu'il avait complétement perdu la conscience du rôle
important qu'il jouait avec tant de supériorité depuis
un mois.

Pour comble de malheur, le député influent qui se
rappelait avoir fumé le calumet de paix avec Pic-
Aïouba, et deux ou trois autres personnages importants, avaient demandé la faveur d'être reçus par le
cacique.

Celui-ci, complétement ivre, n'avait fait aucune difficulté de leur donner audience, et il s'était mis à leur
parler un français des plus décolletés. Surpris qu'un
Caraïbe fût si versé dans cette rhétorique familière,

les visiteurs se regardaient en se demandant s'ils n'é-
taient pas le jouet d'une hallucination.

J'arrivai en ce moment et vis que Cabochard avait
tout compromis.

Je tâchai de remédier à l'imprudence de mon associé en disant que le fils de Pic-Aïouba avait une disposition extraordinaire pour la philologie, et qu'il ne
lui fallait pas plus d'un mois pour connaître à fond
les finesses de l'idiome le plus difficile ; mais le doute
était entré dans l'esprit de nos protecteurs. Tout était
perdu.

A peine les visiteurs furent-ils partis, que je rem-
plis nos malles d'argent, de billets de banque et de
diamants ; je jetai Cabochard dans une voiture de
place, j'y montai avec lui, et, forcés d'abandonner
l'emprunt de quelques millions que nous devions réaliser les jours suivants, nous nous réfugiâmes en Hol-
lande, où, avec l'argent que nous avaient rapportés
les brevets et les décorations, nous menâmes la vie
de riches particuliers.

Cette vie dura quelque temps.

Mais un jour Cabochard commit une nouvelle lé-
gèreté, à la suite d'une discussion que nous venions
d'avoir ensemble, il dissimula, et le soir venu, il se
sauvait avec le magot. Il est juste d'ajouter qu'il ne
restait plus en caisse que vingt-cinq francs et un peu
de monnaie.

Je ne pouvais vivre plus longtemps sur la terre
étrangère. Je revins à Paris.

6.

# CHAPITRE IV.

## ENCORE LA RESTAURATION.

### LES ARTS, LES SCIENCES, LA CUISINE DE JOUR ET DE NUIT, LA LITTÉRATURE, LES COSMÉTIQUES, LA MORALE.

Quelque temps après cette grande séparation, j'errais solitaire sous les arcades du Palais-Royal, léger d'argent, mais chargé de réflexions et de pensées.

J'ai toujours été observateur de mon naturel ; il y a en moi un peu de La Bruyère mêlé à beaucoup de La Rochefoucauld, et à je ne sais quoi de Vauvenargues, épicurien et ralenti, comme dirait mon ami M. Sainte-Beuve.

Le lieu prêtait passablement à l'observation. La Restauration, si sévère à l'Opéra, n'avait point songé, comme je l'ai déjà dit, à raccourcir les jupes du Palais-Royal.

La grande galerie de bois se promenait les épaules nues, montrant ses jambes au passant, et tortillant fièrement des hanches.

Les autres galeries fumaient, chantaient, buvaient, mangeaient du soir au matin. Vers le milieu de la Restauration, les traditions de l'Empire n'étaient pas tout à fait perdues.

Il y avait encore des *ribotteurs*, dont nos *viveurs* n'ont été que de pâles copies.

On soupait peu, mais on déjeunait beaucoup.

Le souper ne date que des commencements de la Révolution de juillet, qui restaura tant d'usages de l'ancien régime : les potiches, la Courtille, les chinoiseries, la laque, les madrigaux sous le nom de sonnets, les meubles de Boule, les bals masqués et les soupers.

En 1823, on pariait un déjeuner que le duc d'Angoulême n'entrerait pas en Espagne, ou qu'on mangerait douze petits pâtés en avalant douze verres de vin de Bordeaux, pendant que midi sonnerait à la grande pendule du café de Foy.

Les mirliflores déjeunaient avec leurs maîtresses dans des cabinets particuliers. Le déjeuner était le grand moyen de séduction de l'époque.

Que de fois il m'est arrivé, à quatre heures de l'après-midi, de croiser sous la galerie occupée par Véfour, Véry et les Frères-Provençaux, pour observer la sortie des déjeuneurs, cherchant à deviner, à l'aspect de leur physionomie, quel vin ils s'étaient fait servir. L'homme qui a bu du vin de Bordeaux ne ressemble nullement à celui qui a bu du vin de Bourgogne, ou du vin de Champagne.

Tous les trois marchent, regardent, s'expriment d'une façon différente.

L'un siffle en marchant, l'autre fredonne, le troisième chante.

Le bordeaux distrait, le bourgogne égaye, le champagne transporte.

Personne, avant moi, n'a fait ces remarques, je les effleure pour la première fois dans ces Mémoires, me proposant de les traiter complétement dans un ouvrage de haute physiologie culinaire que je réserve pour mes vieux jours.

Une de mes distractions favorites était de descendre dans le souterrain du café des Aveugles. Je demandais un verre de punch ; le grog n'est venu qu'avec la démocratie. Accoudé sur la table, je passais de longues heures à écouter la grosse caisse, la clarinette et les cymbales de l'établissement, dont le bruit harmonieux me rappelait ma jeunesse et mes premières amours. Vous me voyiez aussi quelquefois, salons enfumés du 113, jetant au râteau du croupier la pièce de deux francs de l'espérance.

La nuit précédente, Atala m'était apparue en songe portant une robe de gaze, une couronne de laurier au front ; chaussée d'une paire de cothurnes rouges, en costume complet de Muse.

Voilà un rêve, pensais-je tout en continuant ma promenade, qui me portera peut-être bonheur ; les anciens se gardaient bien de mépriser les songes ; imi-

tons les anciens, et, puisque les cothurnes d'Atala
étaient rouges, allons lâcher un petit écu sur cette
couleur.

Comme je passais sous la lanterne rouge pour pénétrer dans la maison de jeu, je me trouvai tout à coup
face à face avec Cabochard, qui en sortait.

Je ne l'avais pas revu depuis notre rupture, et je
ne le reconnus pas d'abord à cause d'une paire d'é-
normes lunettes bleues dont il avait cru devoir s'affu-
bler, et qui cachaient presque la moitié de son visage.
Habit noir, gilet noir, culotte noire, cravate blanche,
il me sembla vêtu avec un luxe qui ne lui était pas
ordinaire.

— Que venez-vous faire ici, monsieur, me demanda-t-il, dans ces lieux si dangereux à la jeunesse?

— Observer les mœurs, lui répondis-je ; et vous?

— Étudier les caractères, c'est ma profession maintenant.

— Elle est assez lucrative, à ce que je vois.

— La Providence n'abandonne jamais ceux qui se
fient à elle. Je t'invite, ajouta-t-il, en passant familièrement son bras sous le mien, j'ai été heureux ce
soir; allons manger un morceau à l'*hôtel d'Angleterre;*
à table nous causerons.

L'*hôtel d'Angleterre* était la *Maison d'or* du temps,
bien inférieure à celle d'aujourd'hui comme cuisine et
comme société. Paris tout entier se trouvait plongé
dans les ténèbres d'une galanterie barbare et primitive.

Quelques vieux généraux protégeaient des actrices,

une douzaine de princes russes ou italiens entretenaient ouvertement une madame de Saint-Phar ou de
Saint-Victor; on citait tout au plus cinq ou six maîtresses de banquier.

Les *modistes*, les *ouvrières*, défrayaient tout le reste.
On croyait surtout à la *grisette*.

Nous devions plus tard doter la civilisation et l'a-
mour de ce type de corruption qui s'appela la lorette,
mais son heure n'avait point encore sonné.

Le personnel féminin de l'*hôtel d'Angleterre* ne
pouvait donc guère être cité comme un modèle de
distinction ; il se recrutait en général parmi les beautés
de la galerie de bois.

Quelques joueurs attardés, heureux ou malheureux,
les comédiens, quelques poëtes et vaudevillistes, bo-
hémiens prématurés d'une époque qui ne comprenait
pas la poésie, et qui flétrissait du nom de vagabonds
tous les gens qui n'avaient pas, passé minuit, le bonnet de coton sur les deux oreilles ; des Richelieu et
des don Juan de bas étage, des provinciaux se croyant
en bonne fortune, des souteneurs, des filles et des
mouchards garnissaient les cabinets particuliers de
cet établissement.

Cabochard, qui paraissait fort connu dans la maison, commanda un léger ambigu , comme on disait
alors dans la haute, et bientôt, les coudes sur la table, nous lampâmes dans des verres de cristal taillé
à facettes un haut médoc cachet vert à deux francs
cinquante, auquel je ne pus m'empêcher de trouver
un certain charme.

— Eh bien ! mon petit, me dit Cabochard, que fais-tu maintenant ?

— Rien , lui répondis-je , absolument rien; je ne sais de quel côté me tourner:

    ... Eheu ! fugaces posthume labuntur anni !

— La jeunesse est un rêve, une ombre, un éclair; il faut savoir l'utiliser, ajouta Cabochard, et songer pendant qu'on est jeune à rembourrer le matelas de la vieillesse. Je n'ai que trop négligé ce soin, mais j'espère réparer le temps perdu. Toi, profite de ta jeunesse. Écoute, Bilboquet, quoique je me sois conduit d'une façon bien légère à ton égard, je te pardonne. J'ai tout de suite apprécié tes hautes dispositions, et j'ai toujours eu un fonds de tendresse pour toi ; il faut que je t'en donne des preuves en m'occupant de ton avenir, en te mettant dans la bonne voie pour arriver à la fortune.

Il ne s'agit que de suivre mes conseils. Les suivras-tu ?

— Il faut auparavant que je sache en quoi ils consistent.

— C'est trop juste ; prête-moi donc, jeune homme, deux oreilles attentives.

Si tu as observé l'état de la société, comme je n'en doute pas, tu dois être convaincu d'une chose, c'est que le trône et l'autel sont rongés, minés, sapés par le jacobinisme, le carbonarisme et le libéralisme, trois têtes principales du bonnet révolutionnaire.

Les mœurs sont dans un état déplorable, ou plutôt

il n'y a plus de mœurs, partant, plus de lien dans les familles, plus de bonne foi dans le commerce. Les gens des villes savent par cœur les chansons de Béranger, les gens des campagnes lisent Voltaire et Rousseau ; les journaux et les brochures battent tous les jours en brèche la monarchie.

Toutes les armes sont bonnes contre elle, même les tabatières et les parapluies.

Quelques âmes pieuses, alarmées par la perspective des malheurs qui menacent les honnêtes gens, ont résolu de les conjurer. Elles ont fondé dans ce but une Société littéraire dite *Académie du Lis*, dont tous les membres s'obligent à payer une cotisation et à répandre les livres de la Société.

L'*Académie du Lis* a déjà fait confectionner quinze mille tabatières à la croix de Migné, et deux mille parapluies emmanchés du buste du Père Loriquet, pour contre-balancer le venin et le poison des tabatières à la charte et des parapluies Touquet.

Des cours ont lieu trois fois par semaine dans le local ordinaire des réunions de la Société. Je suis chargé du cours de morale.

L'*Académie du Lis* compte parmi ses membres un grand nombre de personnages influents; le gouvernement et les jésuites la voient d'un bon œil. L'abbé Tharin a daigné promettre d'assister prochainement à une de mes leçons.

Beaucoup de jeunes gens se font affilier à la Société. Ils y viennent passer leurs soirées. Le local est convenablement disposé. On y joue au trictrac, au loto, au quinola et à la bête hombrée. Il y a un oratoire pour dire son bréviaire, et un cabinet particulier pour s'administrer la discipline.

Je remarque que depuis quelque temps beaucoup de nos jeunes habitués se marient et font de riches mariages ; d'autres obtiennent des places : d'une façon ou d'une autre, la plupart font leur chemin. Veux-tu être des nôtres? justement la Société cherche en ce moment un professeur de *haute hygiène comparée*. C'est une science que tu ne saurais ignorer, après avoir vécu si longtemps à l'école d'un praticien comme moi. D'ailleurs, si tu ne la sais pas, je te l'apprendrai. On peut apprendre toutes les sciences en vingt-deux leçons. Que penses-tu de cette proposition?

Je n'étais point resté jusqu'à ce jour sans me poser la question de savoir dans quel camp politique je me rangerais : dans celui des *ultra* ou dans celui des libéraux. Du choix d'une opinion dépend bien souvent tout l'avenir de votre existence. Entre les royalistes et les libéraux, j'hésitais à me prononcer. Les uns et les autres m'étaient profondément indifférents, en vertu de la maxime, que le meilleur amphitryon est l'amphitryon où l'on dîne. Un jour, je voulus jouer mon opinion à pile ou face ; n'ayant pas trouvé le sou dans ma poche, je retombai dans mon incertitude ; Cabochard, à la fin, vint m'en tirer.

— J'accepte, répondis-je ; me voilà pour jamais dans les rangs des défenseurs du trône et de l'autel. Maintenant que faut-il que je fasse?

— Venir chez moi après-demain, à huit heures du

I.                                                        7

matin. Nous irons entendre la messe de neuf heures à
Saint-Roch ; de là nous nous rendrons chez M. le vidame de Saint-Macaire, secrétaire général de l'*académie du Lis*; je te présenterai à lui, et, comme j'aurai
eu le temps de le voir d'ici là, tu peux être sûr d'être
accepté en qualité de professeur de *haute hygiène comparée*. A la santé de M. le professeur !

Nous vidâmes une troisième bouteille, et, le jour
n'allant pas tarder à paraître, nous jugeâmes convenable de nous séparer.

Le surlendemain je fus exact au rendez-vous. A
l'heure dite, je sonnais chez Cabochard. Une femme
de ménage, propre et discrète, ayant depuis longtemps dépassé la quarantaine, vint m'ouvrir la porte.
J'entrai, quoique la vieille m'eût prié d'attendre que
son maître eût achevé sa prière.

La chambre de Cabochard était meublée avec une
simplicité qui n'excluait pas un certain luxe. Au pied
de son lit était un prie-Dieu, au-dessus un bénitier avec
son rameau bénit aux dernières Pâques fleuries ; au
fond, une bibliothèque d'acajou remplie de livres religieux ; des tableaux représentant le prince de Ho-
henloë, le révérend Père Desmazures prêchant la mission, saint Ignace en extase, l'apparition de la Vierge
à un ermite de la basse Provence, tapissaient les
murs.

— Tu vois, me dit-il dès que nous fûmes seuls,
Dieu prodigue ses biens, comme on dit, à ceux qui
font vœu d'être siens. Je ne manque de rien, et, sans
ce maudit Cent-Treize dont je ne puis me déshabituer.

j'aurais déjà des économies devant moi ; mais cela viendra ; la grâce ne peut manquer d'opérer un jour ou l'autre ; je ne cesse de l'invoquer matin et soir. Partons pour Saint-Roch ; les membres influents de la Société assistent presque tous à la messe de neuf heures. Je suis bien aise que M. le vidame de Saint-Macaire te voie prier ; je veux qu'il puisse dire : Voilà un gaillard qui prie bien ! Tu sais le maintien qu'il faut prendre : le col de chemise rabattu, le chapeau en arrière, la redingote boutonnée, les yeux baissés, pas de gants et beaucoup de ferveur. Je n'ai pas besoin de t'en dire davantage : marchons.

Cabochard, la messe finie, ne put s'empêcher de me féliciter. « Tu as été sublime de componction et d'humilité ; pour un premier début, c'est magnifique ! Le vidame t'a regardé, il m'a paru satisfait. Il ne faut pas faire croire qu'on se contente d'une simple messe basse, reste à genoux pendant que je vais à confesse ; c'est mon jour : je viendrai te chercher tout à l'heure. »

La confession de Cabochard me parut assez longue ; mes genoux commençaient à se fatiguer : enfin il parut, et nous sortîmes de l'église.

— Il faut songer à une chose, mon petit Bilboquet.

— A quelle chose ?

— A prendre un confesseur ; c'est indispensable : tous les membres de l'*académie du Lis* se confessent et communient une fois la semaine ; plus serait un excès, moins un relâchement. Je te proposerais bien mon confesseur, mais il est trop occupé ; d'ailleurs,

il n'est pas bien sûr qu'il consentît à se charger de
diriger ta conscience: tu n'es pas encore assez connu.
Nous trouverons un autre directeur. N'oublie pas surtout de t'approcher du confessionnal après la messe,
au moment où la foule s'écoule, afin d'être bien
aperçu par tout le monde; et, quand ta confession
sera terminée, mets en sortant ton mouchoir sur tes
yeux, afin que les gens qui te voient sortir s'imaginent
que tu as pleuré.

Cabochard me donna ainsi des leçons de haute dé-
votion, jusqu'au moment où nous entrâmes chez
M. le vidame de Saint-Macaire, marguillier de la pa-
roisse de Saint-Roch, secrétaire général et trésorier
de l'œuvre pieuse et littéraire de *l'académie du Lis.*

Je ne m'arrêterai pas à vous faire une description
détaillée du cabinet dans lequel nous reçut ce saint
personnage : on y remarquait un beau Christ en
ivoire et un buste en marbre représentant le général Charrette.

— Monsieur, me dit-il quand nous eûmes pris
place sur notre chaise, le bien que m'a dit de vous
notre excellent professeur de morale, M. Cabochard,
dont vous avez été l'élève, m'engage à vous confier
les fonctions difficiles et délicates de professeur de
haute hygiène comparée dans notre maison. L'hygiène,
comme toutes les parties de la science médicale, peut
avoir des côtés scabreux ; ne dites rien qui puisse
blesser les oreilles pudiques de nos frères et de nos
sœurs, car c'est ainsi que je me plais à qualifier les
membres de notre association. Épurez l'hygiène, si

elle en a besoin, exposez-la, sanctifiez-la; c'est là votre mission. La révolution (en prononçant ce mot, le vidame de Saint-Macaire poussa un long soupir) a les yeux fixés sur nous, elle nous guette du fond de l'abîme; ne fournissons pas des armes aux démons du *Constitutionnel* toujours prêts à nous taxer d'impureté. Vous passerez tous les premiers de mois à la caisse de la Société, où on vous remettra cent cinquante francs pour une leçon par semaine.

Pardon, messieurs, si j'interromps cet entretien que je voudrais prolonger. Je célèbre aujourd'hui le douloureux anniversaire du jour où les soldats de la révolution (nouveau soupir) hachèrent en petits morceaux mon grand-père, ma grand'mère, mon père, ma mère, mes deux tantes, mon oncle paternel, mon oncle maternel, mes trois cousins germains, mes trois cousines germaines, sept ou huit parents à divers degrés, et tous les domestiques, valets, piqueurs, serviteurs attachés à la maison, y compris notre digne chapelain, et tout cela parce que mon père avait défendu son roi et sa religion sous les drapeaux de l'immortel Charrette.

J'avais trois ans; alors seul, par un miracle de la Providence, j'échappai au massacre de tous les miens. Je compte donc passer comme toujours cette journée dans les larmes et les prières, et demander au ciel qu'il ne punisse pas notre malheureuse France des forfaits de la révolution ! (Explosion de soupirs.)

— Nous joindrons nos oraisons aux vôtres, monsieur le vidame, et peut-être la Providence daignera-

7.

t-elle nous exaucer. On a bien raison de le dire, ajouta Cabochard, les blancs seront toujours les blancs, et les bleus les bleus !

En sortant de chez Saint-Macaire, Cabochard me dit :

— Te voilà professeur de haute hygiène comparée ; pour célébrer cet événement mémorable, si nous allions nous flanquer une bosse !

Cabochard a souvent poussé trop loin l'oubli du beau langage et de lui-même ; c'est ce qui l'empêchera toujours d'arriver aux grandes positions : il ne fera que bouloter.

— As-tu de la douille ? répondis-je, pour moi je suis à sec.

Cabochard avait vendu le matin à un libraire monarchique et religieux, dont la boutique était située dans la galerie de bois, une brochure intitulée la *Lanterne magique des libéraux,* ou *Comment ça se joue,* dédiée à M. le marquis de La Fayette, par un calotin.

Le libraire avait payé ce factum cent cinquante francs. C'était le prix ordinaire de toutes les brochures monarchiques et religieuses, prix fixe, immuable, invariable, comme pour les brioches et les petits pâtés.

Nous déjeunâmes au *Petit-Vatel.* A quatre heures nous étions encore à table. Au dessert, Cabochard jugea que le moment était venu de traiter un peu la grande question de la haute hygiène comparée.

— Tu ignores, dis-tu, cette science ; je vais te l'apprendre en peu de mots.

On commence par se garder soigneusement contre toute espèce de tentation d'ouvrir un dictionnaire de médecine. Ces sortes d'ouvrages corrompent la mémoire, ils la farcissent de mots techniques, d'aperçus scientifiques qui rendent l'homme pédant sans réussir à le faire passer pour savant. Tu débutes par une leçon d'ouverture dans laquelle tu fais l'histoire de l'hygiène chez tous les peuples, depuis la création du monde jusqu'à nos jours. Les patriarches se lavaient-ils les mains ? Les Mèdes connaissaient-ils l'usage de la brosse à dents ? Est-il vrai que les Romains employassent l'eau de Cologne dès l'époque de Jules-César, et qu'on ait trouvé une tablette de savon de Windsor dans une maison récemment déblayée à Herculanum, avec l'adresse du parfumeur : *Houbigandus odorator?*

Quel vaste champ pour la science et l'érudition ! Songe surtout qu'avec ce monde-là il ne s'agit plus d'eau infaillible pour faire couper les rasoirs ou guérir la rage des dents.

Tu traites ensuite la haute question de l'influence des cosmétiques sur le moral des individus et des peuples. Tu montres la civilisation naissant avec la pommade, se développant avec l'huile de Macassar, parvenant à son apogée avec l'eau athénienne. Cela te conduit naturellement à tracer l'histoire universelle du tissu capillaire, et à exposer les divers systèmes au moyen desquels on tente de le fortifier, de l'embellir, d'empêcher sa chute. Quelle intéressante leçon tu peux faire sur l'art de se teindre la barbe, les moustaches et les favoris!

Du cosmétique tu passes au bain : bain ordinaire, bain complet, bain de voyage, bain de son, bain de pied, bain de siége, bain russe, bain Vigier. Lequel vaut mieux, se couper les ongles avec des ciseaux, ou les limer? Les pinces sont-elles préférables à la pâte épilatoire pour faire disparaître le duvet des joues, etc., etc.? N'oublie jamais que tu fais un cours de haute hygiène comparée principalement à l'usage du beau sexe.

Le cor aux pieds, les compères loriots, les fluxions à la joue, sont des maladies qui affligent assez fréquemment les femmes et qui leur causent toujours des ennuis terribles. Ces affections surgissent toujours à la veille d'un bal, d'une première représentation, d'un concert, d'une soirée ou d'un sermon. Laisse de côté la migraine, c'est une maladie usée et que les femmes comme il faut n'osent plus avouer. Jette-toi à corps perdu dans le fluide nerveux, il pourra te fournir de nombreuses leçons. Tu dois en consacrer au moins une à la graine de moutarde blanche. Le clergé a adopté ce rafraîchissant; M. de Fraissynous et le cardinal Latil n'en emploient jamais d'autre, et sur cet illustre exemple tous les membres de la Société littéraire du Lis en font usage.

Aie bien soin de semer chaque leçon d'épisodes et de bons mots ; l'épisode est le nerf de l'éloquence et de l'enseignement. Ne néglige point l'anecdote, elle soutient l'orateur. Raconte comment fut inventé le rince-bouche, à quel grand homme on doit l'usage de la cire à moustaches, quelle femme employa pour la première fois le vinaigre de toilette, détails essentiellement instructifs et hygiéniques. De temps en temps quelques citations en vers ne font pas mal. Pour moi, vers et prose, c'est ma devise. J'ai suivi l'exemple de Demoustiers, et je m'en trouve bien. Si tu veux réussir dans ton cours, imagine toi que tu écris des lettres à Émilie sur l'hygiène comparée.

J'ose croire que je profitai assez bien des conseils de Cabochard. J'ai conservé dans mes paperasses le numéro d'un journal de notre bord qui rendit compte de ma première leçon. Les lecteurs ne seront pas fâchés de retrouver ici cet échantillon de mon éloquence.

ACADÉMIE DU LIS.

*Cours de haute hygiène comparée.*

(Troisième leçon.)

Nous avons attendu jusqu'à ce jour pour rendre compte du cours de haute hygiène comparée, professé par M. Bilboquet à l'académie du Lis, cette Société dont l'influence grandit tous les jours, et dont l'action est de plus en plus appréciée par tous les amis des bonnes lettres, de la bonne science, de la bonne morale, de la bonne philosophie, de la bonne histoire et de la bonne hygiène comparée.

La quatrième leçon du docteur Bilboquet avait attiré

une affluence considérable. Les dames les plus élégantes garnissaient les premiers rangs des banquettes. Des chefs de division des divers ministères, des banquiers, des officiers supérieurs de la garde royale, des journalistes, des ecclésiastiques, remplissaient la salle. Tous les yeux se portaient sur le vénérable président de l'académie, qui occupait un fauteuil dans l'enceinte réservée au professeur. M. le vidame de Saint-Macaire, secrétaire général de la Société, se tenait debout derrière lui. Le sujet choisi par M. Bilboquet était de nature à piquer vivement la curiosité publique ; on savait qu'il devait traiter un des points les plus curieux et les plus importants de la haute hygiène comparée, nous voulons parler des *taches de rousseur*, et de l'influence qu'elles exercent sur le moral des sociétés.

Le professeur a commencé par définir ce qu'il faut entendre par le mot de tache de rousseur. Il nous a appris comment elle se forme et comment il faut s'y prendre pour la faire disparaître. Ici, les plus illustres hygiénigraphes sont divisés : les uns recommandent l'eau pure, les autres le lait ou bien une pâte nouvelle que les Anglais appellent *cold-cream*. Paracelse est pour l'eau pure coupée d'un filet de vinaigre. Après avoir exposé ces thérapeutiques diverses, M. Bilboquet est entré dans le cœur de son sujet. Ici, nous allons le laisser parler.

« Thémire a la tête admirablement bien posée, ses mouvements sont pleins de nonchalance et de grâce. Brune de cheveux, blanche de teint, elle abandonne

à ses yeux tout l'honneur de sa figure, et ils suffiraient
à sa beauté, si deux taches de rousseur n'étaient ve-
nues se placer malencontreusement juste au-dessous
de son œil gauche.

Rien n'est parfait sur cette terre.
Jupin, par un décret moqueur,
Mit l'ombre près de la lumière ;
Sous l'œil, la tache de rousseur.

« Un vif intérêt d'observation, cultivé par l'étude, un
penchant pour la coquetterie que combat l'usage et
le plaisir de la réflexion, l'amour des arts et l'amour
du monde, tels sont les défauts et les qualités de
Thémire.

Elle a, par un heureux mélange,
Tout ce qui peut plaire et charmer ;
C'est un lutin et c'est un ange :
On ne peut la voir sans l'aimer.

« Thémire, autrefois si brillante, si heureuse, paraît
plongée dans une mélancolie profonde. Damis s'en
afflige, Damis s'en inquiète ; il ne peut rien obtenir
de Thémire quand il lui demande la cause de ce
brusque changement d'humeur. »

Après ce charmant portrait de Thémire, le professeur nous montre Damis poussé à bout par la mauvaise humeur de Thémire, et renonçant à demander
la main de cette jeune veuve. L'armée va partir ; il
est sur le point de voler à l'appel de la gloire, lors-

qu'il reçoit un billet ainsi conçu au moment même où il va monter à cheval :

« Je vous ai rendu bien malheureux ; pardonnez-moi et revenez. Mes taches de rousseur me rendaient malgré moi maussade et acariâtre. Accourez pour revoir Thémire. »

Voyez pourtant, dans notre empire,
    A quoi peut tenir le bonheur :
Damis fut sur le point de perdre sa Thémire,
    Pour une tache de rousseur.

Ce trait charmant a terminé l'improvisation du jeune et brillant professeur, qui est descendu de la chaire au milieu d'une double salve d'applaudissements. Le président de l'Académie a daigné le féliciter à diverses reprises.

Suivant l'usage adopté par l'académie du Lis, usage dont on ne saurait trop recommander l'imitation, la soirée de littérature et de haute hygiène comparée à laquelle nous avons assisté s'est terminée par une quête au profit du malheureux curé Mingrat, que les calomnies du *Constitutionnel* ont forcé à chercher un asile sur la terre étrangère.

M...

Cette initiale cache le nom de M. Malivire, un des écrivains les plus spirituels de notre époque. C'est lui qui me disait un jour :

— Savez-vous pourquoi les Carthaginois ne portaient jamais de gants ?

— Non.

— C'est parce qu'ils ne craignaient pas l'*air aux mains* (les Romains).

C'est encore lui qui a dit : *Les Bourbons n'ont rien appris ni rien oublié.*

On lui doit également cette phrase célèbre, qu'il prêta à Louis-Philippe, qui ne s'en montra guère reconnaissant : *La Charte sera une vérité.*

C'est lui qui a inventé le calembour par à peu près. Un jour, parlant d'un haut fonctionnaire qui ne passait pas pour avoir toujours les mains dans ses poches, il s'écria : « Décidément je vois que bonne renommée vaut mieux que *cinq Turcs dorés* (ceinture dorée).

Je n'ai jamais pu obtenir que ce satané farceur me donnât un recueil de ses bons mots : j'en aurais certainement orné mes Mémoires. « Je ne sais jamais, répond-il toujours à ma demande, combien de chaussettes et de bonnets de nuit je donne à ma blanchisseuse ; comment voulez-vous que je me rappelle mes bons mots ? Tout me porte à croire que j'en produis ordinairement cent à cent cinquante par jour ; il est difficile que je les retienne. » C'est vraiment dommage !

Cependant, malgré mon succès à l'*académie du Lis*, je ne roulais pas sur l'or, tant s'en faut. On a bien vite vu la fin de cent-cinquante francs par mois. Un jour, je me plaignais à mon collègue, le professeur de morale Cabochard :

— Patience ! me dit-il ; nous sommes à la veille

d'arriver. Il s'agit de donner un renfoncement énorme
au libéralisme. On demande des hommes jeunes, des
intelligences d'élite et des poignets vigoureux : nous
sommes là. J'ai eu hier un entretien avec Saint-Macaire, il m'a engagé à me tenir prêt. La congrégation
trouve que ça ne marche pas, et elle est décidée à former un ministère composé des plus forts biceps et
des muscles les plus robustes du parti. Nous allons
inaugurer l'ère des gaillards solides.

Il nous faut des places : tu en auras une, moi deux :
une qu'on me donnera, une que je me ferai donner.
Voyons, as - tu songé à quelque chose ? Ne t'a-
vise pas de vouloir des fonctions utiles, une place raisonnable ; demande une sinécure, la plus inutile, la
plus fantastique, la plus impossible, la plus absurde
de toutes les sinécures : ce sont celles-là qui survi-
vent aux révolutions, qui sont éternelles. Il me
vient une idée lumineuse, une idée magnifique, une
idée admirable, pyramidale, phénoménale ! Sais-tu
la place que je compte faire solliciter pour toi par
notre estimable secrétaire général le vidame de Saint-
Macaire ?

— Voyons.

— La place de pharmacien des musées royaux !
Les statues ne sauraient se passer plus longtemps
d'un apothicaire : il y a là une lacune qu'il faut combler. Si Vénus a besoin d'un loch, et Apollon de n'importe quel autre remède, il n'y a personne dans tout
le Louvre et dans tout le Luxembourg pour le leur administrer. Dernièrement, Diane chasseresse était en-

rhumée du cerveau ; elle a éternué devant M. de For-
bin, qui ne lui a pas seulement offert une pastille de
gomme. Si cela continue, dans quelques années la
maladie aura détruit les statues des musées royaux ;
les trois quarts sont déjà phthisiques au deuxième degré. Elles ont un conservateur et un médecin : il leur
faut un apothicaire. Tu auras six mille francs par an,
la croix d'honneur, et tu pourras mettre sur tes cartes de visite : *Bilboquet, pharmacien de l'Olympe.*

Cette plaisanterie s'est pourtant réalisée, et j'ai dû
à la Restauration et à l'académie du Lis le titre offi-
ciel de pharmacien des musées royaux, et je figure en
cette qualité sur l'avant-dernier *Almanach royal* de la
branche aînée.

Cependant les événements s'assombrissaient de jour
en jour ; je ne sais quelle tristesse pesait en ce moment sur l'âme des défenseurs de la légitimité. Les
séances de l'*académie du Lis* étaient de plus en plus
rares, le nombre de ses membres diminuait. J'inter-
rompis mon cours de haute hygiène comparée : Cabochard, le professeur de morale, m'avait déjà donné
l'exemple. Il ne venait plus du tout à la Société : il
avait changé de domicile. Je restai six mois complets
sans le voir et sans entendre parler seulement de lui.

Je me promenais un soir sous les arcades du Palais-Royal, devant ce 113 si cher à Cabochard, avec
le secret pressentiment de le rencontrer. En effet, sur
le coup de minuit, je le vis sortir de la maison de jeu.
Il avait encore changé de costume.

Au lieu d'un habit noir, il portait une redingote

blanche avec des poches de côté, un gilet blanc à re-
vers, un col de chemise renversé sur une cravate noire
nouée négligemment ; ses cheveux, frisés à la Benja-
min Constant, tombaient sur ses épaules : il affectait
de tenir la main cachée entre sa chemise et son gilet.

Je l'abordai, et je lui demandai ce qu'il était devenu depuis six mois.

— Tu le vois, me répondit-il, j'ai vécu.

— Comment ?

— De ma plume et de mon indépendance.

Il m'offrit une prise de tabac dans une tabatière
sur laquelle était le portrait du général Foy.

— Depuis quand prends-tu du tabac ?

— Depuis que je suis publiciste. Il n'y a pas de bon
écrivain sans tabatière.

— A la bonne heure ! Mais ce général Foy ?...

— C'est mon idole ! Homme de guerre, homme
de plume, orateur et soldat, patriote sublime, l'antiquité ne nous offre pas une plus belle image du
grand homme. Hélas ! nous l'avons perdu ! il n'est
plus là pour nous soutenir dans la lutte.

> Nous entrerons dans la carrière
> Quand nos aînés n'y seront plus.

Nous tâcherons du moins de les imiter et de nous
montrer dignes d'eux. Le despotisme peut relever ses
bastilles, nous sommes prêts à les affronter.

— Que signifie ce pathos ?

— Je ne crois plus à la Restauration, les Bourbons

sont en arrière d'un siècle pour le moins ; ces gens-là veulent se perdre, tant pis pour eux ! Quant à moi, je suis bien décidé à ne point me sacrifier à leurs folies, la France avant tout !

Dans mon étonnement naïf, je regardais Cabochard sans lui répondre.

— J'ai voulu douter. J'ai essayé de me soustraire à l'évidence, reprit mon ami; mais, lorsque j'ai entendu le pur, l'immaculé, le sans tache vidame de Saint-Macaire, qui a vu périr la branche aînée de sa famille en Vendée, et la branche cadette à l'armée de Condé, me dire tristement : « C'en est fait de la monarchie ! Les nouveaux ministres ne comprennent pas mieux la partie qu'ils ont à jouer que les anciens ; je donne ma démission de secrétaire général de la Société littéraire du Lis. » j'ai vu l'abime, je me suis incliné devant la réalité, et je me suis décidé, quoique à regret, à séparer ma cause de celle des Bourbons. Je publie des brochures pour les éclairer, et des articles de journaux pour leur ouvrir les yeux ; mais je crains bien que mes efforts ne soient inutiles. Ces gens-là ont des yeux pour ne point voir. La France est centre gauche, je me suis donc fait publiciste du centre gauche. Tel que tu me vois, je cherche des capitaux pour fonder une grande entreprise centre gauche. Ne connaitrais-tu pas quelque capitaliste ?

— Quelle est cette grande entreprise ?

— Un journal.

— Quel genre de journal ?

— Voilà ce que j'ignore. Sera-t-il quotidien, hebdomadaire, mensuel, bi-mensuel? Cela dépend des fonds qu'on mettra à ma disposition. Il y a peut-être quelque chose à faire avec une revue; la France ne connait guère ce genre de publication qui nous vient d'Angleterre, comme le bifteck et le caoutchouc. Ce serait rendre un vrai service à notre belle patrie que de la doter du *Rewiéwer*; de glorieuses destinées l'attendent, et celui qui l'inventera fera probablement une brillante fortune. Décidément je crois que c'est une revue que je fonderai lorsque j'aurai trouvé les cinquante mille francs dont j'ai besoin pour cette affaire.

Je dois dire que c'est à cette conversation avec Cabochard que la *Casquette de Paris* dut le jour. Il n'y avait alors à Paris qu'une seule revue, intitulée la *Casquette de Loutre*, dont le directeur payait les rédacteurs en bons mots. Cela ne pouvait suffire. Je dois maintenant apprendre au lecteur comment j'arrivai à fonder la *Casquette de Paris*.

# CHAPITRE V.

## TOUJOURS LA RESTAURATION. — LA CASQUETTE DE PARIS.

Un hôtel littéraire. — Fouquet, Lucullus, la Popelinière. — Les cuvettes en or. — Fondation de la *Casquette de Paris*. — Malfilâtre et Désaugiers.—Le baccalauréat ès lettres des gens de lettres. — Les publicistes, les économistes, les géographes, les voyageurs, les hommes graves. — Lord Chatam et lord Pitt. — Très-bien, milord ! — Les mouvements et les côtes. — Place aux fantaisistes !

Quelques jours après, je me trouvai donc installé dans un vaste hôtel, situé dans une des belles parties de Paris : un logement monumental au dehors et doré sur tranches à l'intérieur. Fouquet, Turcaret, Lucullus, la Popelinière, je n'ai pas eu le plaisir de vous connaître ; mais je maintiens qu'à côté de moi vous étiez logés comme des croquants.

Devant moi le ministère de Thémis, à ma gauche le ministère de Plutus ; le timbre de l'État à ma droite ; puis, dans mon voisinage, des chancelleries, des ambassades, le ministère des relations extérieures et ses archives ; j'ai tout sous la main.

O Bilboquet, l'homme des parades et des foires ! qui t'eût dit que tu partirais des flancs d'une grosse caisse et de l'embouchure d'une clarinette, pour rebondir un jour place Vendôme, juste en face la colonne ? O fortune ! voilà de tes carambolages !

Entendons-nous pourtant, n'allez pas vous figurer, par hasard, que je me sois amusé à me loger comme un nabab de Calcutta, et à m'acheter des cuvettes en or et des tire-bottes en nacre de perle, comme tel diplomate littéraire, tout simplement pour le fanatisme du bibelot : je suis, Dieu merci, plus pratique que cela !

Avez-vous jamais observé l'influence immense qu'exercent à Paris l'hôtel, le mobilier et l'épaisseur de la porte cochère sur la confiance publique et la circulation générale du numéraire ?

Vous avez dans la tête une idée qui ne demande que des capitaux ; vous voulez vous improviser une haute importance financière et sociale ; rien de plus simple : louez un hôtel, vous êtes tout de suite très-posé, très-influent. L'argent, sous toutes ses formes, afflue sous votre vestibule ; vous devenez régence, rue Quincampois.

Mais, me direz-vous, je n'ai pas un sou dans ma bonne caisse de Tolède. Raison de plus, louez un hôtel, louez des tapis, des meubles, des esclaves, des bureaux sur lesquels vous faites écrire en grosses lettres : *remboursement, endossement, recouvrement, encaissement*, etc., etc., c'est assez !

Vous pouvez faire hardiment un appel à toute espèce de gens à fibres crédules, bailleurs de fonds, dupes, jobards et autres actionnaires.

Connaissez-vous l'hôtel Bilboquet ? Bilboquet ouvre ce soir ses salons, le musée Bilboquet, la livrée Bilboquet, le suisse Bilboquet, les raouts Bilboquet !

Voyez tout de suite sur quel tremplin ça vous pose un homme !

Ainsi je rêvais sous le baldaquin en velours rouge de ma nouvelle existence. — J'ai, me disais-je, de l'or qui ruisselle à mes lambris et à mes trumeaux, et pour toute fortune, douze francs cinquante en petite monnaie, rangés sur ma table de nuit.

C'est pourtant avec cette faible somme que je prétends révolutionner la France politique et littéraire. La France a donc besoin d'être révolutionnée? Évidemment. Règle générale : la France à toujours besoin d'être révolutionnée. « La France s'ennuie, » comme dit la lyre la plus harmonieuse et la plus élastique des temps modernes.

Qu'est-ce qui manque à la France? une chose de première nécessité, messieurs, et dont tout le monde éprouve un besoin effréné, féroce : un nouveau journal.

Mais, me direz-vous, la France est déjà encombrée de journaux. Raison de plus pour lui en offrir encore un. Plus elle bâille, plus elle se désabonne, plus on doit songer à grossir le nombre des nouveaux organes ; c'est élémentaire !

Je déclare d'abord que l'industrie du journalisme, si éclairée, si avancée en apparence, est encore immensément encroûtée !

L'Angleterre est peuplée de revues; la France n'en possède pas une seule. Qu'est-ce que la revue? un journal pâteux qui ressemble beaucoup pour la forme à l'ancienne brochure du temps de feu Maréchygy.

feu Salvandy, feu Montlosier, et qui, pour le fond, s'engage à avoir le moins d'abonnés possible, et à être dans chaque numéro palpitant de lourdeur, de pédantisme et d'ennui.

Où voulez-vous que les hommes graves de ce temps-ci, les diplomates et les hommes d'État qui dinent chez Katkomb, les jeunes publicistes qui soutiennent les gouvernements à raison de cent cinquante francs par mois, les libres penseurs qui veulent être chefs de division, les universitaires voltairiens qui font leurs Pâques tous les dimanches pour obtenir de l'avancement; où voulez-vous que tous ces intéressants personnages trouvent aujourd'hui à déposer leurs tartines et à élaborer leur avenir?

La revue, c'est le journal qui s'arrondit, qui prend du ventre, le journal fait homme, l'homme à la fois coffre-fort et grosse caisse, qui exploite, monnaye, pour son propre compte, toutes les intelligences contemporaines; hier, simple gringalet médical, littéraire et pharmaceutique; aujourd'hui, financier en chef, cornac en chef, sangsue en chef de la littérature, de la politique et des beaux-arts.

Avec la revue, je groupe tout, je concentre tout à mon profit; la revue, c'est le passe-partout, le marchepied général. En vous présentant avec une revue à votre boutonnière, quels salons, quels théâtres, quels ministères, quels boudoirs vous seront fermés? Heureux Bilboquet! en vas-tu fouler de ces bank-notes et de ces feuilles de roses, de ces cœurs de femmes et de ces consciences d'hommes sous tes tiges de botte!

Mais, me direz-vous, quel titre donnes-tu à ton excellente revue?

Un titre immense, messieurs, phénoménal et bien simple pourtant, qui dit tout, qui englobe tout, la *Casquette de Paris*, c'est-à-dire l'économie sociale et la fantaisie, l'industrie, les finances et la haute charcuterie française...

Que d'hommes de notre temps ont essayé cette entreprise, à la fois si honorable et si difficile, qu'on appelle la *Casquette de Paris*, et s'y sont cassé le nez, ou du moins celui de leurs actionnaires! Moi, je suis sûr de réussir, j'en jure par les breloques de mes aïeux!

Donc, à partir d'à présent, je suis Bilboquet, le fondateur, l'intronisateur de la *Casquette de Paris*, la première revue que notre belle France ait vue éclore! En avant l'exécution! Voyons si mon époque me comprendra.

Il me reste, ai-je dit, douze francs cinquante; juste une demi-journée de cabriolet de régie; c'est le levier d'Archimède, c'est la flotte de Christophe Colomb; si vous ne faites pas dans Paris tout ce que vous voulez avec quelques heures de cabriolet devant vous, c'est que vous manquez totalement de verve et de ressort; retirez-vous! place aux habiles!

Me voici donc habillé de pied en cap, prêt à entrer en lice. Chalumeau, mon premier valet de chambre, me donne un dernier coup de peigne, et a l'audace de me demander quand il pourra émarger; le lâche!

Je lui allonge un énorme à-compte dans le derrière

et je m'élance chez tout ce que Paris possède de plus
éminent, de plus distingué dans toutes les branches
de l'intelligence.

La grande affaire pour moi était de trouver mon
premier souscripteur, coopérateur, codébourseur,
désignez-le comme vous voudrez... Celui-là trouvé,
il est certain que les autres ne tarderont pas à venir
d'eux-mêmes.

Je fais comme dans les souscriptions pour les Polonais ; je dis à l'un que je viens de chez l'autre, à
l'autre que je viens de chez l'un, à celui-ci que je
viens de chez celui-là, à celui-là que je viens de chez
celui-ci ; je fais ainsi le tour de toutes nos sommités.
Chacun s'engage parce qu'il voit que son confrère à
l'une des sociétés philomathique, philanthropique, historique, géographique, géologique, archéologique,
chronologique, héraldique. etc..., s'est engagé.

Les savants et les académiciens, qui ont si peu de
jalousie entre eux, ne veulent pas qu'il soit dit que leur
voisin, ou compétiteur, aura le droit d'écrire à la *Casquette de Paris* sans qu'ils aient le même privilége.

Ma première visite devait être naturellement pour
ce jeune homme de tant d'avenir, qui porte un des
beaux noms de France, avec deux cent mille livres
de rentes et beaucoup de cravates blanches.

Ce jeune phénomène se nomme le comte Max de
Canulard ; il est âgé de vingt-cinq ans à peine et connaît toutes les langues possibles : le sanscrit, le java-

nais, le chinois, le thibétain, etc. Il est plus fort en droit
français que Pothier, plus fort en droit allemand que
Savigny, plus fort en droit anglais que Blakstone, plus
fort en droit public que feu Vortel. Il est à la fois ju-
risconsulte, géomètre, mécanicien, astronome, idéo-
logue. Il a une femme charmante qu'il n'églige et des
lunettes bleues.

Canulard veut être tout simplement chef d'un cabinet quelconque l'année prochaine. Peut-être accepte-
rait-il en attendant une ambassade, Londres, Vienne ou
Berlin ; je ne dis pas qu'il n'irait pas jusqu'à la haute
magistrature et à la cour de cassation. Qu'on ne lui
parle pas de la cour des comptes ou du conseil d'État,
il en ferait une question personnelle.

— Eh ! bonjour donc, d'Aguesseau, François Ba-
con, Montesquieu, Jérémie Bentham ! m'écriai-je en
entrant, vous me connaissez bien, nous nous sommes
déjà vus dans plusieurs raouts politiques Je suis Bilboquet, je fonde la *Casquette de Paris*, un organe
nouveau ; votre nom flamboye en tête de mes fonda-
teurs. Vous m'êtes indispensable, cher ! Comment
voulez-vous que le journal ait du fond, si vous n'y apportez pas le puits de vos connaissances pratiques, le
poids de votre gouvernementalisme, la massue de
votre statistique, etc... Ah ! à propos, vous me sous-
crirez vingt-cinq actions, n'est-ce pas ? mille francs
chaque, vous ferez votre versement quand il vous
plaira, tout de suite si vous voulez, voici vos titres...

Le jeune Canulard ne peut guère résister à l'espoir de pouvoir tartiner, à beaux deniers comptants,

I. 9

dans la *Casquette de Paris*. Son nez s'allonge un peu,
mais il m'ouvre son coffre-fort de publiciste. A partir
de ce jour, nous sommes amis, à la vie et à la mort
de la *Casquette de Paris*.

J'emploie chez toutes les sommités que je visite le
même procédé. Je dis aux hommes politiques qu'ils
sont profondément littéraires ; aux hommes littéraires
qu'ils sont immensément politiques.

Tous me promettent quelques capitaux et immensément de copie.

Quant aux gens de lettres proprement dits, je ne
me donne pas la peine de me déranger pour si peu.

Je leur écris tout bonnement par la petite poste,
comme on écrit à un pâtissier ou à un bottier :

« Vous êtes invité, mon cher, à vous trouver tel jour,
à telle heure, dans les salons de Bilboquet, le fondateur de la *Casquette de Paris*. On désire s'entendre
avec vous, s'il y a lieu, pour constituer la rédaction. »

Ainsi, en inventant les revues, je puis me vanter
d'avoir inventé en même temps les soirées de rédaction, ou l'art de réunir les gens de lettres sous des
lambris dorés, pour les exploiter par soi-même et les
uns par les autres.

Le pauvre diable de poéte ou de romancier qui sort
des murs de sa mansarde et tombe tout d'un coup au
milieu d'un salon incendié par les lumières et les
premières illustrations de l'époque est nécessairement disposé d'avance à tendre la tête à toute
espèce de réduction de prix et de rabais inventés par
les pachas de la publicité.

Je veux qu'une fois dans mes salons les écrivains les plus irrités, les plus maigres, soient forcés de sourire et de prendre une physionomie ouverte et joyeuse. Je veux que Chatterton passe à l'état de Désaugiers et de Brillat-Savarin, que Malfilâtre ait l'air d'avoir dîné aux *Provençaux*.

O écrivains, race de protestation et de plainte éternelle ! osez donc encore maudire votre sort et dire que vous en êtes réduits souvent à boire votre encre et à manger votre papier, quand vous avez l'insigne honneur de regarder la vaisselle de Bilboquet, de boire l'eau sucrée de Bilboquet, de vous nourrir avec les parfums des jardinières de Bilboquet !

Autrefois, au siècle dernier, on invitait la littérature à dîner, fût-ce même à la cuisine. Comme j'ai perfectionné cela ! J'ai supprimé la cuisine. Je l'invite aussi, cette bonne littérature, mais à la condition que, dans ce siècle-ci, elle dînera moins que jamais !


Ai-je été beau, flamboyant, dans cette première soirée de rédaction ! Comme j'ai bien eu tout de suite l'aplomb et le jabot de l'homme qui aurait fait toute sa vie de la littérature et de l'exploitation périodique !

J'ai vu défiler devant moi, sans la moindre émotion, tous les gros bonnets du barreau, de l'Institut, de la politique, des sciences et des lettres. Il est vrai que je les avais tous vus préalablement dans le tête-à-tête, ces hommes à part !

Ils m'avaient paru si mesquins et si nerveux à l'idée

de l'éreintement, si affamés au contraire de réclames
et du moindre entre-filet élogieux, que je me sentais
tout à fait à mon aise avec eux. Nous avions le même
tempérament : nous ne différions que par le genre de
grosse caisse.

J'ai vu aussi défiler devant moi toute la littérature
contemporaine, des critiques blonds, bruns, hagards,
jaunâtres ; des rédacteurs politiques de toutes les
nuances et prêts à tout faire ; de vieux poëtes chevelus ; les coryphées du romantisme d'alors, les
Hernani, les Pierre Gringoire, les Périnet Leclerc,
les valets de pic, les valets de carreau de la couleur et de l'invention.

Au milieu de tous ces groupes, on voyait se
dessiner timidement certains littérateurs du genre dit
*amateur*, les jeunes gens qui embrassent les lettres
en dépit d'un oncle ou d'un papa très-riche, qui leur
prédit qu'ils mourront sur l'échafaud, parce qu'ils
s'adonnent au sonnet et au drame.

On voit qu'ils n'ont pas encore brûlé leurs vais-
seaux ; ils portent des gants, ils doivent avoir leur
montre. Je n'ai pas besoin de dire que je me garde
bien de traiter ces jeunes pigeons de lettres avec ce
mélange de sans-gêne et d'insolence que je déploie
avec les écrivains de profession.

Vienne leur héritage futur, je les attire tout doucement à moi par des moyens bien simples : j'insère
leurs vers, leurs impressions de voyages ; car ils voya-
gent tous, ces chers enfants, en Italie, en Espagne,
en Sicile, en Grèce. Ils éprouveront nécessairement

le besoin de publier leurs impressions de sables
brûlants, de ciel d'azur, de mer miroitante, d'horizon
phosphorescent... Mais ceci est de l'avenir, songeons
au présent.

Quand j'ai vu que j'avais autour de moi une guir-
lande suffisante de noms et de signatures, j'ai demandé la parole, et je me suis exprimé à peu près en
ces termes :

« Vous savez, messieurs, ce qui nous réunit ; il
s'agit de fonder la *Casquette de Paris*, un recueil immense qui mettra à notre disposition toutes les influences, prépondérances, jouissances, illusions d'amour-
propre, d'argent et de gloire qui peuvent exister
ici-bas.

« Quelle sera l'opinion politique de la *Casquette de
Paris ?* Sa spécialité, sa nouveauté et, je ne crains
pas de le dire, messieurs, sa force seront de n'en avoir
absolument aucunes. Ainsi elle pourra soutenir indifféremment toutes les causes, tous les pavillons, dire
aujourd'hui que tel ministre est l'homme le plus
grand, le plus éclairé qui ait jamais existé, et demain que le même homme est le dernier des polis-
sons, la plus scandaleuse ganache.

« Cela étant, toutes les souscriptions, toutes les sub-
ventions ministérielles nous sont nécessairement acqui-
ses d'avance; nous avons nos entrées dans les budgets
de tous les cabinets, de toutes les combinaisons possibles, nous aboutissons, par les canaux des mandats les
plus variés, à ce grand réservoir d'émargement que
l'on appelle le ministère des finances.

9.

« Pour la partie littéraire, même éclectisme, même dégagement de toute espèce d'influences et de fétichismes.

« Aujourd'hui, M. Victor Hugo est pour nous le chef de la poésie moderne, le dieu de l'imagination et du style ; dimanche prochain, M. Victor Hugo ne sera plus pour nous qu'un poëte plus obscur que Lycophon, plus boursouflé que Claudien, Bribeuf et tant d'autres. Ainsi, grâce à cette manière large et hardie de voir les choses, nous aplatissons ou nous exhaussons à notre gré toutes les réputations, nous les transportons comme nous voulons du Capitole de l'apothéose à la roche Tarpéienne des pommes cuites.

« Quant à ce qui concerne ma position personnelle, messieurs, je n'ai pas besoin de vous dire que je ne me pose nullement en littérateur ; je n'ambitionne que le titre modeste de directeur.

« Ce qui veut dire que j'aurai le droit exclusif et absolu de faire la pluie et le beau temps dans le recueil, d'admettre ou de casser aux gages qui je voudrai, d'avoir à ma disposition tous les éreintements et toutes les réclames, de faire encenser ou abîmer à mon gré toutes les célébrités, actrices, figurantes, jusqu'aux moindres rats de l'Opéra.

« A cela près, messieurs, je vous laisse l'entière disposition des bénéfices matériels et moraux qui pourront être attachés à l'exploitation de l'entreprise.

« Cela dit, il ne me reste plus qu'à faire un appel

aux diverses spécialités qui m'entourent, et à constituer définitivement la rédaction. »


— Vous d'abord, jeune homme, qui vous tenez là-
bas sérieux et roide comme une pomme de stick,
avancez ici, dites-nous votre nom et votre spécialité?

— Moi, monsieur, je me nomme sir William Cokney, de Carpentras; comme mon nom l'indique, j'ai
pour spécialité l'article anglais, tout ce qui concerne
les meetings, les séances de clubs et de Parlement,
les scènes d'élection, l'industrie et la cuisine anglaise,
les rasoirs de Birmingham, le caoutchouc de Manches-
ter, le haut-charbon de Newcastle, les roastbeafs, les
romsteaks, les puddings, etc...

Vous aurez l'agrément d'avoir en moi un rédacteur
excessivement Anglais des pieds à la tête. Regardez
mon parapluie et mes guêtres, ne dirait-on pas
M. Hoffman ou M. Levassor dans lord Esbrouff ou
lord Spleen ?

De plus, je ne me nourris absolument que dans les
tavernes, je ne bois que du porter, je ne mange que
des semelles de bottes accommodées à l'anglaise avec
des sauces de toutes les couleurs.

Vous ne me verrez sourire que deux ou trois fois
dans l'année tout au plus. Je suis Français, monsieur,
l'Angleterre avant tout !

— Je vous inscris pour l'article anglais, ô sir William Cokney ! vous réunissez toutes les conditions du

genre ; vous me plaisez, d'ailleurs, par la manière dont vous placez votre chapeau...

— Du reste, ajoute ce jeune homme, je ne suis pas seulement apte à traiter l'article anglais, j'ai la redingote à brandebourgs pour la question russe, le turban pour la question danubienne, la rondache et le feutre gris pour la question espagnole...

— Très-bien, très-bien ! engagé comme forte basse-taille pour toute la politique extérieure !..... A vous maintenant, autre jeune homme grave, avancez, et venez nous signaler votre spécialité...

— Moi, monsieur, je confectionne spécialement ce que l'on est convenu d'appeler les *mouvements*...

— Jeune homme, qu'entendez-vous par là ? Auriez-vous par hasard des affinités avec les chemins de fer et les fabriques d'horlogerie ?

— Nullement, monsieur. Le *mouvement*, en terme de revue et de publicité, est tout ce qu'il y a de plus intellectuel et de mieux porté.

Vous avez le *mouvement philosophique et littéraire en Allemagne*, le *mouvement voluptueux dans l'Espagne et ses colonies*, le *mouvement fashionable et gastronomique dans l'intérieur de l'Afrique centrale*, etc. C'est très-commode, cela ne s'use jamais ; une revue peut vivre là-dessus dix ans, vingt ans, trente ans, sans que le public ait l'air de s'en apercevoir.

Vous êtes embarrassé pour faire votre numéro, vous m'écrivez : « Mon cher Cornelius Cornichef (c'est mon nom), envoyez-moi sans le moindre retard un mouvement quelconque de tant de mètres de long sur tant de mètres de large. » Cela me sera d'autant plus facile, que je compte toujours vous offrir le même mouvement, en ayant le soin seulement de rafraîchir les basques et de changer les entournures, suivant les exigences du numéro...

— Écrivez : Le jeune Cornelius Cornicheff pour l'article *mouvement*. Passons à une autre guitare.

— Moi, monsieur, je confectionne l'homme d'État étranger et la biographie parlementaire et politique.

Je roule généralement sur deux hommes qui me suffisent pour toute ma rédaction. Lord Chatam et son fils William Pitt. Avec ces deux physionomies-là, que je refais à peu près tous les mois, je suis sûr d'avoir un succès prodigieux près des lecteurs, toujours si curieux de pénétrer dans l'intimité et les *water-closets* des grands hommes des autres pays.

Je commence par choisir un titre général que je varie à l'infini : *Types parlementaires, Galeries parlementaires, Muséum british parlementaire.*—N° 1. Lord Chatam.—N° II. William Pitt.—N° III. Lord Chatam.—N° IV. William Pitt ; et toujours comme cela jusqu'à la fin de la série. Seulement, j'ai le soin de signer mes articles d'un nom grave et confortable : lord Grog, lord Chic où lord Stick...

— Très-bien, milord! engagé pour l'emploi exclusif des Chatam et des Pitt, des Pitt et des Chatam.... A vous là-bas!...

— Moi, monsieur, je confectionne le voyage, mais non pas le petit voyage mesquin, facile, comme qui dirait de Paris au pied du Chimborazo ou le fond de l'Australie, les rives du Niger ou le tour du globe ; fi donc ! Je ne rédige que le voyage véritablement neuf et sérieux ; ainsi l'intérieur des cavernes des lions de l'Atlas, les grottes de la mer Glaciale, les cratères de volcans, les plages qu'habitent les requins, les crocodiles, les hippopotames, les mastodontes, les dinothériums, les cétacés les plus antédiluviens, etc...

Je travaille aussi dans les côtes ; je vous ferai autant d'articles côtes que vous voudrez : les *côtes de la Méditerranée*, les côtes de la mer Noire, côtes de la Loire, côtes de la Saône, côtes du Mississipi, côtes du fleuve Jaune, *côtes des Amazones*, etc... Je ferai pleuvoir dans les colonnes de la *Casquette de Paris* autant de naufrages, de tremblements de terre, de trombes, de cataractes et d'expéditions au pôle nord que vos abonnés pourront en désirer....

— Allez ! ô touriste ! persévérez dans vos bonnes intentions... Faites-moi toujours exactement le même article sur l'Amérique, l'Afrique, les Grandes Indes, Malte, la Corse et autres climats littéraires, attendu qu'une fois que le public français est accoutumé à ces climats-là, il ne peut pas en supporter d'autres...

J'ai donné ensuite audience à des gens qui sont venus me proposer des situations : situation morale et politique de la France, situation morale et politique de l'Italie, de la Prusse, de l'Autriche, etc... Je compte aussi tirer parti des *situations* ; c'est exactement la même chose que les *mouvements*, mais le titre diffère, et cela varie la rédaction.

Cependant j'examinais l'assemblée.

— Eh quoi! messieurs, parmi vous tous, pas
le moindre économiste, le moindre publiciste qui
puisse tartiner sur les houilles, les denrées coloniales,
le fer, le charbon, le cuivre, les asphaltes, les mines
et autres matières d'industrie de haut chantage!...

— Présent, dit un jeune fruit sec de toutes les
écoles industrielles possibles, j'ai, quant à présent, en
portefeuille plusieurs articles très-curieux : *Statistique des hannetons dans les parties du monde connu ;
de l'amadou, de son passé et de son avenir dans la
société ; de l'emploi du fer, du cuivre et des alliages
dans la confection des clyso-pompes...*

— Assez, jeune homme, vous pouvez déposer vos
articles, j'espère pouvoir en trouver le placement....

J'ai ainsi passé successivement en revue toutes les
intelligences qui constitueront le fond, la pâte du
journal. J'ai fait généralement à ces rédacteurs-là fort
peu d'objections, attendu que je me propose de les
payer aussi peu que possible.

Que dis-je, les payer! C'est bien plutôt eux qui
me payeront! Les publicistes qui font l'article Angleterre, les hommes graves qui traitent les situations et
les mouvements, les voyageurs au long cours qui font
l'article côte, désert, savane ou maquis, ont généralement des capitaux disponibles ; on peut en tirer
parti.

Mais trêve, quant à présent, à la partie politique,
économique et sérieuse de la *Casquette de Paris* ;
passons à la partie légère, autrement dit, à la critique
et à la fantaisie.

# CHAPITRE VI.

### (Suite du précédent.)

Même guitare. — Le critique qui flanque le fouet à tout le monde. — J'tape dur! — M. de Châteaubriand. — Molière. — Voltaire. — Racine. — Vivent les initiales! — A nous les lumineux! — Les écrivains *a giorno*. — Les marbres du Parthénon et les punaises des bois. — Enfoncés, les gens de lettres! — Je singe Louis XIV. — Discours final. — Les crapauds de l'avenir.

Approchez maintenant, critiques jeunes ou vieux, sentencieux ou fantastiques; venez nous déployer vos talents et vos titres.

— Je pense, monsieur, me dit un homme au teint pâle, que vous cherchez un critique, mais ce que j'appelle un critique dans toute l'acception du mot, un critique de naissance; je crois que je suis votre affaire : j'ai vraiment la vocation.

Je faisais de la critique bien avant de parler et même de marcher; j'ai critiqué le sein que m'offrait ma nourrice, le lait dont elle me nourrissait; j'ai critiqué mon maillot, mes langes, mon bourrelet, mon berceau et toute ma layette. Plus tard, quand j'ai commencé à balbutier, j'ai critiqué papa, j'ai critiqué maman, j'ai critiqué le soleil, la lune, les étoiles, le printemps, les roses, la moisson, la vendange, etc...

Je me flatte d'avoir inventé le style du vrai critique grave. Écoutez un peu : « Il est de la dernière évidence que l'écrivain dont nous parlons est entièrement dépourvu des qualités les plus vulgaires que l'on est en droit d'exiger d'un homme de quelque valeur, c'est-à-dire l'orthographe, les quatre règles, *rosa*, *la rose*, *musa*, *la muse*, etc... »

Ou bien encore : « Il serait tout à fait indigne de la critique de s'abaisser jusqu'à relever les fautes grossières qui fourmillent à toutes les phrases de cet ouvrage; il n'y a pas de commis voyageur, de débardeur de port, de décrotteur du coin de la rue, qui ne soit capable de mieux écrire... »

Ou bien encore : « Nous le déclarons donc ici hautement, et en toute sûreté de conscience, M. de Châteaubriand ou tout autre, après son dernier livre, est un homme tombé tout à fait aux derniers rangs de la bibliopée française; nous n'avons plus qu'un dernier conseil à lui donner, c'est d'aller implorer la faveur des férules et du bonnet d'âne à l'école primaire... »

J'ai ainsi, monsieur, trois ou quatre formules graves et courtoises dont je ne me dépars jamais, et que je mets à votre disposition... Je ne vous demande qu'une faveur, c'est de m'appeler le critique tout simplement, sans rien ajouter; ce titre suffit à tous les instincts de mon tempérament.

— Moi, dit un autre, je ne fais la leçon à personne, je ne m'occupe absolument que des morts, c'est infiniment plus doux, plus avantageux; et puis, quelle vaste carrière on a devant soi!

On peut s'étendre à l'infini sur tous les morts du passé. Ainsi, vous prenez Molière, qu'évidemment personne ne connaît en France, vous racontez Molière; vous prenez Voltaire, vous racontez Voltaire. De même pour Racine, la Fontaine, etc...

Quand vous avez épuisé les morts du premier ordre, vous prenez ceux du second, du troisième, du quatrième, du cinquième, du sixième ordre. On invente des inconnus, des incompris du Groënland, des îles Marquises, du Kamchatka. Vous vivez ainsi pendant un temps illimité dans les cimetières intimes de la littérature.

Vous verrez quelle critique suave, douce, onctueuse, j'étalerai sur les colonnes de votre recueil; je veux qu'on m'appelle le critique du mont Hymette, le critique abeille, le critique qui a des ailes et qui ne vit que sur des roses, ce qui ne l'empêche pas d'avoir tout comme un autre ses petites noirceurs et ses rancunes, qu'il a bien soin de couvrir de festons et de tous les chapeaux de fleurs de Théocrite et d'André Chénier...

— Quant à moi, reprend un autre, je suis né éreinteur, j'abîme tout le monde sans distinction, je bouscule toutes les célébrités, je hache, je pile, j'émiette tout ce qui se présente sous le couperet de ma rédaction. Je représente l'acier, les mordants, les acides, les corrosifs en littérature...

— Moi, je loue tout le monde, au contraire, interrompt un gracieux jeune homme, je trouve tout parfait, délicieux; j'ai inventé la critique rose, celle qui sourit, qui s'épanouit sans cesse dans les journaux et les foyers de théâtres. J'ouvre un livre, je me pâme ; j'écoute une pièce de théâtre, je me pâme ; je regarde un tableau, je me pâme. Pour moi, tous les comédiens, toutes les comédiennes, sont des chefs-d'œuvre, des êtres divins, surnaturels.

C'est moi qui ai imaginé ces formules attendries, employées si souvent : « Ce soir, la rentrée de notre excellent Saint-Cucufa... Notre divin et moelleux Cabotinval nous est donc enfin rendu !... Plusieurs théâtres des boulevards se disputent en ce moment la possession de notre ami, de notre père à tous, le brave, l'excellent Crouteville, etc... »

Avec moi, monsieur, vous n'aurez jamais à subir la plus petite réclamation. Vous verrez quel agrément il y a à voir couler sans cesse des ruisseaux de lait et de miel dans une rédaction !

Toutes les spécialités de la critique se sont successivement présentées à moi.

J'ai vu le critique du turf, celui qui fait du style et de la pensée sur les queues et les crinières des chevaux.

J'ai vu le critique chasseur, celui qui écrit une fois tous les ans, à la Saint-Hubert, sur les lapins, les sarcelles et les canards sauvages.

— Moi, disait un autre, je fais les chroniques parisiennes, les revues du monde, les révélations, les courriers, les causeries, les historiettes de Paris. C'est moi qui apprends au public qu'au dernier bal de telle ambassade on a prodigieusement transpiré. Je

rédige les toilettes , les banquettes, les sandwich du
grand monde. Quand il n'y a pas de faits piquants
dans la semaine, j'en invente ; j'invente de petits
soupers, des divertissements chez des personnes qui
n'ont jamais existé. Je parle de la baronne A..., du
duc B..., du comte de C...

Avec les initiales, monsieur, on ne reste jamais à
court ; l'initiale, c'est le fond de la langue de la chronique parisienne.

J'ai vu aussi le critique d'art, celui qui fait les salons.

Il est grave ou rutilant, il écrit avec du bleu d'ou-
tremer, ou bien il établit tous les ans les mêmes
théories philosophiques sur les omelettes et les plats
d'épinards que les Ruysdaël et les Paul Potter de la
rue des Jeûneurs étalent chaque année aux yeux des
amateurs éblouis.

Un autre s'est présenté à moi comme un critique
musical, celui qui, sans savoir une seule note de musique, vous écrit avec un aplomb incroyable :

« Dans l'ouverture, on a admiré surtout l'adagio en
*sol* mineur, opposé à une strette en *la* majeur, avec
un retour de violons passant en sourdine dans le ton
d'*ut* mineur, tandis que les flûtes répondaient plainti-
vement dans le ton de *sol* majeur, ce qui n'empêchait
pas les gros instruments de cuivre de répondre brave-
ment de leur côté en *ré* mineur ; joignez à cela les clarinettes, qui vous lançaient leurs canards en *la* majeur,
les pistons leurs conacs en *fa* mineur, les guimbardes

leurs glapissements en *mi* majeur , les mirlitons des
arpéges dans le ton que vous voudrez, etc... »

J'ai vu se présenter aussi le critique qui fait les révélations musicales et dramatiques , celui qui vous
apprend combien mademoiselle Rachel et Duprez
ont de paillassons et de pincettes dans leur hôtel, ou
combien Lablache et Mario ont mangé hier de côtelettes à leur déjeuner.

Le critique de livres, le rédacteur pâteux qui fait
son article avec des citations et des lambeaux du livre
dont il est censé rendre compte.

Les nuances critiques ne cessaient de pulluler autour de moi : j'avais encore le critique scientifique,
celui qui se charge de parfumer le bas du journal
avec de l'ammoniaque et de l'hydrogène sulfureux :
le critique de modes, celui qui s'habille en femme, et
qui porte des cachemires pour mieux s'identifier avec
son sujet ; le critique gastronomique, qui écrit sur les
dîners célèbres, les archives de la cuisine, et qui dîne
rarement.

J'ai compris que je n'en finirais pas si je voulais
épuiser ce jour-là le camp de l'esthétique et de la critique tout entier. Il fallait bien que je fisse un peu
connaissance avec l'imagination et la fantaisie.


— Vous voulez de l'imagination, de l'invention,
du roman à tous crins pour votre *Casquette de Paris*,
mon cher Bilboquet, m'a dit un littérateur taillé sur
les proportions du colosse de Rhodes ; demandez,

10.

faites-vous servir ; j'écris avec l'obélisque de Louq-
sor, j'ai la Méditerranée pour écritoire. Je n'écris pas,
je dévore, j'engloutis.

Comment me nomme-t-on ? je ne me nomme pas.
Je suis, si vous voulez, le géant, le phénomène, le
Briarée, le Saturne de la littérature française.

C'est moi qui ai inventé le roman sempiternel, celui qui commence à Saint-Germain et qui va jusqu'à
l'Himalaya sans le moindre blanc et toujours avec le
même dialogue. J'ai ordinairement pour héros deux
ou trois escadrons de cavalerie, cinq ou six bataillons
d'infanterie, quarante batteries d'artillerie pour former le dénoûment.

Vous me direz que ce genre de littérature-là doit
me fatiguer beaucoup ? Du tout, mon cher, c'est
excessivement facile. Vous prenez sept ou huit millions de rames de papier ; vous me timbrez ces
mêmes rames de papier ; je dîne chez vous aujour-
d'hui, vous dînez chez moi demain, je redîne chez
vous après demain, et, au moment du pousse-café,
je vous remets un roman qui pourrait, à la rigueur,
tenir dans les bâtiments de la bibliothèque Royale...
qund on aura déménagé les livres.

— Moi, dit un autre romancier, j'écris au contraire
lentement, très-lentement. Je suis le romancier champêtre.

Ce n'est pas de la copie, monsieur, que j'envoie à
mes éditeurs, c'est du laitage, de la crème, de l'orge,
du chaume, du beurre frais, de la fougère ; je n'écris
pas, je roucoule.

Si vous saviez combien un certain public adore ces
historiettes campagnardes où l'on n'éprouve pas la
plus petite émotion, où tout est candide, frais, ingénu
comme la nature! C'est une position si douce, que
celle de romancier champêtre! On n'inquiète, on n'in-
dispose personne.

Oh! comme j'aime la campagne, mes amis, je ne
rêve que la campagne! La campagne!

Je mets à la disposition de la *Casquette de Paris*,
monsieur, les moutons et les tourterelles de mon
style. Je signerai, si vous voulez, Tircis, Philémon ou
Galatée...

— Quant à moi, vous voyez ce que j'apporte à la
*Casquette de Paris* : une décoration, monsieur, rien
que cela! un vrai ruban rouge que j'ai cueilli sur le
champ de bataille de l'invention, et au milieu de vingt-
cinq batteries d'épigrammes et de critiques.

Pourquoi je suis décoré, monsieur? parce que j'ai
reconnu moi-même que j'avais un talent immense,
cent fois plus d'invention et de portée qu'aucun de
ces écrivailleurs que je suis bien obligé d'appeler mes
confrères.

Voyez quelle autorité, quelle prépondérance me
donne ce simple symbole! Nous sommes tous mortels;
or il n'est pas qu'un éditeur, publicateur, n'ait quelquefois des velléités de me refuser un article. —
Quoi! lui dis-je, vous oseriez refuser mon œuvre,
quand le signe de l'honneur brille sur ma poitrine!
Si jamais les abonnés de la *Casquette de Paris* éle-
vaient des réclamations sur un de mes ouvrages,

vous leur diriez qu'il est sorti d'une plume excessivement décorée ; soyez sûr qu'ils admettront désormais,
les yeux fermés, tout ce qui partira de mon imagination et de ma décoration...

J'ai vu paraître ensuite le romancier maritime, qui
est resté fidèle au goudron et au cabestan, et qui
parle dans ses romans de schooner, de cambuse, de
petit hunier, des garcettes, de la vergue et des agrès
de misaine ; — le romancier du grand monde, qui s'a-
dresse spécialement aux cuisinières ; — le romancier
sensible, qui noie dans leurs larmes toutes les jeunes
filles qui le lisent ; — une foule d'autres conteurs, in-
venteurs, improvisateurs, qui tous me présentaient
à la fois des ours de tous les genres et de tous les
formats.

Je n'ai pu me débarrasser d'eux qu'en leur décla-
rant que le temps était venu de donner audience aux
poëtes.

— Vous me demandez ce que c'est qu'un poëte au
dix-neuvième siècle ! A quoi rime ce titre-là ? me dit
un monsieur très-célèbre dont j'ai oublié le nom.

C'est un être à part, un mortel d'une essence,
d'une mesure particulière, qui ne s'inquiète en rien
de ce qui se passe ici-bas... Les cataclysmes les plus
affreux peuvent se produire, les éléments se déchaî-
ner, la planète se détraquer, lui ne voit dans toute
l'humanité, dans toute la création, qu'une seule chose,
ses vers. C'est ce qu'on est convenu d'appeler faire de
l'art pour l'art, c'est-à-dire être cent fois plus égoïste,
personnel, intraitable à l'endroit de la strophe que

tous les cabotins et cabotines illustres à l'endroit de leurs rôles.

Le poëte est Français si vous voulez, mais la vérité est qu'il est du pays des génies, des esprits, des invocations, des apparitions, des harmonies, des confidences et des cantiques.

Le poëte a-t-il vraiment un public aujourd'hui? certainement, un public énorme, composé de deux ou trois vieux amateurs de vers qui se groupent autour des nouveaux recueils. (C'est là ce qui fait notre force et notre grandeur.) — Ah! vous ne voulez pas de vers, disons-nous aux temps modernes, vous prétendez qu'il y a trop longtemps que vous entendez rimer *idolâtre* et *théâtre*, *homme* et *Rome*, *orgueil* et *cercueil!* Eh bien! c'est précisément pour cela que nous vous donnerons des monceaux, des océans de poésies…

J'espère bien, monsieur, que la *Casquette de Paris* ne négligera pas les vers et nous permettra l'écoulement de quelques-unes de nos avalanches d'hexamètres.

J'ai préféré déclarer tout de suite à tous ces Pétrarque et à ces André Chénier, qui me fourraient déjà dans mes poches des méditations et des sonnets, quelles conditions d'argent je leur ferais pour l'insertion de leurs œuvres : le mieux est d'aller droit au but dans ces affaires-là.

Une pièce de vers à mettre dans un recueil, c'est comme une actrice à faire entrer au théâtre; les déboursés doivent être en raison des entraînements.

Il nous restait à faire connaissance avec les polygraphes, les tartiniers, les fantaisistes, les lumineux, les phosphorescents, les flamboyants, les truculents, et une foule d'autres astres et quinquets littéraires.

Les polygraphes sont les rédacteurs toujours prêts. Ils représentent les grandes utilités de la rédaction.

Ils exécutent des articles à heure fixe et sur tout ce qu'on veut. Ils écrivent dans un moment sur les Égyptiens, sur les marbres du Parthénon, les palimpsestes du moyen âge ; l'instant d'après, sur le bal d'Asnières et les punaises des bois.

Ils exécutent toute espèce de rédaction, portraits, voyages, haute et petite fantaisie, article pioché, article lâché, hautes appréciations politiques, situations, mouvements, éreintements, feuilletons d'amis ou d'ennemis, pochades, *tutti frutti*, macédoines, mayonnaises gouvernementales, économiques et littéraires.

Ce sont des rédacteurs de la force de trente ou quarante chevaux.

Les tartiniers peuvent à la rigueur se ranger dans la grande famille des polygraphes. Ce sont des hommes-encriers qui ont l'immense faculté de séjourner dans un bureau de journal depuis le matin jusqu'au soir, si laborieux qu'ils accaparent au besoin toute la rédaction du journal, si dévoués qu'ils feraient flanquer tous leurs collaborateurs à la porte si on les laissait faire.

Vous entrez, ils tartinent ; vous revenez, ils tartinent encore ; ils tartinent en buvant, en mangeant, en se promenant, en dormant.

Quand l'article politique leur manque, ils font de l'histoire, des portraits, des considérations sur les toupets des rois chevelus de la première race ou des aperçus généraux sur l'invasion du territoire français au moyen âge par les poires d'Angleterre.

N'allons pas oublier les traducteurs, groupe d'hommes éminents qui vous traduisent trente, quarante, cinquante volumes par semaine à la force du poignet.

La première condition d'un bon traducteur littéraire est de ne pas savoir un seul mot de la langue qu'il traduit. Sans cela il perd son temps à peser les mots et à examiner les phrases. Traduire, c'est inventer.

Cependant je voyais la phalange des fantaisistes qui s'agitait, qui flageolait, piaffait autour de nous et s'étonnait qu'on la laissât si longtemps dans la pénombre de l'isolement et le clair-obscur de l'oubli.

— Moi, s'écriait l'un, j'ai un style un peu lumineux, je m'en vante! Avec une seule de mes phrases, je me fais fort d'éclairer en verres de couleur toute la rédaction de la *Casquette de Paris;* — je suis le fantaisiste pyrotechnique; j'écris *a giorno*.

— Quant à moi, disait un autre, j'ai la spécialité de l'eau.

Je suis le fantaisiste canotier, j'écris sur l'eau, j'invente sur l'eau, je corrige mes épreuves sur l'eau. Quelquefois même, pour varier les courants de ma rédaction, j'écris sous l'eau, je plonge, je vais chercher jusque dans les abîmes les perles et les coquillages du feuilleton et de la poésie...

— Connaissez-vous le groupe du paradoxe? le paradoxe! hélas! tout le monde en a voulu faire en France depuis plusieurs années.

Nous avons déjà les surannés, les dépassés, ceux qui sont vieux comme les Pyramides et l'Odéon.

Puis les nouveaux, ceux qui veulent bien me reconnaître pour chef, moi qui vous parle: écoutez un peu, voyez comment je procède:

Je déteste mon père, je déteste ma mère; — rien n'est beau dans un paysage comme un chien qui lève la patte au coin d'un arbre; — j'ai tous mes meilleurs amis en exécration; — Shakspeare est le plus hideux des bourgeois; — rien n'est sublime comme de vivre aux crochets d'une femme; — je n'admire dans la nature entière que la boue, le fumier, les colimaçons, les rats, les toiles d'araignée, les peaux de lapin, les coquilles d'œuf, les trognons de choux, etc., etc..... Voilà, monsieur, comme j'entends l'imagination et le paradoxe! Je défie personne de jamais me damer le pion, ni dans le présent ni dans l'avenir.

— Voulez-vous savoir comment j'entends la critique et le feuilleton? me dit un des jeunes cygnes de la fantaisie.

Supposons que vous m'ayez confié le compte rendu d'un vaudeville, d'un drame ou d'un opéra, dont vous tenez à avoir une idée bien exacte. Je vous garantis que mon article vous satisfera.

Je commence par déclarer, dans le premier alinéa.

que j'ai vu sous le péristyle des monstres marins, des larves, des fantômes, qui avaient l'air de donner ou de recevoir des contre-marques.

Je me suis assis dans cette conque de corail qu'on est convenu d'appeler une stalle d'orchestre.

J'ai senti aussitôt de petits serpents, de petits hannetons, une foule de salamandres qui me montaient dans le dos et me passaient autour des oreilles : c'étaient les premières mesures de l'ouverture. Dieu ! si j'avais pu ôter mon gilet de flanelle !

Le rideau s'est levé, et j'ai entrevu un mélange d'azur, de vert, de coquelicot, de gris-de-souris ; au milieu de tout cela, j'ai cru apercevoir des bouches qui remuaient, des nez qui s'écarquillaient, des jambes qui passaient, des dos qui s'effaçaient.

Au second acte, le théâtre m'a fait l'effet d'un immense bol de punch.

Au troisième acte, j'ai cru apercevoir à la fois un paquet de couleuvres et une marmite renversée.

Au quatrième acte, je n'ai plus absolument rien vu, tant j'étais ébloui, galvanisé, en proie à toutes sortes d'hallucinations et de farfadets. Du reste, la pièce a obtenu un franc et légitime succès, comme on peut s'en convaincre par mon analyse.

Mais c'est surtout dans les comptes rendus de féeries que je brille ; je m'identifie tellement avec la pièce, que je me métamorphose ; je rentre au journal à l'état de table tournante, de miroir enchanté, de pot de fleurs magique, de tabouret fulminant.

I. 14

On finira par m'enlever à la littérature pour me mettre dans les trucs.

J'ai compris aussitôt qu'après celui-là il n'y avait plus qu'à tirer l'échelle, et que tous les autres lumineux que j'interpellerais me feraient l'effet d'huile à quinquet avant l'invention du l'hydrogène liquide.

J'avais donc terminé mes interpellations. Grâce à cette idée sublime de faire passer un examen général à tout ce qui manie une plume aujourd'hui, je venais de conquérir tout à coup une influence et une expérience incommensurables.

En France, la littérature est tout ou presque tout : soyez-en le maître, et rien ne vous résistera.

Grâce à ma connaissance pratique des hommes et des choses, je n'avais eu qu'à la faire parler sur elle-même, cette bonne littérature contemporaine, pour découvrir ses côtés faibles et tout le parti qu'on pouvait en tirer.

J'avais compris qu'avec elle il était permis de tout risquer, de tout oser.

Tous ces écrivains qui m'entouraient et qui se qualifiaient entre eux d'hommes de cœur et d'esprit, consacraient la plus forte partie de ce même esprit et de ce même cœur à se déchirer clandestinement.

Des lyriques, des élégiaques, qui venaient tout à l'heure de s'accabler d'éloges, n'étaient pas plutôt séparés qu'ils se traitaient de crétins et d'ânes bâtés.

Un poëte onctueux se plaignait d'un autre poëte,

qui avait rabaissé un de ses sonnets, et menaçait de lui répondre par l'acétate de morphine.

Un rédacteur de premier-Paris déclarait que lorsqu'un de ses collaborateurs faisait paraître un livre, une pièce de théâtre, son plus grand bonheur était de pouvoir abîmer l'ouvrage à la place même où celui-ci écrivait d'habitude, afin de donner au public une bonne idée de l'esprit de fraternité et de haute convenance qui régnait dans la rédaction en particulier et dans toute la publicité en général.

J'ai compris qu'il était temps de clore la discussion. J'ai pris la parole une dernière fois :

« Publicistes qui m'écoutez, hommes graves, hommes frivoles, feuilletonistes, historiens, philosophes, penseurs, jurisconsultes et fantaisistes, je vous le déclare hautement, je suis content de vous.

« Vous avez répondu dignement à l'appel que je vous ai fait ; vous avez été parfaitement naïfs, sincères, très-hostiles les uns pour les autres, vous m'avez dévoilé toutes les ficelles du métier, vous avez répondu à toutes mes espérances.

« Je n'ai pas besoin de vous répéter ce que j'ai dit en commençant ; à présent que vous vous êtes vus les uns vis-à-vis des autres, vous devez comprendre plus que jamais la nécessité de concentrer dans une seule main toute la puissance, toute la direction de l'entreprise. Je dis donc comme Louis XIV: La *Casquette de Paris*, c'est moi !..

« Vous êtes toujours sûrs de trouver dans le journal un franc et loyal appui.

« Quand vous publierez un ouvrage quelconque, si votre nez me déplaît ou si j'ai eu une digestion imparfaite, je vous promets de faire couper votre livre en quatre par mon critique grave.

« Vous verrez si je sais sauvegarder la dignité de la littérature et de la pensée, et faire couler de vos plumes, sans que vous vous en doutiez, la manne du chantage qui servira à m'engraisser et à m'arrondir.

« Mais c'est surtout à vous que j'éprouve le besoin d'adresser, en finissant, quelques paroles bien senties, jeunes écrivains qui n'avez encore rien imprimé, jeunes fœtus, jeunes crapauds de l'avenir.

« Je ne vous ai pas interrogés individuellement, de peur de vous donner de l'importance ; mais sachez que je vous porte tous dans mon cœur, et la preuve, c'est que les colonnes de la *Casquette de Paris* vous seront fermées indéfiniment.

« Pourtant, si au bout d'une année ou deux de démarches, de faux pas, d'avanies de toute espèce, vous me voyez, par hasard, décidé à accepter de vous un premier article, je jure, par le tombeau de Virgile, de ne pas vous payer un sou.

« En effet, si je vous payais un premier article, vous pourriez m'en apporter un second ; or, il m'est bien plus avantageux de demander à un chacun de vous un premier article que je ne paye pas, sans jamais en accepter un second que je serais exposé à payer.

« Allez, jeunes gens, regardez-moi toujours comme votre patron, votre second père. Venez quelquefois ici, pour vous donner du cœur au ventre, contempler ma vaisselle; je m'engage, lorsque je vous refuserai vos articles, à ne me livrer sur vous à aucune espèce de voie de fait. »

Après ce *speach* prononcé d'une voix pénétrée, j'ai distribué à l'assistance quelques douzaines de poignées de main de plus en plus protectrices, et je suis rentré sous ma tente.

Plusieurs personnages pleins de confiance et de capitaux, électrisés par l'exemple du jeune Canulard, m'avaient assuré de cette collaboration en espèces sonnantes qui m'est si sensible.

A partir de ce jour, la *Casquette de Paris* était fondée.

Elle eut le sort que vous savez; elle fut la grande trompette de son époque; une fois lancée, elle valait son pesant d'or, je la vendis pour de l'argent.

11.

# CHAPITRE VII.

## LA RÉVOLUTION DE JUILLET.

Je demande une audience au ministre. — Les solliciteurs crépusculaires. — Vous êtes un brave! — Un million !!! — Ordre public et volupté. — Restauration du plaisir. — Les mollets de l'Europe. —
Épuration du corps de ballet. — Le rat. — Les tendrons. — Un
châle relique. — Une cantatrice à l'œil nu. — MM. Arthur, Prosper
Duvallon, Camuzati, Florelli, de l'Estournel. — La loge diabolique.

La Révolution de juillet éclata. Glissons sur cet
événement, qui porta plusieurs rédacteurs de la *Casquette de Paris* au pouvoir, et qui devait me faire
réaliser une grande fortune.

Déjà, à cette époque, je commençais à être las du
rôle de directeur de revue. Je ne trouvais pas dans
mes rédacteurs l'estime et les égards auxquels je
croyais avoir des droits.

Les uns me tapaient familièrement sur le ventre
en m'appelant mon cher directeur, et me deman-
daient une avance de deux cents francs.

Les autres me traitaient du haut de leur grandeur,
m'envoyaient leur copie par un groom, et me saluaient
à peine quand ils me rencontraient dans la rue.

Ni les premiers, ni les seconds, ne voulaient souffrir

de ma part la moindre observation sur leurs articles,
ils ne me prenaient pas au sérieux, me traitant
comme un vil industriel exclusivement occupé de
lucre, totalement dépourvu de littérature et de poésie,
un négociant, en un mot.

Cette opinion me froissait.

Un soir, je ne sais par quel hasard, ne sachant trop
que faire, j'entrai à l'Ambigu-Lyrique ; c'était un des
théâtres les plus abandonnés de Paris, plus abandonné peut-être que l'Odéon. C'est de ce théâtre
qu'on a dit le premier qu'il y croissait de l'herbe, et
qu'en automne on y récoltait des champignons. En
voyant cette belle salle déserte, ce théâtre qui avait
joué autrefois un si grand rôle dans nos folles annales,
pour lequel on dépensait encore tant d'argent, il me
vint une idée !

Si je sollicitais la direction de ce théâtre, si j'es-
sayais de le galvaniser, de le rajeunir, de le ressusciter ?
Tout m'a réussi jusqu'à ce jour ; il n'est pas plus difficile, en définitive, de faire prospérer un théâtre
qu'une eau infaillible ou qu'une revue.

L'amour-propre des comédiens est encore plus
féroce, il est vrai, que l'amour-propre des gens de
lettres ; mais, du moins, on en retire des profits plus
agréables, surtout s'il s'agit de l'amour-propre des
comédiennes. Cette idée s'empara tout à fait de moi ;
chaque jour je l'approfondissais, je la creusais davantage. Au bout d'une semaine, je la trouvai suffisamment étudiée pour la soumettre à l'administration.
Aussitôt je sollicitai une audience du ministre.

J'ai dit que parmi les rédacteurs de la *Casquette de Paris* plusieurs s'étaient lancés, grâce à la Révolution de juillet, dans la haute politique. Je priai l'un d'eux de vouloir bien solliciter pour moi une audience du ministre. « Surtout, ajoutai-je, que ce ne soit pas une de ces audiences qu'on accorde entre six et sept heures du matin. Je tiens essentiellement à n'être pas confondu parmi les solliciteurs crépusculaires. »

Méfiez-vous des audiences entre sept et dix heures du matin. On ne reçoit alors que ceux que l'on veut éconduire. Onze heures, voilà le seul moment digne d'un solliciteur sérieux. Autrement, il est trop tôt ou trop tard. N'abordez jamais un ministre qui sort du lit ou qui part pour la Chambre. Il faut prendre le pouvoir quand il sort de table, et se bien garder d'être soi-même à jeun. Vous aurez affaire à un estomac satisfait, que le vôtre ne soit pas mécontent ; redoutez les tiraillements, craignez d'avoir la bouche pâteuse dans la discussion ; c'est du choc des estomacs que jaillit la lumière.

Si j'avais le temps, je poserais les bases de la gastronomie politique, et je rédigerais un menu à l'usage des solliciteurs ; mais le ministre m'attend, je quitte mon cure-dent pour endosser la cravate blanche et l'habit noir traditionnel. En attendant le coupé que me réserve l'avenir, je me contente d'une citadine.

Parvenu moi-même, j'ai toujours aimé les parvenus. C'est sans doute la raison de la sympathie involontaire que je ressentais déjà pour le petit ministre dont j'allais avoir une audience. A-t-il fait assez de moi tout ce qu'il a voulu, le petit gredin ! a-t-il usé, abusé de ma complaisance et de ma bonté ! J'estime assez Malivire ; il m'a rendu des services, c'est un homme d'esprit ; mais j'ai eu toute ma vie un faible, un caprice pour l'autre. Il faut convenir qu'il est si espiègle, si malin, qu'il sait si bien vous entortiller ! Souvent j'ai essayé de rompre le charme, de briser le joug, toujours je retombais. Aujourd'hui encore, malgré nos brouilles, malgré notre grande rupture, s'il m'appelait, je sens que je ne pourrais résister à sa voix, que je volerais à lui. Le cœur humain a d'étranges faiblesses.

A peine l'huissier de service m'eut-il annoncé, que le ministre vint me recevoir. Cet empressement me parut d'un heureux augure.

Deux fauteuils étaient préparés. Le ministre me montra familièrement l'un, et s'assit lui-même dans l'autre.

— Vous voulez, me dit-il, avoir l'Ambigu-Lyrique ?

— Oui, monsieur le ministre, je sollicite ce privilége.

— Vous êtes un brave !

— Pas tant peut-être que j'en ai l'air.

— Voyons, expliquez-moi un peu comment vous entendez cette affaire.

Le moment décisif était venu, je pris la parole.

— Gardez-vous d'abord, monsieur le ministre, de voir en moi un solliciteur ; je suis un homme d'État amateur, et je viens vous apporter le tribut de mes méditations, le concours de mes faibles lumières.

Vous avez entrepris une œuvre que je ne crains pas
de qualifier de gigantesque : il s'agit de ravir au temps
la part de collaboration qu'il réclame dans toutes les
choses humaines, et d'enlever, de brusquer, d'improviser à la barbe de ce vieillard quinteux le dénoûment
de cette comédie qui s'appelle l'établissement d'une
dynastie nouvelle.

Je ne vous le cacherai point, monsieur le ministre,
cette œuvre n'a pas eu toujours toutes mes sympathies. L'auguste famille que le vent des révolutions
vient d'emporter m'avait donné une mission de confiance ; chargé par elle de veiller sur la santé de la
Vénus Callipige, de l'Apollon du Belvédère, de Diane
chasseresse et des Grâces, j'aurais voulu rester fidèle
au malheur et à l'exil. Mais la France m'a forcé la
main : une nuit la patrie éplorée m'est apparue en
songe, elle tenait un drapeau tricolore à la main.
« Bilboquet, m'a-t-elle dit sur l'air de la *Parisienne,*
je suis décidée à me créer de nouvelles destinées ; la
branche aînée a fait son temps ; je te relève des serments que tu lui as prêtés, et je compte sur toi. »

Qui a jamais pu résister à la voix de la patrie ? Pour
moi, je n'ai point ce triste courage, et je m'en ap-
plaudis. Citoyen obéissant, je marche avec mon pays,
et je viens m'offrir à la branche cadette. Vous me
direz sans doute : Que lui offrez-vous ? Êtes-vous orateur ? nous en regorgeons. Êtes-vous journaliste ? nous
en pullulons. J'espère prouver un jour, monsieur le
ministre, que je puis parler comme Mirabeau et écrire
comme Saint-Simon ; pour le moment, d'autres idées

me préoccupent. La monarchie de Juillet a déjà pour elle le style et l'éloquence; moi, je lui apporte le plaisir.

*Ordre public et volupté*, telle doit être désormais la devise de la dynastie que nous allons avoir l'honneur de fonder. Les hommes d'État ont trop négligé jusqu'ici le levier puissant du plaisir; la Restauration est tombée pour l'avoir dédaigné. Prenez garde qu'il vous en arrive autant! Je suis sûr, monsieur le ministre, que, dans les conseils de la couronne, on n'a point encore agité la question de l'Ambigu-Lyrique.

Le ministre en convint.

— Avouez que l'Ambigu-Lyrique n'est pour vous qu'un théâtre comme les autres théâtres, une salle où l'on va lorgner des danseuses et faire semblant d'écouter de la musique.

— Qu'est-ce donc, me répondit le ministre, si ce n'est pas cela?

— L'Ambigu-Lyrique est une machine de gouvernement, *instrumentum regni*, un moyen de détendre les fibres de la nation, un émollient à grand orchestre, un dérivatif en entrechats, l'unique recette pour combattre l'irritation incessante que communiquent au corps social la tribune et la presse. Depuis le succès de la *Dame blanche*, la France se croit une nation musicienne. Gardons-nous de détruire cette illusion, pensons à la musique, lançons le pays dans les vocalises, que le solfège soit une vérité comme la Charte. Voyez l'Italie : on la gouverne par le chant. Paris son-

gera moins aux hommes politiques quand il se pas-
sionnera pour une danseuse ou pour un chanteur.
Voulez-vous dégotter le journalisme de son rôle de
quatrième pouvoir de l'État ? Nommez-moi directeur
de l'Ambigu-Lyrique avec une subvention d'un million.

La subvention : tout est là !

La physionomie assez épanouie du ministre se rembrunit d'une façon sensible en entendant prononcer
le chiffre d'un million. Je repris avec plus de force :

— Qu'est-ce qu'un million quand il s'agit de fonder une dynastie ? La force, vous ne l'ignorez pas,
monsieur le ministre, est du côté des gros bataillons
et des gros budgets. La subvention de l'Ambigu-Lyrique, c'est le budget du plaisir ; il en faut un à la
France, ne le lui marchandez pas. Fascinons les yeux,
captivons les oreilles, charmons les sens ; inaugurons
enfin la grande politique de la volupté.

Il faut que dans six mois l'Ambigu-Lyrique devienne la seule, l'unique affaire de Paris, qu'on ne
parle que de ses chanteurs, qu'on ne s'occupe que de
ses danseuses. La chorégraphie est une force politique qui, bien dirigée, peut produire des miracles. Je
prends à ma solde les mollets les plus célèbres de
l'Europe ; je mêle la danse du Nord à la danse du
Midi, le tambour de basque à la musette, la flûte aux
castagnettes, le cornet à piston aux pipeaux. Quand
Paris aura vu danser la cachucha, vous verrez s'il
songe encore à la politique !

Nous avons besoin de la presse, nous l'aurons. Je

veux que les journaux ne soient occupés qu'à tresser des couronnes à mes pensionnaires, que les journalistes s'agenouillent devant une pirouette, se prosternent devant un *si* bémol. L'Ambigu-Lyrique deviendra le berceau d'une littérature nouvelle ; romanciers, poëtes, vaudevillistes, ne seront occupés qu'à populariser, à embellir, à poétiser les mœurs du cabotin et de la cabotine ; le *rat* sera le personnage à la mode, l'héroïne de l'époque ; la Muse ne sortira plus des coulisses, et elle y appellera tout le monde ; les demoiselles de l'Opéra reprendront dans la société l'importance salutaire dont la Révolution les a dépossédées. Vous aurez une capitale soumise, tranquille, faisant des histrions et des baladins ses dieux et ses déesses, ne songeant qu'au plaisir et à la bombance : une capitale de cocagne, en un mot, et tout cela pour la bagatelle d'un million !

— Diable ! répondit le ministre, un million, c'est une grosse somme ! Ne pourriez-vous pas faire tout ce que vous dites avec un peu moins ?

— C'est à prendre ou à laisser ; on ne marchande pas avec les hommes d'État.

Le ministre se gratta l'oreille.

— C'est votre dernier mot ?

— Absolument.

— Accepteriez-vous huit cent mille francs ?

Je compris qu'il ne fallait pas trop tendre la corde ; de plus grandes exigences auraient peut-être arrêté la négociation. Je repris donc d'un ton majestueux et digne :

— La direction de l'Ambigu-Lyrique est un sacerdoce, monsieur le ministre; à ce point de vue, j'accepte les huit cent mille francs.

La question ainsi posée et résolue entre nous, le reste n'était plus qu'une vaine formalité de budget qui ne pouvait entraîner que quelques délais. Je me considérai dès cet instant comme directeur, et je reçus à ce sujet les félicitations de mes amis. Au bout de quinze jours, en effet, un garde municipal au galop s'arrêta devant ma porte, et remit à mon concierge un pli qui contenait ma nomination.

Le jour même, je pris les rênes de l'administration; le lendemain, je passai mon personnel en revue; le surlendemain, je donnai un grand dîner.

Les directeurs précédents avaient laissé tomber tous les anciens usages en désuétude; on voyait dans les dames de chœurs des chanteuses en cheveux blancs qui avaient vu peut-être les querelles des gluckistes et des piccinistes; je les mis à la retraite.

J'ordonnai à toutes les dames du corps de ballet de déposer leur acte de naissance au secrétariat de l'administration.

Toutes celles qui atteignaient la trentaine furent impitoyablement renvoyées : plusieurs d'entre elles avaient quarante ans.

Je cite ce fait pour donner une idée de ce qu'était devenu le théâtre entre les mains de ceux qui l'avaient dirigé jusqu'alors. Je me souviens d'une coryphée dont l'air vénérable me frappa tellement, que je crus devoir, en lui donnant son congé, lui offrir une place d'ouvreuse de loges.

On cria beaucoup à la Chambre contre le chiffre énorme de ma subvention; mais je laissai crier, j'avais pour moi le temps, les journaux et la fortune!

L'Empire, exclusivement épris de la danse masculine, n'accorda pas une grande importance à la danseuse. On cite partout les trois Vestris; les érudits seuls connaissent le nom de mademoiselle Bigottini.

L'Empire, de plus, n'admettait que la danse noble et mythologique. Il fallait être déesse, ou nymphe tout au moins, pour se permettre un entrechat ou une pirouette.

La Révolution fit justice de ces vieux préjugés, elle comprit, elle réhabilita, elle exalta la danse féminine. Le ballet, qui mourait d'ennui et de consomption dans les vallons de Cythère, d'Amathonte, de Paphos, sur les sommets de l'Olympe et dans les noirs souterrains de Pluton, rompit ses chaînes et s'élança radieux sur la scène.

La Providence, à la même époque, m'envoya un compositeur suédois riche, qui offrait de payer la mise en scène de ses ouvrages. Je mis un de ses opéras en répétition; avec lui je jouais sur le tapis.

Certes, je lui dois une fière chandelle; mais c'est la danse qui m'a enrichi, c'est à la danse espagnole, à la danse allemande, à la danse italienne, à la danse russe, à la danse polonaise, que ma reconnaissance la plus vive est due.

Sans la danse, je barbotais tout simplement.

Aussi ai-je toujours manifesté un vif intérêt pour la danse. Le corps de ballet de mon théâtre devint l'objet de mes plus constantes préoccupations.

Je cherchais sans cesse à l'accroître, à le discipliner, à l'embellir. Je donnais une forte prime par chaque tête de rat qu'on me présentait.

Le rat, en effet, est la base de tout véritable corps de ballet. Vous aurez en vain de divines premières danseuses ; un ballet paraîtra aride, nu, sec, si les rats ne l'animent pas de leur présence.

Qui attire les banquiers dans les coulisses ? le rat.

Qui fait louer les loges à l'année ? le rat.

Qui garnit l'orchestre ? le rat.

O rats ! vous me rendrez du moins cette justice que je vous ai toujours aimés, et qu'aujourd'hui encore je ne crains pas de vous témoigner hautement ma reconnaissance.

Puisse ce souvenir vous consoler de l'état d'abandon dans lequel vous êtes tombés aujourd'hui, s'il est vrai qu'il existe encore des rats, chose douteuse pour bien des gens, et dont il faudra pourtant que je m'assure un de ces jours.

On a bien vite respiré toutes les fleurs de ce parterre qu'on nomme un corps de ballet ; les jeunes tendrons (comme nous disions à la société littéraire du Lys), recrutés dans les loges de la rue Coquenard, ont souvent, il faut le dire, plus d'apparence que de réalité, plus de crinoline que de charmes.

Fruits secs de l'harmonie, racontant sans cesse les injustices dont elles ont été les victimes au début de

leur carrière, mères de trois enfants, chastes épouses
d'un employé des droits réunis, d'un chef de cuisine
ou d'un professeur d'écriture, énormément couturiè-
res, quelque peu maîtresses de chant à cinquante centimes le cachet, toujours âgées de trente à trente-cinq
ans, vouées à perpétuité aux socques articulés et au
parapluie, les dames des chœurs sont, de la part de
tout galant homme, l'objet d'un respect bien dû à
leurs nombreuses vertus. J'étais sultan cependant, et
je ne pouvais garder mon mouchoir dans ma poche.

J'avais alors, parmi mes pensionnaires, une cantatrice brune pleine de fibres et d'arpéges, souple de
col, fine de taille, nerveuse de larynx, audacieuse de
vocalises, née pour la fioriture et le maillot, tout ce
qu'on pouvait imaginer de plus page. L'honneur me
fait un devoir de cacher son nom; je pourrais la dési-
gner sous une initiale quelconque, sous deux ou trois
étoiles; j'aime mieux l'appeler la *Fenice*.

C'est un mot italien qui signifie phénix.

La Fenice avait de l'esprit, un esprit plein de bouquet, avec ce petit mordant sombre et sournois du
vin de Bordeaux. Cette femme avait commencé par
me préoccuper, maintenant elle me fascinait.

Tous les jours je faisais exécuter sous son balcon
des sérénades de réclames par les meilleurs virtuoses
du journalisme; je donnais des festins pour elle, je lui
envoyais les plus belles étoffes, les plus belles fleurs,
les plus beaux bracelets, éloquentes déclarations, envois passionnés, que, pour la première fois de ma vie,
je voyais sans réponse.

12.

Une fois cependant, la Fenice, à laquelle j'apportais triomphant un rôle que je venais d'arracher de haute lutte à l'auteur d'un opéra nouveau, fit luire un rayon d'espoir dans mon âme.

Je lui avais envoyé le rouleau de papier à musique qu'elle devait étudier dans un magnifique coffret de boule. « Ouvrez-le, lui dis-je en lui offrant la clef de la cassette. » En voyant ce rôle, qu'elle désirait passionnément, la Fenice, emportée par sa joie, se jette à mon cou.

L'occasion était belle : la reconnaissance est la mère de l'amour, je fus tendre, pressant, attendrissant. « Cruelle Fenice, m'écriai-je, quand mettrez-vous un terme au martyre que j'endure? » Après m'avoir regardé un moment avec ce diable de sourire qui me rendait fou, elle me répondit : « Maigrissez! »

Cette femme m'avait ensorcelé. Je me mis au régime. Le gymnase Triat n'était pas encore inventé, j'eus recours au vinaigre. Pendant trois mois je ne vécus que de salade et de cornichons.

On ne me vit plus au café de Paris, ni chez les Frères-Provençaux, ni chez Véry, ni chez Véfour. Je cessai mes commandes chez Chevet, et durant un trimestre ma salle à manger resta fermée.

Cela ne faisait pas le compte de mes amis. Ils mirent tout en œuvre pour combattre ma fatale passion, pour relever ma marmite renversée.

J'aurais peut-être, tout seul, oublié Fenice, leur intervention gâta tout. Mon amour-propre était engagé, il fallait à toute force réussir. Je me lançai de plus belle dans les cornichons.

Tous les jours, je me rendais chez mon inhumaine, je la suppliais de prendre en pitié mon martyre, de me délivrer du cornichon, de me tirer de l'océan de vinaigre dans lequel j'étais plongé ; elle me répétait tous les soirs :

« Encore deux ou trois bocaux, et nous verrons ! »

Décidément cela tournait à la mystification.

Pendant que je dépérissais ainsi, grâce à un ami fidèle qui dînait autrefois avec moi au café de Paris, j'acquis la certitude que Fenice avait un caprice pour un danseur.

J'ai toujours eu une horreur profonde pour les danseurs en général, et la postérité me rendra du moins cette justice que, pendant mon administration, je les ai constamment tenus dans ce milieu infime d'où ils essayent de sortir, et d'où ils sortiront peut-être, grâce à cette mollesse de convictions, à cette indifférence générale qui caractérise notre époque.

Une occasion d'en finir avec la Fenice se présentait. Exaspéré par mes cornichons et par son danseur, je résolus d'en profiter.

Son engagement allait expirer : il s'agissait de vingt mille francs d'appointements fixes, de cinquante francs de feux et de deux mois de congé ; la Fenice me demanda un jour ce que je comptais faire.

— Tout ce que vous voudrez, lui répondis-je d'un air tendre.

— Tout, c'est trop ; j'aurais préféré, ajouta-t-elle, un peu moins de générosité. Quand signerez-vous mon engagement?

— Tout de suite si vous voulez, mais à une condition.

— Laquelle?

— Vous trouverez que j'ai maigri.

La Fenice resta un moment pensive et silencieuse.

— J'ai couru la province dans mon jeune temps, c'est un triste métier, je ne veux plus le recommencer. Je suis lasse de l'Italie : l'enthousiasme des Italiens a quelque chose de monotone qui fatigue, et leur cuisine me fait mal.

L'Angleterre, c'est bon pour passer un mois de congé ; il faut avoir chanté pendant au moins vingt ans à Paris pour être engagée en Russie, ajouta-t-elle avec un soupir, j'en conviens donc, vous n'avez plus qu'un ventre ordinaire.

Je crus à ces mots devoir tomber aux pieds de la cantatrice, et je m'écriai :

— Faut-il signer tout de suite l'engagement?

— Revenez ce soir, me répondit-elle, je serai seule et nous discuterons plus à notre aise.

Ces mots semblèrent m'ouvrir le ciel.

Je rassemblai à la hâte tous mes familiers, tous mes parasites dans un grand dîner improvisé au rocher de Cancale, de regrettable mémoire, et je leur fis part de mon triomphe. Ils y applaudirent comme de raison, l'ère des festins allait recommencer.

On but à la Fenice, on but à son vainqueur ; en un instant j'oubliais trois mois de cornichons et d'angoisses.

Le lendemain, dix heures sonnaient à la pendule rocaille d'un délicieux boudoir Louis XV lorsque j'entrai chez la Fenice pour savoir comment elle avait passé la nuit.

L'heure était peut-être un peu matinale, mais la veille j'avais conquis mes grandes entrées, je pouvais me présenter sans indiscrétion.

La femme de chambre me dit que sa maîtresse était à son lever, et qu'elle me priait de l'attendre. Le boudoir dans lequel je me trouvais n'était séparé de la chambre à coucher de Fenice que par une portière en velours. Poussé par une curiosité involontaire, j'écartai doucement le rideau.

La cantatrice était assise devant sa toilette ; derrière elle se tenait un vieillard dont les regards pouvaient plonger sur sa poitrine, sur ses épaules, sur son cou, et qui, de temps en temps, se baissait pour appuyer ses lèvres sur les endroits où les mouvements de Fenice mettaient à découvert une chair blanche et rose.

Sa figure se reflétait dans la glace, et à chaque caresse du vieillard une impression à peine dissimulée de dégoût se peignait sur sa physionomie.

Je reconnus ce vieillard. Il était riche, il avait un nom dans les arts, il occupait une position importante dans un établissement destiné à former des artistes pour la scène.

En m'approchant un peu, je pouvais entendre parfaitement la conversation.

— Vous êtes ce matin dans vos lunes rousses, ma charmante, disait le vieillard, impossible de vous apprivoiser.

— Marguerite est venue me prévenir que quelqu'un m'attendait au salon, il est temps que vous me quittiez.

— Rien ne me fera renoncer à mes priviléges de vieil ami; j'attendrai que vous ayez fini votre toilette, et ne vous pressez pas trop, ma toute belle, ce monsieur est jeune sans doute, et il peut attendre. Ne m'enviez pas la vue de ces charmes, il n'en faut pas davantage au vieillard, et pourtant si tu voulais, friponne!...

Je ne vis pas le geste du vieillard, Fenice se redressa brusquement.

— Laissez-moi, s'écria-t-elle, ou je sonne.

Le vieillard, comme s'il était habitué à ces bourrasques, s'avançait vers la cantatrice, essayait de lui prendre les mains, de l'attirer à lui, son œil s'allumait d'une lueur fiévreuse, ses mains tremblaient, ses lèvres devenaient pâles, il prononçait des phrases confuses et entrecoupées dont je ne pouvais démêler le sens, j'entendis pourtant distinctivement cette réponse de Fenice :

— Misérable! vous osez me rappeler cela!

Je jugeai qu'il était temps de faire connaître aux deux acteurs de cette scène qu'elle pouvait avoir un auditeur.

J'eus recours au moyen usité en pareille circonstance : je toussai.

Au bout d'un instant, la portière s'ouvrit et je vis paraître M... Il ne parut nullement étonné de ma présence.

— Eh ! bonjour, mon cher directeur, s'écria-t-il en me tendant la main, vous faites donc toujours des recettes monstres ? Hier, je n'ai pu trouver une stalle libre dans toute la salle.

Il est vrai que Fenice chantait, (*se tournant vers elle*), et jamais elle n'a mieux justifié l'enthousiasme du public. Savez-vous, mon cher directeur, que c'est moi qui vous ai donné cette cantatrice ?

On n'en fait plus comme celle-là; je suis son maître, et je l'aime comme ma fille; je venais, ajouta-t-il, prendre des nouvelles de son engagement, vous l'avez renouvelé, m'a-t-elle dit, à des conditions convenables, je vous en félicite tous les deux. A quand l'opéra nouveau ? mon journal l'annonce pour la fin du mois, mais je n'en crois rien : votre dernier ballet fait encore salle comble.

Vous êtes vraiment prédestiné ; gagnez donc des millions, puisque le ciel vous l'ordonne, et donnez beaucoup de rôles à cette enfant. Au revoir, cher directeur, bonjour; ma fille, travaillez toujours et soyez sage, autrement vous aurez affaire à moi.

En comédien consommé, il déposa d'un air majestueux et attendri un baiser de père noble sur le front de Fenice, et il sortit après m'avoir honoré d'un salut plein de gravité.

— Vous étiez là? me demanda la cantatrice, en se laissant tomber dans un fauteuil.

— Oui.

— Vous avez tout entendu ?

— A peu près.

— Vous savez ce que c'est que cet homme ?

— Pas tout à fait.

— J'ai bien envie de vous le dire. Êtes-vous pressé?

— J'étais venu vous demander à déjeuner en tête à tête.

— Accordé. En prenant le thé, je vous raconterai mon histoire, c'est un caprice qui me passe par la tête aujourd'hui, il faut que je raconte mon histoire à quelqu'un. J'ai les nerfs dans un état horrible, cela me soulagera. Je crois que si vous n'étiez pas venu, j'aurais pris un Auvergnat à l'heure pour lui faire des confidences.

Marguerite, reprit-elle, vous nous servirez le thé dans ce boudoir. On vient de le monter ; c'est bien, placez-le sur cette table, et laissez-nous.

Savez-vous faire le thé? Trois pincées de thé vert: c'est ma dose. Voilà qui est fait, chargez-vous des tartines ; voulez-vous de la crème, en voilà, et surtout ne soufflez pas sur votre tasse pour le faire refroidir. Tout est prêt, je commence.

Je suis née de parents pauvres.... Le 15 novembre 1822, naquit, dans une des rues les plus populeuses de la capitale, un enfant qui... N'est-ce pas ainsi que débutent toutes les histoires? Il vaut mieux entrer directement en matière.

Je vous dirai donc que j'avais treize ans.

Je me vois encore vêtue d'une robe d'indienne per-
cée aux coudes, effiloquée, frangée, tachée, toujours
sale de boue durcie ; mes bas troués cachaient à peine
mes pieds, sortant à chaque instant de souliers défor-
més par la pluie ; du linge, je ne me permettrai pas
de donner ce nom à deux ou trois loques qui me cou-
vraient, que je lavais, que je rapiéçais avec des chif-
fons donnés aux enfants de la portière.

Souvent, pendant l'hiver, je n'avais que ma pauvre
robe sur le corps. Je me rappelle ces froides mati-
nées, où le givre perce avec peine le brouillard bas et
épais.

A l'aube, ma tante me faisait sortir du lit, où, toute
pelotonnée et ramassée sur moi-même, je rêvais que
je me réchauffais. Vite elle jetait sur mes membres
maigres et frissonnants les guenilles qui étaient censées me couvrir, et j'allais chercher la provision de
pain et de charbon de la journée. Je rentrais les lèvres
bleues, les dents serrées, les doigts rouges et cui-
sants.

Mon estomac, en me couchant, criait la faim, et
pourtant je n'aurais pas pu manger. Tout mon corps
me semblait de glace, mes os craquaient au moindre
mouvement.

J'avais à peine la force de m'accroupir devant le
maigre feu allumé dans le réchaud, et de pleurer, ne
pouvant pas dormir.

Ma tante, abrutie elle-même par la misère, ne s'a-
percevait seulement pas de mes souffrances. Je n'étais

pour elle qu'une charge, un fardeau. Cependant j'étais
sa servante, son souffre-douleur, et, si quelquefois elle
recevait quelques adoucissements à sa position, elle me
les devait.

La vieillesse misérable répugne souvent, on se dit
qu'elle a peut-être mérité son malheur ; mais comment adresser ce reproche à l'enfance ? L'aumône
qu'on eût refusée à ma tante, c'est à moi qu'on la faisait.

« Pauvre enfant ! » disaient les locataires, qui me
rencontraient hâve, grelottante de fièvre et de froid ;
et ils me glissaient une pièce de monnaie dans la main.

D'autres faisaient porter dans notre bouge du pain
et du bois pour la petite fille.

Un jour d'hiver, par un froid terrible, je descendais
de chez nous pour aller chez le boulanger. Il était sept
heures du matin.

Une voiture venait d'entrer sous la porte cochère
de la maison. Une jeune dame, enveloppée de fourrures des pieds à la tête, montait l'escalier.

En me voyant, elle s'arrêta.

— Est-ce que tu vas sortir ainsi, petite ? me demanda-t-elle d'un ton mêlé d'étonnement et de pitié.

Je la regardai quelque temps sans lui répondre, ne
me rendant pas compte pourquoi une si belle dame
m'adressait la parole ; puis, je lui fis un signe de tête
qui voulait dire : Oui.

— Mais, reprit-elle, tu es presque nue !

— Je suis comme toujours, répondis-je d'un air
simple. Et je m'éloignai.

— Attends ! attends !

Et elle sonna à la porte de son appartement. Un grand valet et sa femme de chambre vinrent lui ouvrir.

Elle entra. Je l'attendis machinalement.

La femme de chambre reparut au bout d'un instant, et me dit en me jetant un châle sur les épaules : « Voici ce que ma maîtresse te donne ! »

Je mis le châle sur ma tête, et j'étais si petite alors, que le reste me couvrait tout le corps. Lorsque, dans la rue, je ne sentis plus les pointes acérées du givre tomber sur mon front, ni l'âcre humidité du brouillard sur mes épaules, je me crus toute changée. Ce fut la première sensation de bien-être que j'éprouvai de ma vie. Je n'en ai pas ressenti de plus vives depuis. A propos, comment trouvez-vous ces brioches ?

— Excellentes.

— J'aime votre rude franchise ; elles sont de chez Félix. Maintenant, mon cher Bilboquet, que pensez-vous de ma narration ?

— Elle m'intéresse vivement.

— J'en suis charmée, quoique au fond je me soucie fort peu de votre avis ; je parle pour me distraire et pour me souvenir. Si cela vous déplaît, tant pis pour vous. — Me voilà donc, avec mon châle. Il me sembla que si je pouvais avoir des souliers rien ne manquerait à mon bonheur. Je montai nos escaliers quatre à quatre ; le pain que je portais sous mon bras sentait bon, j'avais faim.

— Qui t'a donné ce châle? me demanda tout de suite ma tante en me voyant entrer.

Je lui racontai ce qui m'était arrivé.

Elle prit le châle, le tourna, le retourna, l'examina dans tous les sens. « Il est encore assez bon, murmura-t-elle ; quelques taches, mais pas de trou. » Elle mit le châle, s'en enveloppa soigneusement et poussa un soupir de satisfaction.

Je suivais tous ses mouvements avec anxiété ; quand je vis le châle sur ses épaules, je sentis le froid reprendre possession de mon être. Je me mis dans un coin, et je pleurai. Ma tante n'y prit pas garde.

Dans mes sorties matinales, je regardais toujours la porte de la dame au châle ; une voix secrète me disait que je la reverrais bientôt. Un jour, en effet, je la rencontrai. Elle revenait encore du bal, comme je l'ai su plus tard. Elle jeta sur moi un regard rapide.

— Et ton châle, demanda-t-elle, qu'en as-tu fait ?

— Ma tante me l'a pris, répondis-je en pleurant.

— Mais ne peut-elle te le prêter quand tu sors ?

— Elle ne veut pas, de peur d'avoir froid.

Les yeux de la jeune dame se mouillèrent. Elle me prit par la main, et me fit entrer chez elle. De ce jour-là, ô Bilboquet ! changea mon existence. Ma bienfaitrice, vous la connaissez ; c'était une grande et noble artiste, morte au milieu de sa gloire et de ses succès. Grâce à elle, ma tante obtint une place qui suffisait à nos besoins. Elle me donna des maîtres, et, voyant mes dispositions pour la musique, elle me fit entrer dans une école de chant. Je l'aimais à la fois comme une mère et comme une sœur. Elle était si bonne, si confiante !

Une fois je lui demandai comment elle s'était si vite attachée à moi.

— Plus tard, me répondit-elle avec tristesse, tu me comprendras ; vois-tu, petite, nous autres artistes, tout le monde a l'air de nous aimer, mais personne ne nous aime. C'est notre réputation que l'on chérit. Il est si bon cependant d'inspirer une affection sans arrière-pensée, sans égoïsme !

— Comme la mienne ! m'écriai-je en l'embrassant.

— Souvent elle pleurait en répondant à mes caresses. Elle mourut loin de moi, dans une tournée en Angleterre, l'année où j'obtins un premier prix de chant. Le vieux châle qu'elle m'avait donné est tout ce qui me reste d'elle. Ma tante l'avait vendu. Heureusement j'ai pu le racheter. Un mécréant comme vous n'a jamais vu de reliques, en voici une.

Elle ouvrit un des tiroirs d'une armoire de Boule qui ornait son boudoir, et elle en tira un tartan fané.

Si vous n'étiez pas là, ô Bilboquet ! je pleurerais peut-être en le regardant ; mais votre auguste présence m'intimide. J'aime mieux, ajouta-t-elle, continuer ma narration. Si elle vous ennuie, tant mieux, cela vous apprendra à vous présenter de si bon matin chez une cantatrice.

J'éprouvai un violent chagrin quand il me fallut de

nouveau vivre avec ma tante. Je m'étais fait une si douce habitude de la société de ma bienfaitrice! Je fus bien obligée pourtant de me résigner au changement. Depuis le jour où elle avait su tout le parti qu'on pouvait tirer de mon talent, ma tante, il faut rendre cette justice à sa mémoire, n'était plus la même à mon égard. Nous étions loin du temps où, plutôt que de se séparer un moment de son châle, elle me faisait descendre à moitié vêtue dans la rue. C'étaient des soins et des prévenances à n'en plus finir.

Dans cette maison qui m'avait vue si malheureuse, nous habitions un petit appartement au quatrième. J'y passais tout le temps que ne me prenaient pas mes leçons de chant, étudiant mes morceaux, lisant quelques romans, ne recevant que mon professeur, homme d'un âge mûr, et qui paraissait s'intéresser vivement à moi. Je ne vous ai point encore parlé de ma figure...

— C'est inutile, m'écriai-je, vous étiez charmante comme aujourd'hui.

— Merci, Bilboquet, merci de m'avoir épargné ce pénible aveu. Oui, quand je traversais la cour de l'école de chant avec mes yeux bleus baissés, ma robe de taffetas noir qui serrait ma taille de seize ans, mes pieds chaussés dans des brodequins de prunelle, mes cheveux bouclés, emprisonnés sous une capote de paille, on me trouvait charmante; tout le monde me le disait, et surtout Oscar. Nous parlerons peut-être d'Oscar; — revenons à cet homme que vous venez de voir ici tout à l'heure, à mon estimable professeur de musique.

Au premier abord il m'avait inspiré une répugnance bizarre. Cependant rien de plus paternel que ses paroles, ses gestes, sa physionomie. Ses cheveux, déjà blancs, lui donnaient un air respectable, démenti cependant par des yeux gris dont la vivacité se dissimulait avec peine sous d'épais sourcils noirs. Ses manières et sa personne me déplaisaient instinctivement ; il ne m'est pas arrivé une fois de lui voir prendre la main ou caresser le menton d'une de mes camarades, familiarités permises à son âge, sans rougir malgré moi.

Tant que ma bienfaitrice vécut, il ne parut pas me distinguer beaucoup des autres élèves. Je le vis ensuite se rapprocher peu à peu de ma tante ; il l'abordait quand elle venait me chercher au sortir des classes ; il me donnait des conseils en nous accompagnant. Il finit par s'introduire chez nous sous prétexte de me donner des leçons particulières, de cultiver les dispositions d'une élève qui devait lui faire le plus grand honneur.

Il y avait dans ma classe deux élèves qui étudiaient le chant depuis plusieurs années, et dont le nom n'avait pas été prononcé une seule fois dans les distributions de prix, même pour un troisième accessit en partage. Elles venaient pourtant assidûment aux leçons, et semblaient étudier avec conscience. Elles avaient peut-être autant de talent que la plupart d'entre nous, mais quand à leur tour elles chantaient le morceau qu'on nous donnait à étudier, le professeur les écoutait avec une indifférence marquée. L'accompagnateur lui-même laissait aller ses doigts sur le piano d'un air qui semblait dire : A quoi bon me donner de la peine pour si peu ?

Jamais un mot, jamais un conseil quand elles avaient fini ; « A une autre, » disait le maître, et c'était tout. Je me souviens même que parfois il ne les laissait pas achever, et cela arrivait surtout quand je devais chanter après elles.

Un jour qu'elles se croyaient seules dans un des couloirs, j'entendis entre mes deux camarades l'entretien suivant :

— Décidément, disait l'une, c'est Fenice qui est maintenant la préférée.

— Il le faut bien, reprenait l'autre, c'est la plus jolie. D'ailleurs, son tour n'est-il pas venu ? Eugénie est sortie avec honneur il y a deux ans, Ernestine l'année dernière. C'est Fenice qui sortira cette année.

Ces phrases, prononcées d'une façon particulière, et accompagnées de rires ironiques, me frappèrent, mais je n'eus pas le temps de rester sur cette première impression. Le dialogue reprit :

— Et nous, quand viendra notre tour ?

— Jamais, ma chère. Nous ne sommes plus assez jeunes, et on ne nous a pas trouvées assez jolies pour nous lancer. Aussi je renonce à Paris, et je suis décidée à accepter un engagement en province.

— Le vieux monstre ! il faudra bien pourtant que

j'en fasse autant. Mais sais-tu bien que cette petite Fenice n'a l'air de se douter de rien ?

— Allons donc ! Est-ce qu'on ne se doute pas toujours de ces choses-là ?

— Tu as beau dire, j'ai envie de l'avertir.

— Le beau service ! Après tout elle n'est pas si à plaindre. Il y a un bel et bon engagement à l'Ambigu-Lyrique au bout de tout cela.

— Mais le vieux, comme il serait vexé !

— Nous avons encore besoin de lui, il faut le ménager.

— Tu as raison, et puis, comme dit le proverbe, chacun pour soi.

Cette conversation acheva de porter le trouble dans mon esprit. Je voulais quitter l'école, fermer ma porte à mon professeur. Je racontai à ma tante ce que j'avais entendu, elle ne fit qu'en rire, et se moqua de mes appréhensions. Elle me dit que c'était la jalousie qui faisait parler mes camarades.

— Ce que tu as de mieux à faire, ajouta-t-elle, est de te montrer docile et prévenante envers un homme qui tient entre ses mains ton avenir, et par conséquent celui de ta bonne tante.

Soit qu'il se fût aperçu de l'espèce de réserve sur laquelle je me tenais avec lui, soit qu'il attendît un moment plus favorable, mon maître ne laissa rien voir dans sa conduite ni dans ses paroles qui pût justifier le propos de mes camarades.

Je commençais à être plus rassurée lorsque vint le moment de se préparer aux exercices de la fin de

l'année. Ce sont, vous ne l'ignorez pas, les plus importants. Le Bilboquet du moment y assiste, et c'est
là qu'il choisit les sujets qui lui paraissent dignes de
monter sur les planches de son théâtre.

Je devais chanter le rôle de donna Anna, de *Don
Juan*. L'épreuve était difficile et décisive. Mon maître venait lui-même me faire répéter. Un jour, il fit
prévenir ma tante qu'une indisposition l'empêchait
de sortir, et qu'il me priait de venir prendre ma répétition chez lui. Aussitôt le message reçu, ma tante
me donna mon chapeau, mon châle, et m'accompagna
jusque devant la porte du malade, et elle prétexta
une affaire pressante pour ne pas rester avec moi.

Jamais je n'avais mis les pieds chez un homme, et
ce ne fut pas sans un certain battement de cœur que
j'entrai chez mon maître. Il me reçut avec un empressement affectueux et paternel dans le salon.

— Pardonnez-moi, me dit-il, de vous avoir déran-
gée; j'ai été pris ce matin d'un petit accès de goutte
qui se dissipe heureusement. Voyons, mettons-nous
tout de suite au travail.

Il s'assit devant le piano, et je repassai tout mon
rôle. Plusieurs fois il me fit répéter le même morceau.
Quand j'eus fini, la nuit était venue, et ma tante ne
paraissait pas.

— A merveille! s'écria-t-il; maintenant je réponds
du succès: mais il est bien tard pour vous laisser
partir seule, et je n'ai personne pour vous accompa-
gner. Bah! vous partagerez mon frugal dîner.

— Mais ma tante sera en peine, lui répondis-je, impatiente de recouvrer ma liberté.

— Je l'ai prévenue, en lui écrivant ce matin, que, si la séance se prolongeait trop, vous dîneriez avec moi. Ce soir, ma bonne ira vous reconduire.

En même temps il m'offrit galamment son bras pour entrer dans la salle à manger ; la table était mise avec propreté et même avec coquetterie. A côté de chaque couvert, une coupe rose en cristal de Bohême reflétait la lumière d'une lampe de bronze ; un vase d'argent rempli de glace contenait une bouteille de vin de Champagne. Nous étions servis par une bonne qui n'avait rien de remarquable que ses joues enluminées, son triple menton et son embonpoint. Du reste, fort douce, fort respectueuse ; pour tout dire, mon cher, une véritable servante de curé. Elle mit le dessert sur la table, et je ne la vis plus reparaître.

Pendant tout le dîner, mon maître fut pour moi rempli d'attentions ; il se montra si bon, si affectueux, il me parut s'intéresser à mon avenir d'une façon si vraie, si désintéressée, que j'eus une espèce de honte de ne pas avoir répondu jusqu'alors à son amitié. Il veillait à ce que ma coupe rose ne restât pas pleine. « Le vin de Champagne, me disait-il, est le vin des femmes et des vieillards : je bois à vos prochains débuts, à vos triomphes ! »

Quand nous eûmes vidé nos verres, il reprit :

— C'est dans trois mois que vous allez monter sur cette scène de l'Ambigu-Lyrique, l'unique ambition, le seul rêve de tant de femmes, qui, pour y paraître

un moment, auraient donné dix ans de leur vie!
Belle, jeune, pleine de talent, je vous ouvre la porte
de ce paradis ; oui, moi seul j'en tiens les clefs, et, si
je le voulais, ni votre beauté, ni votre talent ne pourraient en forcer la porte.

— Oh! je le sais, lui dis-je, et ma reconnaissance...

Il prit ma main dans les siennes.

— C'est déjà quelque chose, mais ce n'est pas
tout.

En prononçant ces paroles, je sentis ses doigts
presser les miens : je voulus me retirer ; un mouvement de sa chaise le rapprocha de moi. Il essaya de
passer son bras autour de ma taille.

Je me dégageai en me relevant brusquement ; je
portai la main à mon front, il était brûlant. Il me
sembla qu'un cercle de feu entourait mes tempes ;
tout tournait autour de moi. Prise de vertige, folle d'é-
pouvante, je m'affaissai sur un fauteuil en criant :
« De l'air ! de l'air ! par pitié ! j'étouffe ! »

Le vieillard me saisit dans ses bras ; son œil fauve
plongeait dans les miens ; son haleine me brûlait : je
sentis comme un fer rouge appliqué sur mes lèvres.
J'essayai en vain de lutter ; un moment je réussis à
m'arracher à cette étreinte : je m'élançai au milieu
du salon, et, réunissant toutes mes forces, je poussai
un cri : « Au secours ! »

Personne ne vint ; je tombai mourante sur le
tapis.

Fenice garda un moment le silence, puis elle reprit d'un ton amer :

— Vous me croirez ou vous ne me croirez pas, ô Bilboquet! mais il y a dans la vie des lendemains affreux, des réveils qui font maudire l'existence!

Et pourtant cet homme est reçu dans toutes les familles; il est honoré, respecté. Pas une seule de ses victimes n'a osé lui arracher le masque, et je ne suis pas la seule qu'il ait rendue folle de désespoir et de douleur. Il est accepté, estimé; on se tait, on le supporte : serait-on crue seulement si on parlait? Il puise sa force dans son infamie même; pendant qu'il fait le père en public, en secret il me fatigue de ses impures poursuites; il se fait un droit de la violence et de la trahison; il invoque un passé ignoble pour m'imposer de révoltantes caresses, et je n'ose pas, je ne puis pas dévoiler cet hypocrite! Oh! la vengeance! la vengeance! Je l'appelais de tous mes vœux; mais, pour me venger, il aurait fallu divulguer ma honte, et je ne le pouvais pas. Je commençais à aimer, Bilboquet, j'étais aimée!

Un coup violent ébranla en ce moment la sonnette de l'appartement; la femme de chambre entra dans le boudoir.

— Je n'y suis pour personne! s'écria Fenice, dites que je suis à la répétition.

— Je l'ai déjà dit, répondit Marguerite, mais la personne ne veut pas me croire, et vous savez qu'il n'y a pas moyen de s'en débarrasser; c'est Monsieur....

— Qui est-ce donc ?

I.                                                          14

— M. Oscar.

— Oscar ! qu'il entre ; il ne saurait venir plus à propos : j'allais parler de lui. Bilboquet, vite derrière cette portière ; j'ai mes raisons pour qu'il ne vous voie pas ici.

J'obéis sans observation, et je me cachai derrière la portière, curieux de voir ce qui allait se passer.

Le personnage qui venait d'entrer était un homme de trente ans environ, dont les traits, qui avaient pu être beaux autrefois, paraissaient flétris par la misère et par la débauche. Il portait des habits d'une forme élégante, mais usés, luisants. Le bas de son pantalon était frangé, et des bottes en cuir verni, coupées aux plis, ne devaient s'interposer que très-faiblement entre son pied et le pavé. Il jeta un chapeau crasseux sur l'élégant divan de la cantatrice, et, les mains enfoncées dans les poches de son paletot, étendu dans un fauteuil, il approcha sa chaussure mouillée de la cheminée, où flambait un excellent feu d'automne.

— On est bien ici, dit-il après deux ou trois *brr ! brr !* significatifs ; il fait un temps de loup, ce matin : tu ne m'offres pas seulement une tasse de thé, Fenice !

— Puis-je savoir, monsieur, ce qui me procure l'honneur de votre visite matinale ?

— Nous autres financiers, nous sommes sur pied de bonne heure ; les grands capitalistes ne donnent plus maintenant de rendez-vous qu'à cinq heures du matin : c'est le chic. Oh ! les affaires ! les affaires !

comme elles usent les hommes! Tu dois me trouver bien changé, Fenice?

— Voyons, que me voulez-vous?

— Voilà des sandwichs excellents! Tu les prends chez Félix, et tu as raison : personne ne comprend le sandwich comme lui. Absorbé par les grandes opérations industrielles, j'ai oublié de déjeuner. J'aime le thé, j'en conviens; le thé a son charme le soir, quand on cause d'affaires dans le salon d'un prince de la banque; mais, le matin, je préfère le madère : tu en avais autrefois d'excellent, Fenice.

— On va vous en donner; mais vous partirez après avoir déjeuné.

— *Donec eris felix...* s'écria douloureusement Oscar; ce qui veut dire qu'on me traite comme un nègre parce que je suis malheureux, parce que ma dernière spéculation a échoué! car elle a échoué, il faut que j'en convienne : je suis ruiné!

— Et vous voulez que je vous donne?...

— Une misère! de quoi acheter seulement *cinq cents à cinq de prime*; je suis sûr de la hausse. Cela me donne cent francs de *bénef*, avec quoi je recommence une nouvelle opération. Si la hausse dure trois jours, je puis avoir trois mille francs : il n'en faut pas davantage pour refaire sa fortune. C'est alors, Fenice, que j'acquitte à la fois la dette du cœur et de la reconnaissance; tu quittes le théâtre, je t'accorde ma main, et nous allons vivre de nos rentes dans quelque château de province. En attendant, prête-moi cinquante francs.

Fénice prit trois louis sur la cheminée, et les remit au spéculateur. Il les prit, les fit sonner dans sa main, et avala son verre de madère.

— Je ne te remercie pas, Bichette, dit-il en prenant congé de la cantatrice; tu me commandites, et tes fonds vont me porter bonheur. C'est l'heure de Tortoni, j'ai une couverture, et je vais donner des ordres en conséquence.

Je sortis alors de ma cachette.

— Quel est cet homme? demandai-je à Fenice, un peu surpris de lui voir de pareilles connaissances.

— Vous ne l'avez pas deviné?

— Nullement.

— Homme peu perspicace! Saluez dans cet individu les premières illusions, les premières amours d'une cantatrice! Les commencements de notre carrière s'embellissent toujours d'un Oscar quelconque. Le mien était un étudiant en médecine né à Toulouse. Il possédait une voix charmante; il était ténor de naissance, comme la plupart des habitants de cette heureuse cité. Il chantait les romances de Monpou dans toutes les réunions du quartier Latin, dont il faisait les délices. Des musiciens d'outre-Seine, avec lesquels il fit connaissance, le vantèrent à un compositeur de romances, qui voulut l'entendre.

Le résultat de cette audition fut qu'Oscar devait renoncer à la médecine pour se faire ténor. Sa noble famille ne voulait pas consentir à laisser monter un de ses rejetons sur les planches : elle finit pourtant par se laisser fléchir par l'irrésistible vocation d'Oscar, et aussi par l'assurance qu'il avait trente mille francs, ni plus, ni moins, dans le gosier. Le résultat de cette détermination fut l'entrée d'Oscar à mon école de chant.

C'est là que je le vis; c'est là que je l'aimai.

Oscar avait deux ans de plus que moi; il était brun, il avait des yeux noirs, et son accent méridional prêtait je ne sais quel feu, quel phosphore à ses déclararations, déjà passablement incandescentes par elles-mêmes.

Un mois avant mon dîner chez cet homme, dont je ne veux pas prononcer le nom, les élèves de notre école avaient été appelés à figurer parmi les chœurs dans une représentation de la *Dame blanche*, donnée sur le théâtre de Saint-Germain. Nous revînmes tous ensemble dans des omnibus; Oscar, qui me faisait la cour depuis longtemps, s'arrangea pour se trouver à mon côté. Pendant tout le trajet il me parla de son amour; profitant de la demi-obscurité dans laquelle était plongé l'intérieur de notre véhicule, il s'empara de ma main; je la laissai dans la sienne. Bilboquet! Bilboquet! je vous le dis, tout est dans le premier serrement de main!

Oscar débuta avec succès à l'Opéra-Comique, et il m'abandonna. Son orgueil de premier ténor souffrait avec peine qu'on dît qu'il avait pour maîtresse une petite élève encore ignorée. Je ne vous dirai pas quel fut mon désespoir. J'achetai du charbon, beaucoup de charbon, trop de charbon : ce fut là ce qui me trahit. Ma tante, me voyant rentrer un jour avec

14.

une provision insolite de combustible dans mon cabas, devina mon projet. Dès ce moment, je devins
l'objet d'une surveillance incessante ; à moins de me
jeter par la fenêtre, il m'eût été impossible de me
tuer, et j'ai toujours énormément répugné à ce genre
de mort.

Il faut que vous sachiez que mon professeur, le lendemain de ma visite, osa retourner à la maison et me
parler de chant, de concours, de leçon, comme si rien
ne s'était passé entre nous. Il s'étonna même de mon
indignation : d'autres, me dit-il, n'y avaient point fait
tant de façons. Je l'avais forcé malgré lui à employer
les grands moyens ; il finit en me parlant de ses droits ;
il essaya même d'en user. La répugnance, l'espèce
d'horreur que je lui témoignai, n'eurent pas l'air de
le surprendre : il y était sans doute habitué, et il savait employer toutes les séductions qui émoussent
peu à peu ces premières haines de la pudeur révoltée.

Son habileté et son expérience échouèrent pourtant contre mon invincible dégoût ; aussi, cette an-
née-là, je n'obtins pas une seule nomination au concours. Je me souvins alors de l'entretien de mes deux
camarades ; je compris qu'une autre serait recom-
mandée à ma place. N'ayant plus rien à faire à Paris,
qui ne me rappelait que de tristes souvenirs, j'accep-
tai avec plaisir un engagement pour la province.

Après deux ans de séjour en province et en Italie,
je venais d'être engagée à Paris lorsqu'un jour, pendant que Florelli me faisait répéter le rôle qui devait
servir à mes débuts, ma femme de chambre vint me

prévenir qu'un monsieur, qui refusait absolument de dire son nom, demandait à me voir.

Cet inconnu, c'était Oscar. Comme il était changé! Je ne le vis pas pourtant sans une certaine émotion. Il me raconta sa vie. Au bout d'un an de théâtre, il avait perdu sa voix; il s'était mis alors à la tête d'une troupe de comédiens qui devaient exploiter le Brésil; il avait mangé dans cette affaire les derniers débris de la succession paternelle. De retour à Paris avec les quelques sous qui lui restaient, il s'était mis à jouer à la Bourse. La fortune, longtemps cruelle, le traitait pour le quart d'heure en favori, et il gagnait beaucoup d'argent dans ce qu'on appelle, je crois, la coulisse. Lui aussi me parla de ses droits.

Voyant qu'il n'y avait rien à faire de ce côté, il changea de batterie; il se posa en ami, il vint chez moi tous les jours, s'occupa de mes petites affaires, et ne dédaigna pas même de faire mes commissions. Il commença par m'emprunter d'assez fortes sommes; je les lui prêtai. Chaque jour, pourtant, je le voyais descendre un degré de l'échelle de la spéculation. Aujourd'hui, il est tombé dans la boue, dans le ruisseau de la Bourse; ce n'est plus qu'une espèce de Robert-Macaire mendiant. Et cependant il entre d'autorité chez moi; il faut que je le supporte, que je lui donne l'argent qu'il me demande et qu'il va dépenser dans d'affreux tripots avec d'ignobles créatures. J'ai vécu trois mois avec lui, il a mis au Mont-de-Piété tous les petits bijoux que j'avais reçus de ma bienfaitrice; il prétend qu'il a partagé tout ce qu'il avait avec moi, et, sous ce prétexte, il a exigé des prêts de mille francs, des prêts de cent francs, de cinquante francs ; bientôt il en sera à la pièce de cent sous. Et, si je lui défends l'entrée de ma maison, si je charge ma femme de chambre de lui remettre son aumône quotidienne, il se plaindra, il fera semblant de gémir, et tout le monde dira : « Voyez la femme sans cœur, elle traite son premier amant comme un mendiant ! »

Répondez, Bilboquet, cela est-il vrai, oui ou non ?

Comme j'allais répondre, le bruit de la sonnette annonça une nouvelle visite. Marguerite vint dire à sa maîtresse :

— Madame, c'est M. Adolphe Duvallon.

— Vous avez dit que je n'y étais pas ?

— Oui, madame, et il est parti.

— Dieu soit loué !

— Mais, en partant, il m'a bien recommandé de dire à madame qu'il reviendrait dans l'après-midi ; il faut absolument qu'il la voie.

— Encore un qui a des droits ! Qui donc n'a pas de droits sur nous autres artistes ? J'attendrai donc M. Adolphe Duvallon, car celui-là est féroce sur ses droits, et je lui paraîtrais d'une ingratitude révoltante, inouïe, monstrueuse, si j'avais l'air de le négliger un seul instant.

— Peut-on savoir quel est ce M. Adolphe Duvallon ?

— Votre curiosité me plaît, Billboquet ; je m'empresse de la satisfaire.

Apprenez que Nantes est la ville qui m'a vue devant la rampe pour la première fois. J'étais donc à Nantes depuis quelques jours, et mon premier début s'était effectué avec assez de succès, lorsque, un après-midi, on m'annonça la visite de M. Adolphe Duvallon.

Je vis entrer un homme de trente-cinq ans à peu près, vêtu avec l'élégance d'un fashionable de province, l'air fat, affectant dans sa tournure et dans ses manières le ton leste et dégagé d'un roué de la Régence. Il me parla de l'admiration que mon talent lui avait inspirée, de sa famille, de ses relations, de ses voitures, de ses chevaux, de son influence sur les dandys de la localité ; il m'entretint vaguement d'une cabale qui pourrait bien se former contre moi, et il daigna me promettre son appui.

A la seconde visite, il recommença les mêmes histoires, et, de plus, il prit soin de ne pas me laisser ignorer que la cantatrice à laquelle je succédais ne s'était pas trop mal trouvée de son appui et de sa protection.

La troisième fois que je le vis, il me fit une déclaration.

Comme je n'étais pas encore consolée de l'abandon du volage Oscar, que d'ailleurs M. Adolphe Duvallon me plaisait médiocrement, je lui fis fermer ma porte. Le public m'avait accueillie avec bienveillance, je me crus à l'abri de toute crainte. Innocente que j'étais !

Le théâtre, en province, est livré aux abonnés, excepté les dimanches et les jours de fête ; ces jours-là on m'applaudissait, j'étais rappelée, couverte de bouquets. Les autres jours, on me recevait avec un silence glacial : à la fin de chaque morceau, on me chutait. Il y avait une formidable cabale montée contre moi.

Le directeur vint me trouver.

— Ma petite, me dit-il, les choses ne peuvent pas durer plus longtemps ainsi, nous marchons à grands pas vers la faillite. Qu'avez-vous donc fait à M. Adolphe Duvallon?

— Il m'ennuyait de ses déclarations, je l'ai prié de rester chez lui.

— Imprudente ! reprit le directeur, vous voulez donc être sifflée?

Le directeur, homme net et positif, se chargea d'éclairer ma jeunesse et mon inexpérience; il m'apprit que M. Adolphe Duvallon était depuis longues années en possession de protéger les *prime-donne* du grand théâtre de Nantes; un autre se chargeait des Dugazons ; celui-ci était le sultan du drame, celui-là régnait sur le vaudeville; un dernier avait la spécialité des danseuses : chaque emploi avait son seigneur suzerain. J'allais être punie d'avoir refusé foi et hommage à M. Adolphe Duvallon.

Être sifflée ! il faut savoir tout ce que ces mots contiennent aux yeux d'une artiste pour comprendre de quels sacrifices on est capable pour se soustraire à la menace qu'ils renferment. Le succès des Duvallons n'a pas d'autre raison.

Je quittai Nantes pour Bruxelles ; M. Adolphe Duvallon resta un an sans me donner signe de vie, ce dont je ne fus pas trop fâchée. Je ne le revis qu'à Paris.

M. Adolphe Duvallon a perdu une partie de sa fortune dans je ne sais quelles spéculations, et il lui serait assez commode de trouver dans le budget de quoi combler la brèche faite à ses revenus. Il sollicite donc une recette particulière.

Parce que j'ai l'honneur de recevoir quelquefois dans ma loge un sous-secrétaire d'État, un directeur des finances, deux receveurs généraux, M. Adolphe Duvallon s'est imaginé que je pouvais le faire nommer, et il veut absolument que je me mette en campagne, que j'aille moi-même chez le sous-secrétaire d'État, et chez le directeur. Il l'exige en vertu de ses droits. Il passe des heures entières chez moi à me fatiguer du récit de ses platitudes de solliciteur, il faut que j'aie l'air de m'intéresser à tout ce qu'il me raconte, sinon il se récrie contre mon indifférence, il m'accuse d'ingratitude. Comme je refusais hier d'écrire en sa faveur une lettre pressante au chef de division du personnel, qui me poursuit de ses galanteries, qui ont des manchettes de lustrine aux coudes, M. Adolphe Duvallon s'est écrié : « Une créature pour laquelle j'ai tant fait ! On a bien raison de le dire : les femmes de théâtre n'ont pas de cœur ! »

Tout ce qu'il a fait pour moi a consisté à me faire siffler.

En ce moment la femme de chambre entra, et remit à sa maîtresse une lettre qu'un commissionnaire venait d'apporter.

Fenice l'ouvrit, regarda la signature, et se mit à lire à haute voix :

« Ma chère belle,

« Arrivé ce matin d'Italie, où j'ai tenu l'emploi avec assez de succès, j'ose le dire, sur le grand théâtre de Porto-Morizio, je m'empresse de te faire part de mon retour.

« Je suis sûr que tu reverras avec plaisir un homme qui pourrait parler de ses droits, et qui ne rappellera pas même ses services.

« Aujourd'hui, à six heures, je viendrai te demander à dîner à la fortune du pot. L'Ambigu-Lyrique n'a que des croûtes, il lui faut un ténor : je compte sur toi pour me présenter au directeur.

« Ton ami,

« PANTALEONE CAMUZATI,

« *Primo tenore assolutissimo.* »

Camuzat ! il ne manquait plus que celui-là ! il y a des gens dont la présence vous fait mal, qu'on ne voudrait jamais revoir de sa vie, et, quand on les voit, quand on les rencontre, il faut encore leur sourire et paraître enchantée !

Figurez-vous, ô Bilboquet ! que j'avais pour camarade à Bruxelles le ténor Camuzat ; c'était un grand blond, bel homme de la tête aux pieds. Il parlait, il marchait, il chantait en bel homme. Quand nous

chantions un duo, il me serrait la main beaucoup plus
que ne le comportaient les exigences de l'illusion
dramatique. Il me regardait avec des yeux qu'il cher-
chait, autant que possible, à rendre expressifs.

Tout alla bien pendant le premier mois ; le suivant,
Camuzat prit tout à coup un air de froideur hautaine,
il affectait de me tenir la main sans presque la toucher ; quand la situation l'obligeait à faire de la pantomime amoureuse, il s'adressait au public au lieu de
me regarder. Si j'avais un morceau à effet, il feignait
tout à coup une indisposition subite, et le régisseur
venait demander au parterre la permission de passer
le duo. Il ne négligeait aucune occasion de me forcer
à jouer avec sa doublure, qui mettait en fuite tous les
spectateurs. Ce sont là des piqûres, des coups d'é-
pingle, qui finissent par devenir des blessures vé-
ritables. Camuzat avait pris le parti de ne plus vouloir
chanter qu'avec la seconde chanteuse. Je restais,
grâces à lui, des mois entiers sans paraître sur la
scène.

Une fois que le démon du théâtre s'est emparé de
nous, il nous pousse, il nous excite sans cesse ; il faut
que nous paraissions devant la rampe, que nous nous
sentions en face du public, que nous mettions en
dehors l'ardeur qui nous anime. L'oisiveté, pour un
artiste, c'est la mort. Camuzat m'avait condamnée.
Un ténor, c'est un tyran, un maître, un despote devant qui tout fléchit, directeur, régisseur, comparses,
qui tient les recettes dans sa main, auquel toute l'administration doit complaire sous peine de faillite.

J.                                        15

Je me consumais donc à petit feu dans l'inaction, ne sachant trop à quoi attribuer l'acharnement de Camuzat contre moi, lorsqu'un jour une de mes camarades, à laquelle je racontais mes ennuis, me dit d'un air d'étonnement : « Mais, ma chère, de quoi vous plaignez-vous ? Camuzat est jaloux de tous ses camarades, hommes ou femmes ; il ne tolère la première chanteuse que lorsqu'il veut bien daigner en faire sa maîtresse, et vous n'avez voulu comprendre ni ses serrements de main, ni ses roulements d'yeux. »

J'étais furieuse, outrée, désespérée ; mais je me résignai, et je compris !

Pendant quatre ans, ô Bilboquet ! j'ai mené cette horrible vie de luttes, de combats, de sacrifices : en proie aux Duvallons et aux Camuzats de la province et de l'étranger, en butte à toutes les persécutions, à tous les amours-propres, à toutes les convoitises.

Placée, après une banqueroute, entre la misère et le mépris ; isolée au milieu de la foule, jamais en repos, toujours sur les grands chemins, jouant pour ainsi dire mon avenir à chaque instant ; toujours poursuivie, jamais aimée ; jeunesse, beauté, talent, jetant tout cela dans un gouffre.

Je suis maintenant au comble de la prospérité et de la gloire, j'ai des admirateurs de tous les genres ; le public m'applaudit dès que je parais sur la scène, les journaux m'accablent d'éloges ; je n'en suis pas moins esclave comme autrefois, esclave du passé, esclave du présent. Si vous devenez homme de lettres,

Bilboquet, si vous écrivez jamais des Mémoires, comme tout semble l'indiquer en vous, n'oubliez pas que je vous ai fourni un curieux chapitre que vous pourrez intituler : *Une cantatrice à l'œil nu*, ou bien : *Matinée d'une actrice*, ou bien encore : *Confidences en la mineur* ; tous ces titres feront très-bien dans un sommaire. Mais vous croyez peut-être que mes corvées sont terminées. Attendez encore un moment, et vous entendrez annoncer :

M. FLORELLI !

Florelli est le grand compositeur de l'époque ; les théâtres de l'Italie et du monde entier ne retentissent que de ses opéras. Il est paresseux, gourmand, sensuel comme un Romain du Bas-Empire. Il a écrit cependant cinquante partitions, et est censé, comme vous savez, en ce moment, composer un ouvrage pour l'Ambigu-Lyrique. Je dois avoir le principal rôle.

Florelli a l'habitude de s'installer chez la cantatrice pour laquelle il travaille. Sa maison est sa maison, sa table est sa table, il y prend droit de lit, de feu et de chandelle. Le maestro est absent depuis deux jours, je l'attends à chaque instant.

Cet homme ennuyé, usé, blasé, il faut que je l'amuse, que je réveille son esprit et son appétit, que je lui serve les mots et les mets émoustillants ; que je sois à la fois sa Duthé et son cordon bleu.

Demain, qu'une autre cantatrice plus jeune, plus brillante, plus populaire, se présente, il me quittera, et il ira planter son bonnet de coton chez elle. En at-

tendant, je suis sa très-humble servante, son souffre-
douleur; il ne me doit aucune reconnaissance, il me
donne un rôle: il a des droits.

M. LE VICOMTE DE L'ESTOURNEL!

Vous verrez entrer un jeune dandy frisé, rasé,
pommadé, ganté de jaune, zezayant, blésayant,
grasseyant, impertinent de la tête aux pieds. M. le
vicomte de l'Estournel a cent mille francs de rentes
en biens que personne n'a jamais vus, il a des équi-
pages superbes que l'on cite dans tous les journaux
de mode, des chevaux pur sang qu'il fait courir; va-
niteux, orgueilleux, vétilleux, bon garçon au demeurant, et membre du Jockey-Club, où il joue souvent
le jour quand il n'est pas sur le turf, et toujours la
nuit. On le dit de première force au wisth.

Le vicomte m'a offert sa protection, et je l'ai accep-
tée. Au théâtre on vieillit vite. J'aurai bientôt vingt-
cinq ans. Le public se lassera un jour de m'entendre ;
un talent plus jeune surgira. Alors on ne me verra
pas m'obstiner à une lutte impossible. Je saurai me
retirer à temps. Mais l'heure de ma retraite n'a point
encore sonné; le feu de la jeunesse coule dans mes
veines ; je règne, je veux régner. J'ai une rivale re-
doutable que vous connaissez aussi bien que moi.
Deux artistes du même genre, du même talent, ne
peuvent vivre ensemble au théâtre : ce trône est trop
étroit pour être partagé. Il faut que l'une de nous suc-
combe. Le vicomte m'a apporté en dot ses charmes
et les mains de la loge diabolique.

L'Estournel me fatigue, l'Estournel m'ennuie, l'Estournel m'assomme de ses chevaux, de ses courses, de ses paris; il ne comprend, il n'entend, il ne sait pas autre chose ; il faut que j'aie l'air de m'intéresser à tout cela, de faire l'amazone, l'écuyère; sans cela il me trouverait maussade, il se fâcherait. C'est moi qui suis encore obligée de faire tous les frais de cette liaison : n'a-t-il pas des droits?

M. VAUBÉMOL !

Celui-ci vous représente le feuilleton musical. Vingt ou trente personnes qui battent des mains dans une loge d'avant-scène, c'est quelque chose, mais cela ne suffit pas : pour avoir véritablement le public qui est dans la salle, il faut gagner celui qui reste dehors. Le feuilletoniste vous siffle ou vous applaudit devant vingt mille lecteurs ; il a beau exagérer, mentir, le public le croit sur parole, ou il finit toujours par le croire.

Les éloges que le feuilleton vous accorde tiennent en respect les directeurs et le public en haleine. On essaye quelquefois de se passer du feuilleton, mais il faut bien vite courber la tête et se repentir de sa témérité. Vaubémol est fat, prétentieux, laid. Il faut qu'on s'occupe de lui sans cesse, rien que de lui, ce qui est le plus horrible, le plus affreux, le plus insupportable de tous les défauts ; malgré tout cela, si Vaubémol veut avoir des droits, il faudra bien que je lui en donne.

Mais ce n'est pas tout encore, et je vous prie, ô

15.

Bilboquet, de me prêter toute votre attention, car ceci vous regarde.

Je répondis que je l'avais écoutée avec le plus vif intérêt. En effet, cette confession si brusque et si sincère, la façon pleine d'abandon et de sensibilité avec laquelle elle était faite, m'avaient vivement intéressé. Jamais Fenice ne m'avait semblé plus jolie, plus piquante.

— Vous connaissez ma vie, vous savez l'emploi de mes journées. Après Oscar, vient Duvallon; après Duvallon, Camuzati ou Camuzat; après Camuzat, Florelli; après Florelli, l'Estournel; après l'Estournel, Vaubémol; après Vaubémol, Bilboquet!

Oui, reprit-elle en me regardant, tu crois avoir tout fait, pauvre artiste, quand tu t'es immolée à l'amour-propre des uns, à l'influence des autres; quand tu as subi tour à tour le musicien, le dandy, le journaliste, tu t'imagines que tu es libre, que tu n'as plus d'autre sacrifice à accomplir! Ton directeur t'attend dans son cabinet, il peut briser ton avenir en déchirant ton engagement, prends garde de lui résister, crains de lui déplaire, Bilboquet a des droits, et il prétend en user. Donnant, donnant; à toi l'engagement, à lui la clef de ton boudoir!

Et on s'étonne, après cela, que nous ayons des caprices!

Fenice était magnifique en parlant ainsi. J'oubliai la rude apostrophe qu'elle venait de me lancer, je ne vis qu'elle, que ses yeux noirs, sa poitrine émue, ses épaules qu'un geste venait de découvrir ; je voulus m'emparer de sa main.

—Mon cher, me dit-elle d'un ton dédaigneux, j'ai joué une fois à votre bénéfice, c'est assez.

J'essayai vainement de la fléchir ; et, comme son engagement était signé pour cinq ans, je vis bien qu'il fallait renoncer à toute espérance.

Cette déconvenue me fut très-sensible; Fenice avait dans l'esprit quelque chose qui me rappelait Atala.

Il n'est pas de chagrin qui dure éternellement : je résolus de me consoler, et je tournai mes vues d'un autre côté.

Mon théâtre était alors au comble de sa splendeur : la recette était tous les jours de quelques degrés au-dessus du maximum.

Les journaux entonnaient mes louanges avec un ensemble admirable.

Je donnais des festins à la presse, des fêtes à la finance, des raouts à la diplomatie ; les don Juan de la Chambre des députés, les Richelieu du ministère de l'intérieur et de la préfecture de police remplissaient mes salons.

Je tenais au pouvoir la promesse que je lui avais faite de consolider la dynastie. Une voix éloquente n'avait pas encore donné le mot d'ordre : *Enrichissez-vous !* Mais on le suivait d'instinct, pendant que, du haut de mes affiches, de mes réclames, de mes journaux, je criais à la société : *Amusez-vous !*

Et la société se gardait bien de ne pas suivre mon conseil.

Mon théâtre était devenu un des rouages de la société. C'est alors que j'inaugurai ces fêtes intimes et décolletées où, au milieu du bruit des verres, des danses, des chants, les Renaud de l'opposition se laissaient vaincre et attendrir par les Armides du corps de ballet.

Figurantes, espaliers, marcheuses, rats, coryphées, toutes les jolies femmes du théâtre étaient obligées de figurer dans ces fêtes. J'en avais fait une clause de leur engagement.

Au-dessus de la porte d'entrée de la salle ou plutôt du temple où se célébraient ces raouts à l'usage de la haute banque, on avait inscrit par mes ordres ces mots en lettres d'or :

ON EST PRIÉ DE LAISSER EN ENTRANT SA MÈRE
ET SA CRINOLINE.

Quelques voix puritaines essayaient bien de se faire écouter et de crier au Bas-Empire, à la décadence des mœurs ; mais le bruit harmonieux de mon orchestre empêchait de les entendre. D'ailleurs, personne n'y eût fait la moindre attention. Le plaisir était la grande.

la seule affaire du moment : la Chambre des députés, la Chambre des pairs, n'étaient rien à côté de mon théâtre ; le véritable président du conseil, c'était moi.

# CHAPITRE VIII.

## UN DUEL INTELLIGENT.

### LES ARMES, L'ESCRIME, LES TÉMOINS, LES NOTES, LES DUELS, SOUS LA RÉVOLUTION DE JUILLET.

Saint-George et Grisier. — Le tir Rainette. — Fracassons-nous, Folleville ! — Le témoin omnibus. — Miranda. — Une mère d'actrice. — La figurante, l'espalier, le rat, la marcheuse. — Mère et crinoline. — Mademoiselle Brinda. — Vous êtes charmant. — Jupiter et Danaé.

Ce fut vers cette époque qu'il m'arriva une affaire d'honneur, que je ne peux vraiment pas passer sous silence.

— Tu vas bien ! me dit un jour sur le boulevard un ami intime dont je ne me souvenais que fort vaguement ; je crois que tu iras très-loin ; mais, pour être un homme tout à fait populaire, posé, je te déclare qu'il te manque quelque chose.

— Quoi donc ?

— Un duel.

— Un duel ?...

— Certainement, rien ne lance et ne colore en France un homme politique, littéraire ou administratif comme un duel!... Rassure-toi ; je me nomme le chevalier Balthazar de Paillefer, autrement dit le *témoin-omnibus*.

Quand il s'élève à l'horizon de la publicité une dispute quelconque avec ou sans gymnastique, c'est toujours moi qu'on vient chercher. Je suis né témoin, comme on naît chef d'orchestre. Dans tous les duels, c'est moi qui donne le *la*.

Souvent des gens que je n'ai jamais vus de ma vie s'adressent à moi : « Chevalier, je compte sur vous. — Comment donc! tout à votre service. Que faisons-nous? arrangeons-nous, concilions-nous? Voulons-nous du sang ou n'en voulons-nous pas? — Chevalier, je vous laisse entièrement libre... — C'est très-bien, monsieur; nous aurons des épées, des pistolets et des rognons à la brochette...

Ainsi, mon cher Bilboquet, c'est entendu; il faut que tu aies ton duel : c'est nécessaire, c'est forcé... Du reste, il ne peut guère tarder à te venir.

Comme il disait ces mots, je vois déboucher du passage de l'Opéra un gaillard avec un fragment de chapeau sur l'oreille, des bottes fabuleuses, un véritable abonné de chez Paul Niquet.

Le nouveau venu m'accoste d'un air sombre.

— Je me nomme Fabiano Fabiani, publiciste... N'est-ce pas vous qui êtes Bilboquet?

— Moi-même...

— Eh bien! vous m'en rendrez raison...

— Qu'est-ce à dire, jeune étranger?...

— Vous m'en rendrez raison, vous dis-je : vous

n'ignorez pas que je suis l'auteur de cet ouvrage de haute économie sociale qui a pour titre : *Progrès et envahissement des sous-pieds dans le monde moderne.* Vous avez fait couper en quatre mon ouvrage, il y a deux ans, quand vous étiez directeur de la *Casquette de Paris.*

J'admets la critique, monsieur ; je lui fais même une part très-large, à la critique ; je lui abandonne mon talent, mon style, ma pensée : mais, quant à ma personnalité, halte-là ! Je ne veux pas que personne y touche ; or oser imprimer que l'auteur du livre sur les sous-pieds est un homme frivole, superficiel, qui n'a pas bien étudié la question, je prétends que c'est dépasser complétement les limites...

— D'abord, je vous ferai remarquer, monsieur, que ce n'est nullement moi qui ai fait l'article ; j'ai pu l'inspirer, c'est vrai, mais je n'en ai pas écrit une ligne. Il devait être de mon critique grave...

— Je ne connais que vous, moi, et je déclare ici hautement, à la face de l'univers et de tous les estaminets voisins, que vous êtes un bélitre, un faquin, un misérable sauteur ; voilà ce que je vous autorise à transmettre à votre critique grave.

Tout en proférant ce *speach*, Fabiano Fabiani m'allonge en plein sur l'œil droit un de ces coups de poing auxquels on assurerait cinquante francs de feu à la salle Montesquieu.

Heureusement, malgré mon luxe et ma splendeur, j'ai encore la poigne solide. Je riposte par un coup de poing, exactement de même calibre, sur l'œil gauche du publiciste.

On se jette entre nous, on nous sépare. Nous nous trouvons tous les deux avec une magnifique fluxion, chacun sur un œil.

— Quand je te disais qu'une affaire ne pouvait guère tarder à te venir, me dit aussitôt Balthasar Paillefer en s'approchant de moi. Heureux mortel, va ! éponge un peu ton œil... le duel est forcé...

— Tu crois ?

— Sans doute. Ne vois-tu pas ton adversaire qui parle là-bas à ces deux messieurs qui boivent de l'absinthe devant un café d'un air féroce ? Il leur demande d'être ses témoins.

Je serai le tien, c'est entendu ; j'aurai soin de m'adjoindre Colichemard, un confrère qui a acheté dernièrement, comme moi, une charge de témoin de duel. Je ne te demande qu'une seule chose, c'est de nous livrer un de tes salons pour les conférences.

Tu pourras, si tu veux, assister à tout ce qui se dira, en te cachant derrière une armoire ou une tapisserie. Je tiens beaucoup à ce que tu saches comment nous travaillons...

En effet, le lendemain quatre personnes étaient réunies dans une de mes salles basses, les témoins du publiciste et les deux miens. J'ai assisté par le trou d'une serrure au dialogue suivant :

— Vous saurez d'abord, messieurs, dirent les témoins adverses en relevant le croc de leurs moustaches, que nous sommes élèves de Saint-Georges,

I.                                              16

de Laboissière, de Grisier... Au tir Rainette, aux
Champs-Élysées, nous faisons mouche à tout coup...
Nous pensons que l'affaire est tout à fait inarran-
geable. Il y a eu injures, voies de fait, et cela dans
un lieu public. Il faut qu'on se batte, messieurs, on
se battra...

— C'est tout à fait notre opinion, messieurs...

— Ah! mais c'est que nous ne boudons pas,
nous...

— Ni nous non plus, messeigneurs, sachez-le
bien!... Par l'âme de notre père, on se battra!...

— Par la gorge de nos tantes, on s'égorgera...

— Voilà qui est entendu. Nous, qui représentons
le publiciste Fabiano Fabiani, nous pourrions, à la
rigueur, nous poser comme les offensés ; mais nous
voulons user de la plus grande largeur... Nous vous
laissons le choix des armes...

— Nous vous le laissons aussi...

— Eh bien! dit Balthasar Paillefer, il y a une manière de tout arranger sans que personne ait l'air
d'accepter une concession. Nous mettons à la disposition des deux adversaires des armes blanches et
des armes à feu.

Quand ils se seront bien mutilés, hachés avec une
lame ou une pointe quelconque, s'il reste, par hasard,
un fragment de leurs deux corps, ces deux fragments
pourront continuer le combat au pistolet, à bout
portant, avec le droit d'échanger chacun vingt-cinq
balles...

— Délicieux. charmant! Adopté à l'unanimité!...

A demain matin, messieurs, au bois de Vincennes, sous l'arbre où le roi saint Louis rendait la justice à son peuple.

Dès que je vois que les trois autres personnes ont disparu et que Paillefer est resté seul, je m'élance de ma cachette :

— Qu'as-tu fait, malheureux, moi qui croyais que tu allais arranger l'affaire; c'est pour cela que je t'avais donné ma confiance!... Un coup d'épée dans le bas-ventre ou une balle dans la cervelle dérangerait un peu pour le moment mes combinaisons politiques et financières...

— Que tu es jeune! me répond Balthasar Paillefer : je vais recevoir ce soir des deux autres témoins un billet par lequel ils me prieront de reculer l'affaire d'une heure ou deux, parce qu'ils désirent avoir avec moi une dernière conférence.

Dans tous les cas, s'ils ne m'écrivaient pas, c'est moi qui leur écrirais. Cela voudra dire que nous avons à rédiger une note. Tu verras ce que c'est que la rédaction d'une note en matière de duel !

En effet, le lendemain, à la même heure, autres conférences :

— Nous commençons par vous déclarer, messieurs, que nous ne voulons pas du tout nous poser ici en spadassins...

— Ni nous non plus, messieurs, nous ne sommes pas des spadassins... Nous avons arrangé beaucoup d'affaires, Dieu merci!... Nous essayons toujours d'entrer en accommodement...

— Et nous de même, messieurs, croyez-le bien...

— Puisqu'il en est ainsi, s'écrie Paillefer, si nous tentions une rédaction?... Messieurs, le mot est lâché, je ne le retire pas ; mais si Bilboquet le savait !...

— J'allais vous faire la même proposition, dit un des témoins adverses ; mais si Fabiano Fabiani s'en doutait !...

— Si vous saviez comme Bilboquet écumait hier ; ce n'était pas à l'épée qu'il voulait se battre, c'était à l'obus, au canon !

— Et Fabiano Fabiani donc, quel tigre ! Un peu plus, nous le muselions, nous l'envoyions à M. Huguet de Massilia.

— La rédaction d'une note ne serait peut-être pas impossible, reprend le témoin Colichemard ; remarquons que Bilboquet est publiciste, Fabiano Fabiani est publiciste ; l'affaire peut s'arranger...

Des hommes comme eux ne sont pas tenus à aller vider leur querelle, comme le dernier des épiciers, à Saint-Mandé ou à Meudon... Ils ont les colonnes de journaux, où ils peuvent se couper la gorge tout à leur aise... Est-ce que vous croyez qu'une note délicate qui n'engagerait personne, qui laisserait de part et d'autre l'honneur parfaitement intact?...

— Certainement, messieurs, s'écrie avec élan Balthasar Paillefer, nous avons à régler ici ce que nous appelons un duel intelligent... Ne l'oublions pas !

Nous représentons des hommes de haute valeur, qui se doivent à leur patrie, à leurs concitoyens, à leur famille, en supposant qu'ils aient une famille...

Affranchissons-nous donc pour un moment de cette barbare institution du duel, qui date du moyen âge ; surtout, considérons les suites....

Quelle responsabilité pèsera sur nous quand nous rapporterons à la société un cadavre, deux cadavres, et que nous serons obligés d'avoir des explications avec la magistrature !... Une note, en supposant qu'on pût s'entendre sur les termes, sauverait tout et conviendrait bien mieux aux intérêts généraux...

En voyant la tournure que prenaient les choses, j'avais quitté mon observatoire pour aller vaquer à mes affaires.

— Eh bien ! voyons la note que vous avez arrêtée, dis-je à Paillefer, qui était venu me retrouver après la conférence.

— Tu n'y es pas encore, me répondit-il, il nous faut au moins huit jours pour enfanter cette note. Une note dans les duels intelligents, c'est tout ce qu'il y a de plus difficile à rédiger.

Tu vas nous faire servir à déjeuner, à dîner et à souper, et nous passerons toutes nos journées à boire ton vin, à fumer tes cigares, à ôter un mot, à changer une virgule, une apostrophe qui pourrait porter atteinte à l'honneur des hommes que nous représentons...

Quand nous aurons achevé notre travail, il est probable qu'on lira dans les principaux journaux les lignes suivantes :

« Un duel des plus meurtriers aurait pu avoir lieu

16.

dernièrement entre l'ex-rédacteur en chef de la *Casquette de Paris* et le publiciste Fabiano Fabiani. L'affaire avait pour origine quelques atteintes légères
échangées dans un lieu public. Les témoins les plus
honorables se sont empressés d'intervenir entre ces
deux hommes éminents. On a reconnu que l'affaire
ne pouvait avoir aucune suite. Les deux adversaires,
qui avaient chacun une emplâtre sur l'œil, se sont
quittés en échangeant les plus vifs témoignages d'estime et de sympathie réciproques. »

J'ai reconnu que Balthasar Paillefer avait, en effet,
l'habitude de ces sortes d'affaires. Les choses se pas-
sèrent exactement comme il me l'avait indiqué. —
Toute une semaine consacrée à la rédaction d'une
note de cinq ou six lignes ; publication de cette note
avec les signatures des quatre témoins, etc., etc.

Quelques jours après, je rencontre de nouveau Balthasar de Paillefer :

— Eh bien ! lui dis-je, le public est-il content ? La
note fait bon effet ?

— Au contraire, un effet déplorable : on récrimine
contre toi ; on prétend que tu as *cané*... Je t'ai mal
dirigé... Que veux-tu !... Il te faut un duel sans arran-
gement cette fois et sans note, ou sinon, on dira que
tu es un homme qui ne se bat pas, ce qui est déplorable pour un personnage qui vit de la publicité...

— Que dois-je faire ?

— Réhabilite-toi, interpelle le premier monsieur
bien mis que tu trouveras sur l'asphalte... Dis-lui

qu'il a un nez déplorable, appelle-le *mufle*... C'est toujours moi qui me charge de l'affaire. Je te promets de t'assurer tous les bénéfices d'un duel sans aucun des inconvénients...

On se battra au pistolet, bien entendu ; on vient d'inventer tout récemment, pour les duels intelligents, des armes très-ingénieuses et qui ont obtenu un brevet d'invention. La balle, au lieu d'aller droit devant la personne qui tire, s'en va par derrière...

Ainsi, supposons que tu te trouves placé sur le terrain à quelques pas devant un marronnier, tu as les plus grandes chances pour abattre un pierrot ou un merle qui gazouillerait au sommet de l'arbre.

J'ai donc eu mon duel, puisqu'il fallait absolument que j'en eusse un. J'ai compris que c'était en effet une garantie pour l'avenir.

J'étais, il est vrai, toujours exposé à recevoir toute espèce de horions et de taloches ; mais, du moins, je n'étais plus forcé d'aller me battre pour si peu de chose... J'avais, comme on dit, fait mes preuves...

— Tu m'as vu à l'œuvre, me dit Balthasar de Paillefer en me quittant, j'espère que tu te souviendras de moi, voici ma carte :

« Balthasar de Paillefer, décoré de plusieurs ordres étrangers, rue de l'Épée-de-Bois, entreprend tout ce qui concerne le duel, arrangements, suspensions d'affaires, duels avec ou sans résultat, duels de journalistes, de députés, de pairs de France, d'hommes de bourse, d'hommes d'État, etc. Il fournit les témoins et les armes, il se charge même des déjeuners.

« On ne le paye qu'après s'être battu, si on n'est pas tué... »

Je reviens à mes moutons dramatiques.

Je venais, à cette époque, d'inventer le ballet Cirque-Olympique, le ballet en cinq actes avec tableaux, changements à vues, ficelles et trucs. Ce ballet se composait d'un escalier monstre, gigantesque, pyramidal, babelesque ou babélique, comme vous voudrez.

Cet escalier descendait de la terre aux enfers : généraux, députés, gens de lettres, pairs de France, fabricants de porcelaine, philosophes, journalistes, moines, hommes et femmes, duchesses, femmes galantes, grisettes, modistes, danseuses, Turcs, Persans, Romains, Assyriens, Mèdes, Picards, Provençaux, Babyloniens, Normands, toutes les professions, toutes les races montaient et descendaient la rampe fatale.

Cet escalier est resté dans l'imagination des peuples et des habitués de l'Opéra. On en parle encore avec admiration dans quelques coins retirés du foyer et de l'orchestre ; maintenant surtout que la mythologie remonte sur le trône d'où je l'avais précipitée, et que les cyclopes remplacent les démons.

Le principal rôle de cette fantaisie, colossale et chorégraphique, était rempli par une jeune danseuse qui débutait. Jamais on ne vit rien de plus frais, de plus gracieux, de plus coquet, de plus suave : Miranda était bien son nom. On ne pouvait que l'admirer.

Miranda était en puissance de mère.

Un des plus grands services que j'aie rendu à la société française a été, je puis le dire, de la débarrasser de ce type affreux qui s'appelle une mère d'actrice. Cet être à lunettes et à tabac, ce bipède à tartan et à cabas, ce je ne sais quoi de nasillard, de chevrotant, de ridé, qui ne devrait avoir de nom dans aucune langue, grâces à moi, s'est un peu apprivoisé.

Le premier, j'ai essayé de faire comprendre à la mère d'actrice que son devoir était de ne pas s'occuper de sa fille; le lot d'une mère qui destine sa fille au théâtre est de mettre à la loterie, de tirer les cartes, pour connaître d'avance les malheurs qui doivent survenir au portier, et d'inspirer à sa progéniture autant de vices que possible, attendu qu'au théâtre, comme partout, on ne réussit que par ses vices. Jusqu'alors toutes les mères d'actrices s'étaient montrées fort dociles à mes leçons, je ne doutai pas qu'il n'en fût de même de celle de Miranda.

La douce enfant accueillait mes visites avec une joie véritable. Je ne me présentais jamais chez elle que muni de présents de toutes sortes. Dabord je m'étais posé en père, puis en protecteur; aux progrès que je faisais chaque jour dans l'esprit de Miranda, je sentais que le moment n'était pas éloigné où je pourrais expliquer clairement comme j'entendais user de mes droits de protecteur.

La mère de Miranda ne donnait pas signe de vie.

J'envoyai une fois une riche parure, une autre fois

un bracelet, une autre fois un magnifique collier de perles.

La vieille ne bougeait pas.

Je joignais à cela mille menus cadeaux, tels que : robes, dentelles, châles, fourrures, chapeaux, mantelets, bonbons, objets de toilette.

La vieille ne disait mot.

Voilà, pensai-je, une mère bien stylée, tout à fait à la hauteur des principes, et comprenant parfaitement la situation ; je veux, pour la récompenser, lui donner la première place d'ouvreuse de loges vacante à mon théâtre.

Le dénoûment me semblait devoir être assez proche pour me permettre de frapper les grands coups. Je fis donc porter chez Miranda un écrin qui devait tout lui dire. Il contenait pour dix mille francs de diamants.

Le soir, je me présentai chez ma danseuse. Je ne la trouvai pas. Ce fut la mère qui me reçut, et qui me fit entrer dans le salon.

Prends un siége, Cinna, c'est moi qui t'en convie,

me dit la vieille en me tendant une méchante chaise de paille, et en s'asseyant elle-même d'un air majestueux : ma fille est sortie parce qu'il le fallait ; nous sommes seuls, personne ne viendra nous interrompre ; maintenant parlons peu et parlons bien. Vous en voulez à ma fille ; vous comprenez qu'on n'a pas joué pendant vingt ans la tragédie en province pour ne pas s'apercevoir de ces choses-là.

> Jeune et belle Zaïre, avant que l'hyménée
> Joigne à jamais nos feux et notre destinée,
> J'ai cru sur mes projets, sur vous, sur mon amour,
> Devoir en musulman vous parler sans détour,

dit Orosmane à Zaïre. Vous êtes Orosmane, et moi la mère de Zaïre; parlez-lui en musulman si cela vous convient, mais parlez-lui franchement. Quelles sont vos intentions? voyons, M. Bilboquet, montrez-moi vos intentions.

Un bracelet, ça s'accepte quand on est artiste; un collier, ça ne se refuse pas. Des bibelots! ça n'a jamais grande importance, ni des affiquets non plus; mais un écrin, c'est bien différent, un écrin de dix mille francs surtout, car j'ai fait estimer le vôtre, il vaut bien dix mille francs. Allons droit au but, je sais ce que vous voulez; voici mes conditions. Oh! je ne demande pas grand'chose, allez: deux mille francs de rente viagère, et un mobilier en acajou. Voici le projet de contrat, nous avons un cousin homme de loi, c'est lui qui l'a rédigé, il est en bonne forme.

Elle me tendit en même temps une feuille de papier timbré, sur laquelle je lus:

« Entre les soussignés : sieur Annibal-Adonis-Hercule-Corentin Bilboquet, demeurant et domicilié à Paris, et y exerçant la profession de directeur de théâtre, d'un côté ;

« Et la dame veuve Perpétue-Iphigénie-Maxence-Épicharis-Félicité Tourniquet, née Curaplet, de l'autre ;

« Il a été convenu et décidé ce qui suit :

« 1° Ledit sieur Annibal-Adonis-Hercule-Corentin Bilboquet s'engage à fournir à la dame veuve Perpétue-Iphigénie-Maxence-Épicharis-Félicité Tourniquet, née Curaplet, une rente annuelle et viagère de deux mille francs par an, payables par semestre et d'avance ; laquelle rente annuelle et viagère, expirera à la mort de ladite dame Tourniquet, née Curaplet, et ne sera nullement réversible sur la tête de ses enfants.

« 2° Par ledit acte, le susdit sieur Annibal-Adonis-Hercule-Corentin Bilboquet s'oblige à livrer à la susdite dame Perpétue-Iphigénie-Maxence-Épicharis-Félicité Tourniquet, née Curaplet, un mobilier d'acajou neuf et n'ayant jamais servi.

« En foi de quoi nous avons signé le présent acte. »

— Vous le voyez, mon bon M. Bilboquet, reprit la vieille quand j'eus achevé la lecture de cette pièce singulière, je me contente de bien peu ; la mère de la petite Barbotin, qui n'est pas même coryphée, a demandé le double, et elle l'a obtenu ; mais j'ai peu d'ambition, et, pourvu que ma fille soit heureuse, c'est tout ce que je demande.

Mon cousin l'homme de loi a rédigé également un projet d'acte qui la regarde, vous le lirez chez vous tout à votre aise. Les enfants, ça a bon cœur quelquefois, mais souvent aussi ça écoute les mauvais conseils, ça rougit de ses parents, parce qu'ils n'ont point reçu d'éducation. Je n'ai pas à craindre ça, moi, puisque j'ai joué les confidentes de tragédie à Lyon, à Bordeaux, à Toulouse, à Carcassonne, à Nîmes, dans toute la province, mais enfin on ne sait pas ce qui peut arriver, il vaut mieux être indépendante. Un anglais me fait des propositions superbes, mais j'aime mieux vous donner la préférence, vous avez été si bon pour nous jusqu'ici! Je vais maintenant chercher ma fille chez sa tante.

Elle me congédia sans plus de façon.

Je sortis furieux, exaspéré d'être joué par un de ces démons que je croyais avoir matés, par une mère d'actrice.

Jeunes et vieux, que ceci vous serve de leçon. N'envoyez jamais des écrins la veille, attendez toujours le lendemain.

Je redoublai d'assiduité auprès du corps de ballet. Je tins table ouverte. Je donnai festins sur festins: mais rien ne pouvait me consoler. Je portais sans cesse entre cuir et flanelle le renard de mon fiasco récent, et je ne comprenais pas les Spartiates. Mon demi-succès auprès de la Fenice ne me paraissait pas une compensation suffisante. La déesse des amours résolut enfin de prendre pitié de moi; elle

m'envoya de Prague une danseuse qui tout de suite
me fit oublier Miranda.

Le bruit de ses castagnettes retentit encore à mon
oreille. J'entends en écrivant le frémissement de sa
basquine de satin ; comme le cœur de l'homme et de
Bilboquet est faible contre le souvenir !

Elle était grande, elle était svelte, elle était blanche,
elle avait un regard limpide, un sourire candide, sa
danse ressemblait à un lied, sa cachucha avait la
chasteté d'une ballade, c'était une Espagnole d'outre-
Rhin, une Andalouse de Goethe. Elle sortait des mains
de la diplomatie allemande, qui l'avait façonnée. Que
de services cette diplomatie a rendus à l'amour !

Le milord baisse considérablement depuis quelques
années, le boyard devient rare, chanceux et fugace.
Le boyard est généreux, magnifique ; mais il n'est
jamais que sur un pied à Paris, il jouit d'un congé de
son gracieux souverain ; et, si Nicolas tire la ficelle,
crac, il faut partir ! L'ambassadeur allemand n'a pas
cet inconvénient, il porte des lunettes d'or, quelquefois même il est poudré, mais il est stable ; il change
rarement de poste. Il y a encore ici des ambassadeurs
de quelques cours d'Allemagne qui datent de Louis XVI.
L'ambassadeur allemand est reconnaissant ; il couche
ses amours sur son testament, il leur lègue des
pensions, des châteaux, et il les nomme dans ses
Mémoires.

C'est ainsi que commença la renommée de la charmante Brinda. Je vous ferai grâce des préliminaires
de ma passion, tous ces préliminaires se ressemblent

plus ou moins, et se résument en notes diverses chez
le bijoutier à la mode.

Un soir, je m'étais rendu chez la déesse pour lui
faire ma cour habituelle, je la trouvai triste et mélancolique.

— Qu'avez-vous? lui demandai-je, quel pli de rose
vous blesse ? Paris n'est-il pas à vos genoux ? Le journalisme jette tous les jours sur vos pas de fée des
monceaux de madrigaux, de sonnets, d'odes, de bouquets à Chloris, d'hymnes, de dithyrambes, d'héroïdes,
d'épîtres, de poëmes, de réclames. Le public vous
couvre de fleurs et de bravos dès que vous paraissez.
L'humble directeur est à vos pieds ; que vous man-
que-t-il ?

— Rien, me répondit-elle, de ce ton qui veut dire :
Il me manque beaucoup.

Jusqu'à ce jour, je dois le dire, la belle Brinda
avait reçu mes soins, mais sans me donner de grandes
espérances. Ma calvitie, mon abdomen, mes petits
yeux gris enfoncés dans d'énormes joues, tous les
désavantages dont la nature s'est plu à me combler,
luttaient contre l'effet quotidien de mes libéralités.
Au reflet des diamants, j'étais aimable, gracieux,
presque possible ; le bijou renfermé dans son écrin,
je redevenais le Bilboquet que tout le monde connaît.
Je ne pouvais triompher que par la surprise et l'en-
chantement. Je ne sais quel pressentiment m'avertit
que je tenais sous la main cette occasion tant cherchée
de frapper un coup décisif.

Je redoublai d'empressement, d'instances, de supplications, pour arracher à ma divine le secret du chagrin qui la tourmentait. Tentatives vaines, inutiles efforts ! Je ne pouvais rien obtenir. Quand j'eus épuisé toute la série des peines qui peuvent affliger le cœur d'une danseuse et d'une femme, je me décidai à lâcher les grands mots : Auriez-vous besoin d'argent ?

On commença par me lancer un non très-brusque et très-pincé ; je redoublai, on me reprocha sèchement mon indiscrétion ; loin de me décourager, j'insistai de plus belle ; enfin, comme vaincue par mon importunité, elle s'écria brusquement :

— Eh bien ! oui. J'ai perdu ce soir dix mille francs au jeu, puisque vous voulez le savoir ; me laisserez-vous enfin tranquille maintenant, êtes-vous content ?

— Enchanté, lui répondis-je, ravi !

Je pris mon chapeau, et je m'enfuis plutôt que je ne sortis, laissant la danseuse dans l'étonnement bien naturel d'un si brusque départ.

J'avais mon idée !

Frascati était encore ouvert à cette époque, Frascati, temple de la fortune qu'ont si mal remplacé la bourse et les loteries philanthropiques. J'y cours. j'y vole, en cinq minutes je suis installé devant le tapis vert.

« Cupidon, m'écriai-je mentalement, qu'est-ce que l'amour ? un jeu de hasard. Tu dois être le Dieu des joueurs et le Dieu des amoureux, protége-moi ! Vingt francs sur la rouge. »

La rouge passe, elle repasse, elle passe encore, elle

passe toujours. L'or s'amoncelle devant moi. Je gagne dix mille francs !

Aussitôt je me lève, je quitte le salon, et fouette cocher ! Le véhicule s'arrête devant la porte de Therpsichore.

Je sonne, la femme de chambre vient m'ouvrir, je traverse un salon dont le tapis éteint le bruit de mes pas, je pénètre dans le boudoir.

Nous étions alors dans les derniers jours du mois de juin ; la lueur d'une bougie éclairait faiblement l'appartement, un doux parfum s'élevait des jardinières pleines de fleur, le tiède zéphyr d'une nuit d'été, glissant à travers les persiennes, soulevait doucement la mousseline couvrant à peine la danseuse, dont on voyait le sein se soulever et s'abaisser alternativement. Enveloppée d'un peignoir diaphane, elle dormait sur son divan.

Après avoir contemplé un moment cet enivrant spectacle, j'avance lentement, à pas comptés, afin qu'aucun bruit ne me trahisse. Je m'approche peu à peu, je suis à côté d'elle, d'une main frémissante et légère j'écarte les plis du linge, et je couvre de pièces d'or ce sein, ces épaules, ce cou, tout ce beau corps qu'un sommeil propice me livre. Sous les frais baisers du dieu, la danseuse se réveille frissonnante d'un froid soudain. Elle ouvre ses yeux, elle est éblouie, une vague d'or la couvre. Je suis à ses genoux, elle me regarde, elle s'écrie : « Bilboquet, vous êtes charmant ! »

17.

Maintenant Jupiter et Danaë sont ensemble. Faibles mortels, gardez-vous bien de tirer le rideau !

Pendant trois ans je tins les rênes de mon administration dramatique : j'étais riche, très-riche, il ne me manquait plus que la considération ; je cédai ma direction et songeai à aborder les fonctions législatives.

# CHAPITRE IX.

Boniface Ducantal entrepreneur de succès. — Combien la recette? — Bouchardy. — Dennery. — Au tour d'un autre. — Chute. — Des agréments. — Toujours jolie. — Évelina. — On aboule un billet de cinq. — Dans le troisième dessous. — Un homme actif. — Agence nobiliaire. — Le vicomte de Chamouillard. — Hugues Francastor de Chapcaugris. — Cri de guerre du baron de Chalumeau. — Un petit neveu d'un ministre de Louis XIV. — Larifla fla fla. — Une lettre du roy Loys. — Armes parlantes.

Mais avant de poursuivre le cours de mon épopée, il est certains personnages qui joueront un rôle dans la suite de ces Mémoires, et dont il faut que je parle pour que le lecteur ne les perde pas tout à fait de vue. De ce nombre, Boniface Ducantal, que nous avons déjà vu chef d'une institution.

Boniface Ducantal n'avait pas été heureux. L'enseignement du latin l'avait conduit au but où était arrivé Cabochard par l'enseignement du grec : à la gêne d'abord, puis à la ruine et à la banqueroute.

Il était venu me trouver et m'avait avoué son désastre.

Magnanime et généreux, j'avais oublié les injures de ce vieillard, et, pendant que je tenais le sceptre de l'Ambigu-Lyrique, j'avais fait de Ducantal père mon chef de claque.

Stylé par moi, Ducantal fut bientôt sur la route royale de la fortune.

Comme *entrepreneur de succès*, il donnait aux soirs de représentations le signal de l'enthousiasme ; perpétuellement en rapport avec ce que tout Paris comptait de distingué dans les arts, son vrai commerce consista bientôt à escompter l'avenir des jeunes auteurs pressés par le besoin. En outre, il prêtait, ou plutôt je prêtais, par son entremise, de l'argent aux directeurs, aux auteurs, aux musiciens de l'orchestre, aux ouvreuses et aux marchands de contre-marques.

Argent bien prêté est encore mieux rendu. Le matin, il courait visiter les directeurs de théâtres qu'il savait besoigneux, et, moyennant un prix convenu, il leur achetait à ses risques et périls la recette de la soirée.

Il leur offrait plus ou moins, d'après l'état de l'atmosphère et la composition de l'affiche.

Voici comment les choses se passaient.

Ducantal arrivait dans le cabinet d'un directeur embarrassé.

— Voulez-vous me vendre votre recette de ce soir ? disait-il.

— Combien m'en donnez-vous ?

— Quatorze cents francs ; pas un sou de plus.

— Une pièce neuve, des costumes neufs, des décors neufs, musique nouvelle, allons donc ! Ce sera seize cents francs, ou il n'y aura rien de fait.

— S'il pleuvait, répondait Ducantal, je n'hésiterais pas à vous les donner ; mais le ciel sera étincelant comme le plafond d'une salle de bal. On dirait que le bon Dieu le fait exprès.

— Cependant le baromètre est à la pluie ; regardez plutôt, disait le directeur.

— Mauvaise patraque ! Vous vous entendez tous deux pour me soutirer deux billets de *cent*, et puis il n'y a pas assez de femmes dans votre pièce ; si seulement vous aviez eu l'esprit d'afficher le vaudeville de N..., dans lequel on voit toute une ribambelle de petites filles décolletées.

— On le fera une autre fois ; donnez seize cents francs, papa Ducantal.

— Quatorze cents, ou je m'en vais, je suis pressé.

Et le directeur, forcé par la nécessité de se rendre à d'aussi bonnes raisons, subissait les conditions imposées par mon ingénieux compère.

A deux heures, Ducantal était de retour chez lui. C'était le moment de la journée où il recevait ses nombreux clients.

— Pan pan.

— Entrez.

— Bonjour donc, mon cher Ducantal, disait le visiteur.

— Ah ! c'est vous, mon garçon, comment vont les affaires ?

— Doucement. J'ai fait recevoir ces jours passés un drame à la Porte-Saint-Martin.

— La Porte-Saint-Martin ! répondait Ducantal, qui se doutait bien qu'il s'agissait d'un marché, mauvais théâtre pour le quart d'heure... des moitiés de recettes... des décors de l'autre siècle. Pourquoi n'avez-vous pas porté votre ouvrage à la Gaîté ?

— J'en ai déjà un en répétition à ce théâtre.

— Au fait, la Gaîté est bien tombée, elle aussi ; il n'y a vraiment que le vaudeville qui fasse encore quelque chose.

— Il ne s'agit pas de vaudeville, répondait le dramaturge impatienté. Combien me donnez-vous de mes cinq actes ?

— C'est en cinq actes ?

— Oui, en cinq actes, avec prologue.

— L'argent est rare, et ce gueux de public a de la peine à se déranger, vous le savez. C'est un drame moderne ?

— Ce qu'il y a de plus moderne.

— Une pièce à habits noirs ?

— Oui.

— Mauvaise idée, ça ne fait plus d'argent, c'est triste, c'est lugubre ; si c'était seulement un drame à costumes... dame... nous verrions...

— Votre prix, père Ducantal, je suis pressé.

— Attendez donc un peu. Ces auteurs, ça croit qu'on n'a qu'à se baisser pour ramasser de l'argent. Est-ce bien enchevêtré, bien entripaillé, bien carcassé ?...

— C'est aussi corsé que n'importe quoi.

— Tant pis, il n'y a plus que le sentimental qui réussisse. Aujourd'hui Bouchardy fait four et Dennery est usé comme une vieille ficelle.

— Ainsi vous ne voulez pas m'acheter mes droits dramatiques ?

— A vous dire vrai, je n'y tiens pas beaucoup, à moins que vos prétentions...

— Je veux trois mille francs.

— Trois mille francs! Vous voulez donc me réduire à la mendicité? Pas de bêtises, mon petit; je vous donne douze cents francs de votre drame à habits noirs.

— Impossible, deux mille cinq cents, je ne démordrai pas.

— Alors, il n'y a rien de fait.... Si c'était quinze cents francs, on pourrait encore s'arranger.

— Adieu donc, disait le dramaturge en se dirigeant vers la porte.

— Dix-huit cents! criait Ducantal.

— Je vous ai dit mon dernier mot.

— Allons, va pour deux mille, mais vous me donnerez un acte de vaudeville par-dessus le marché.

Après quelques contestations, le traité était signé.

On ne gagnait guère que soixante-quinze pour cent sur le marché.

Au tour d'un autre.

— Monsieur Ducantal? disait un très-jeune homme en saluant jusqu'à terre.

— C'est moi, monsieur, donnez-vous la peine de vous asseoir.

— Monsieur, je désirerais vous céder mes droits sur un vaudeville en trois actes, qui se joue la semaine prochaine aux Variétés.

— Ah! le vaudeville, mon cher monsieur, c'est un genre bien tombé. Scribe a tué la chose.

Enfin, il y a peut-être moyen de s'arranger. Est-ce triste ou gai ?

— J'ai la prétention de croire que c'est ébouriffant de gaieté.

— Mauvaise affaire. Je vous donne cinq cents francs de votre pièce pour qu'il ne soit pas dit que vous vous êtes dérangé pour rien.

— Cinq cents francs pour un vaudeville en trois actes, où il y a un rôle pour Odry !

— Odry, un grimacier. J'aime mieux Vernet.

— Vous êtes servi à souhait. Vernet joue aussi dans ma pièce.

— Tant pis. Deux comiques dans le même ouvrage, cela divise l'intérêt et fatigue le spectateur.

— Ainsi, vous refusez ?

— Combien voudriez-vous donc ?

— Quinze cents francs.

— N'en parlons plus.

— Je me borne à douze cents. C'est raisonnable.

Comme c'est la première affaire que je fais avec vous, vous aurez mille francs, et vous me céderez vos billets d'auteur.

Encore un pigeon de plumé.

A celui-ci succède un comédien.

— Bonjour, Ducantal.

— Bonjour, mon vieux. Qu'as-tu donc aujourd'hui ? Serais-tu malade ?

— Non, mais je ne suis pas content.

— Bah ! t'est-il arrivé quelque malheur ?

— Vous savez bien ce que j'ai, ou plutôt ce que je n'ai pas.

*Vos gens* ne *soignent* plus mes entrées ni mes sorties; la claque ne résonne plus pour moi : hier j'ai été *chuté!*

— Ah! mon Dieu!

— Faites donc l'étonné! Pourtant je n'étais en retard avec vous que de quelques jours.

— Il faut se mettre en règle avec les amis, mon cher, je ne connais que ça.

— Oh! je le sais bien. Tenez, voici vos deux cents francs mensuels, j'espère que vous ne m'oublierez pas.

— Compte sur moi, tu auras pas plus tard que ce soir une entrée de premier choix, deux salves et des agréments tout le long de ton rôle. Au revoir, et sois exact le mois prochain.

Après l'acteur, c'était le tour de l'actrice.

— Toujours jeune, toujours jolie, toujours charmante! s'écriait Ducantal, qui daignait porter la main au bonnet grec qui cachait la nudité de son crâne; ma parole, vous êtes le plus long et le plus frais printemps que j'aie vu au théâtre.

— Écoutez, père Ducantal, il s'agit d'une affaire *conséquente.* Je viens vous demander un service.

— Parlez, belle enfant.

— Voici de quoi il retourne pour le quart d'heure. On a donné un de mes rôles à Évelina.

— Un de vos rôles à Évelina!

— C'est comme j'ai la chose de vous le dire.

J.                                                          18

— Mais c'est abominable !

— C'est ignoble !

— Que puis-je faire ?

— Évelina joue ce soir.

— Bien.

— Il faut qu'elle soit chutée à mort.

— Minute. Évelina est une de mes meilleures pratiques, une *paye* excellente.

— Combien vous *allonge-t-elle* par mois ?

— Deux cents francs, et chaque premier elle me solde rubis sur l'ongle.

— Vous pouvez bien lui faire une infidélité en passant.

— Eh ! eh !

— Si je vous *aboulais* un billet de *cinq* ?

— Allons, on ne peut rien vous refuser, Évelina disparaîtra ce soir dans le troisième dessous.

Les soirs où il ne fonctionnait pas à l'Ambigu-Lyrique comme *entrepreneur de succès*, Ducantal allait d'un théâtre à un autre théâtre pour s'assurer si ses *gens* travaillaient. Puis il faisait encore des affaires dans les entr'actes avec des auteurs qu'il rencontrait au foyer et des comédiens qu'il allait relancer dans les coulisses ; à minuit il rentrait chez lui pour recommencer le lendemain.

Ducantal a toujours été un homme actif, il ira loin. Je reparlerai de lui dans le cours de ces Mémoires.

Son fils Sosthène, que sa passion insensée pour la jeune Zéphyrine avait précipité dans un baquet où, on se le rappelle, il barbottait tout le jour en qualité de

phoque, ne manquait pas non plus de certaines dispositions. Véritable père aux écus de mes anciens
collègues dramatiques, j'ouvris également à Sosthène
un des tiroirs de mon coffre-fort, et grâce à cette légère commandite il put s'installer dans l'acajou et
ouvrir un bureau d'agence nobiliaire dans une des
rues les plus aristocratiques du faubourg Saint-
Honoré.

Sosthène avait adopté, dans notre société démo-
cratisée par quatre ou cinq révolutions, l'emploi de
roi d'armes.

Il était le Schérin et le d'Hozier du dix-neuvième
siècle.

C'est grâce à ce jeune homme, d'un esprit vraiment
ingénieux, que nous avons vu briller dans les salons
tant de nobles qui étaient arrivés roturiers à Paris,
tant de marquis fils de maraîchers ou de marchands
d'amadou.

Sosthène avait fait de bonne heure une étude appro-
fondie des vieilles chartes et de la vanité humaine; il
avait pensé, avec raison, qu'il pourrait tirer un excellent parti d'un morceau de parchemin et de la
bêtise des Turcarets contemporains. Il ne fut pas plutôt installé dans son bureau tout étincelant d'armoiries, tout resplendissant d'écussons, qu'il vit la clien-
telle accourir de toutes parts.

Voici à peu près comment les choses se passaient à
l'agence nobiliaire.

Entre M. Chamouillard, cinquante ans, gros ventre, chaînes d'or; à sa
cravate une épingle en bouchon de carafe, bagues à tous les doigts.

M. CHAMOUILLARD.

Monsieur le directeur de l'agence?

SOSTHÈNE, se levant.

C'est moi, monsieur, prenez la peine de vous asseoir.

M. CHAMOUILLARD.

— Monsieur, je suis dans une situation que je ne
crains pas de qualifier de perplexe ; je suis d'origine
noble, mon grand-père était seigneur du village de
Charançon, en Picardie. Malheureusement mon père,
qui faisait bon marché de sa noblesse, a égaré, je dirai
même perdu, les titres de notre famille. Je vous
avouerai, monsieur, puisque j'ai l'honneur de vous
parler sur ce point délicat, que je ne tiens pas beaucoup moi-même à tous ces vieux parchemins qui
établissent d'une manière irréfragable mes droits à la
vicomté de Chamouillard. La grande question dans
notre siècle, c'est d'être un honnête homme.

SOSTHÈNE.

Sans aucun doute, monsieur, cependant on a des
titres ou on n'en a pas. Si on en a.....

M. CHAMOUILLARD.

C'est ce que je me suis dit : Puisque j'ai des
titres!.. du moins je devrais en avoir, si mon père,
moins négligent...

SOSTHÈNE.

C'est absolument comme si vous en aviez. Ce n'est

pas votre faute si M. votre père, imbu sans aucun
doute des détestables idées philosophiques qui ont
fait irruption à la fin du siècle dernier, a laissé égarer
les papiers de votre famille.

M. CHAMOUILLARD.

Justement ; je ne puis être responsable de l'incu-
rie de mon père. Mon Dieu ! je vous le répète, je ne
tiens guère à ces hochets ; mais enfin, je crois que le
devoir de tout galant homme est de se maintenir dans
le rang où la Providence l'a fait naître.

SOSTHÈNE.

C'est l'avis de tous les gens sensés, de toutes les
âmes honnêtes.

M. CHAMOUILLARD.

Vous comprenez, monsieur, que ce n'est pas au
moment où la noblesse est terrassée par l'hydre révolutionnaire que je veux faire défaut à un corps auquel j'ai l'honneur d'appartenir.

SOSTHÈNE.

Ce sentiment est honorable ; le contraire serait une
lâcheté.

M. CHAMOUILLARD.

C'est ce que je me suis dit. Je viens donc vous
prier de vouloir bien me dresser une petite généalo-
gie ; je voudrais aussi un écusson simple.

SOSTHÈNE.

Vous allez être satisfait, monsieur. (Se levant pour pren-

18.

dre un énorme bouquin.) Ce livre est le nobiliaire de France ; tout ce qui a brillé, resplendi, étincelé, chatoyé, miroité dans notre beau pays, a son nom inscrit sur ces pages. Veuillez me dire comment vous vous nommez.

M. CHAMOUILLARD.

De Chamouillard.

SOSTHÈNE.

Lettre C. (Lisant.) Châteauvillard, Châteauvieux, Château-Neuf, Château-Biron, Château-Margot, Château-Rouge ; Chapeau bleu, Chapeau vert, Chapeau blanc, Chapeau gris (s'arrêtant), une des plus anciennes familles du Roussillon ; les Chapeau gris avaient pour aïeul Hugues Francastor, sire de Chapeau gris, seigneur de Chapeau gris et autres lieux, qui combattit à Roncevaux avec Roland... (Continuant sa lecture.) Chasselas, Chassemulet, Châtillon, Chalumeau. (S'arrêtant.) C'est le baron de Chalumeau qui avait pour cri de guerre : *Chalume !* Il était d'Auvergne, comme vous savez. Ce cri de *chalume* ou *j'allume* lui avait été décerné par le roi Charles-Martel au grand combat qui eut lieu dans les plaines de Poitiers, contre les Sarrasins...

M. CHAMOUILLARD, timidement.

Et vous ne voyez pas mon nom sur le nobiliaire ?

SOSTHÈNE.

Non, monsieur, mais cela ne prouve absolument rien ; vous pouvez être de noblesse étrangère. Il y a eu, si je ne me trompe, des Chamouillardos en Espa-

gne, et des Chamouillardi en Italie. Et puis, il y a peut-
être eu corruption dans la manière d'écrire et de prononcer votre nom ; vous êtes de Picardie, je crois ?
Presque toute la noblesse picarde est dans le même
cas que vous. Les Lescaloppier, qui n'étaient, il est
vrai, que *de robe*, s'appelaient autrefois L'esclopé, et
ils étaient de Picardie. Mais j'y pense, Chamillard était
de Picardie.

M. CHAMOUILLARD.

Qui ça, Chamillard ?

SOSTHÈNE.

Le grand ministre de Louis XIV, celui qui inventa
les carambolages triples et les blocs fumants. Voilà
l'affaire ; vous êtes un Chamillard dont, par corruption, on a fait un Chamouillard. *Millard, mouillard*,
c'est très-simple ; je ne sais vraiment où j'avais la
tête...

M. CHAMOUILLARD.

Mais je ne puis changer de nom ?

SOSTHÈNE.

Sans aucun doute. Vous descendez de Chamillard,
c'est évident ; mais vous continuez à signer Chamouillard, parce que vous êtes connu sous ce nom-là. Seulement, nous constatons par pièces, documents, grand
sceau, cire à cacheter et le reste, que Chamillard est
un de vos aïeux et que vous avez droit à monter dans
les carrosses du roi. Cela vous va-t-il ?

M CHAMOUILLARD.

Du moment que vous m'assurez que je descends de Chamillard...

SOSTHÈNE.

J'en réponds sur ma tête. Ainsi, votre arbre généalogique ne sera pas long à planter; vos armes sont toutes faites. Je me disais aussi souvent : Il est impossible que la famille des Chamillard soit éteinte. Veuillez repasser demain, monsieur le vicomte, et tout sera prêt. Nous n'épargnerons ni le parchemin ni le cachet : vous serez content de moi. Vous savez nos prix ? pour une vicomté, c'est six cents francs.

M. CHAMOUILLARD, se levant.

C'est un peu cher, mais...

SOSTHÈNE, dignement.

Prix fixe, monsieur; nous ne surfaisons personne. Prenez plutôt connaissance du coût des titres et qualités.

M. CHAMOUILLARD.

Je m'en rapporte à vous, monsieur. A demain sans faute.

Il sort.

SOSTHÈNE, resté seul.

Larifla, fla, fla! Larifla, fla, fla! Larifla, fla, fla!

. . . . . . . . . . . . . . . . .

Puis Sosthène recevait aussi la visite des beaux-fils qui rougissent de leur père, des grecs élégants qui étalent négligemment des parchemins sophistiqués sur leur cheminée pour duper les tailleurs et les bottiers ; des commerçants enrichis qui venaient lui demander la confection d'un écusson pour le placer sur les panneaux de leurs voitures. Comme il le disait aux divers Chamouillards qui l'honoraient de leur confiance, chaque titre était tarifé ; une simple baronnie, avec tous les avantages y attachés et parfaitement légalisée par le roi d'armes Sosthène, ne coûtait guère qu'une centaine d'écus. Il fallait n'avoir pas trois cents francs dans sa poche pour se priver de cette fantaisie. Si un client exigeait qu'on lui fabriquât des pièces particulières comme une lettre d'un roi de France adressée à un ancêtre imaginaire, c'était deux cents francs de plus. Sosthène taillait alors sa plume, et il écrivait en coulée la chose suivante :

LETTRE DU ROI LOUIS XI A RENÉ, SIRE DE FOLCASTEL.

« Folcastel, je resceu vostre lettre et me semble que debvriez pluz diligenter pour lés chauses qui sont à bon terme. Vous dirés ou ferés dire à qui sapués byen come quoy j'ay prists pour pansionnesres touts les grants d'un aultre pays, à cette fin de fayre seruir au dict personnaige, et que il y aye esgard, car il ne peut cuider me fayre porter si grante charge en pure perte pour moy. Advertisés moy souvant et bien au long. Ne vous soulciez de rien, sy non de mes afayres et à Dieu séyés.

« Escript au Plesseix du Parc les Tours, ce XXX jour de julliet.

« Loys. »

Le Folcastel, enchanté, s'en retournait chez lui avec son autographe du roi Louis XI, autographe qu'il montrait à tout le monde, et qui établissait, clair comme le jour, l'authenticité de sa noblesse.

C'étaient surtout les armoiries qui étaient la grande source monétaire de l'agence du roi d'armes Sosthène ; il ne parlait que de : *parti au 1ᵉʳ d'azur, au chevron d'or, accompagné en pointe d'une étoile de même au chef de gueules, chargé de trois étoiles aussi d'or ; au deuxième coupé d'or, à l'épée haute de sable et de sable au soc de charrue d'or.*

— Voulez-vous être duc, monsieur? disait-il à un client. Toque de velours noir, rehaussée d'hermine avec porte-aigrette d'or surmonté de sept plumes, lambrequins d'or, au nombre de six, manteau de France doublé de vair.

— Non, monsieur, répondait le client, je n'aspire qu'à l'honneur d'être comte.

— Très-bien ; alors nous allons vous servir : toque de velours noir, rehaussée de contre-hermine avec porte-aigrette d'or et d'argent; cinq plumes, quatre lambrequins ; les deux supérieurs en or, les deux autres en argent ; coût de la chose, huit cent cinquante francs.

Un de nos dramaturges les plus célèbres ayant jugé à propos, pour se distinguer de ses confrères, de se

tailler un marquisat pailleté dans le manteau de sa
fantaisie, avait commandé la confection de ses armes
à Sosthène. Celui-ci, qui craignait que l'argent ne se
fît attendre, ne se pressait pas. Recevant lettre sur
lettre du grand homme, il finit par lui envoyer ces
mots :

« Vous voulez vos armes? les voici : *Peu d'or et
beaucoup de gueules.* »

Sosthène avait fait graver des cartes ainsi conçues :

LE COMTE SOSTHÈNE DU CANTAL.

# CHAPITRE X.

Maintenant que j'ai rassuré le lecteur sur le sort de deux de mes anciens camarades dramatiques, je reprends le fil de ma vie.

Chalumeau vint un matin me dire que Gringalet était là, et demandait à me parler.

Ce n'est pas son heure, pensai-je, que peut-il donc avoir de si important et de si pressé à me dire? Faisons-le entrer.

Chalumeau lui ouvrit la porte.

Gringalet se laissa tomber dans un fauteuil, et s'écria en tirant un énorme soupir du fond de sa poitrine :

— C'en est fait ! tout est rompu.

Je crus que Gringalet éprouvait le besoin d'épancher son cœur dans mon cœur, et je me fis un devoir de détourner cet épanchement.

— Mon cher Gringalet, lui dis-je, nous parlerons une autre fois de vos douleurs ; mon âme est bien faite pour les comprendre, venez causer demain avec moi de n'importe quelle passion naissante ; je vous écouterai tant que vous voudrez ; mais je suis pressé aujourd'hui.

— Il s'agit bien de passion ! répondit Gringalet ; vous perdez donc la tête ?

— De qui donc est-il question ?

— Parbleu ! de Bébé.

C'était le nom familier que nous donnions entre nous à l'homme d'État du *Monumental*. Chaque journal a, comme vous le savez, son homme d'État qui veille sur ses destinées.

L'homme d'État n'écrit jamais un article lui-même, mais c'est lui qui inspire les articles du principal rédacteur, ou rédacteur-daguerréotype.

A sept heures du matin, été et hiver, le rédacteur-daguerréotype se rend chez l'homme d'État. Il est toujours sûr d'être reçu, même les jours de médecine.

Si l'homme d'État n'est pas levé, le rédacteur attend dans l'antichambre ; il cause avec les gens de la maison, qui lui font part de leurs opinions politiques.

Cette attente ne dure pas en général plus de cinq minutes. L'homme d'État ne craint pas de s'habiller devant le rédacteur. C'est ce dernier qui lui passe ordinairement ses pantoufles et sa robe de chambre.

I. 19

Le petit lever achevé, l'homme d'État se met dans son fauteuil, et *cause* le premier-Paris du jour devant le rédacteur-daguerréotype.

L'esprit de ce dernier est une espèce de plaque métallique, sur laquelle viennent se reproduire, pour ainsi dire, toutes les paroles de l'homme d'État.

Il les cliche dans sa mémoire, et il les reproduit ensuite sur le papier. Chaque homme d'État a ainsi son rédacteur-daguerréotype qui le réfléchit, qui le photographie sans pouvoir en réfléchir, en photographier un autre.

Le même rédacteur ne pourrait à la fois, et indifféremment, daguerréotyper M. Thiers ou M. Molé, M. Odilon Barrot ou M. Guizot ; il y a des vocations, des spécialités, parmi les rédacteurs-daguerréotypes.

Gringalet reproduisait admirablement l'homme d'État qui avait la haute direction du *Monumental*, et que nous avions surnommé Bébé à cause de l'exiguïté de sa taille. Il lui suffisait de l'entendre une seule fois pour le sténographier mot pour mot, deux ou trois heures après la conversation.

Le rédacteur-daguerréotype est aujourd'hui un type perdu, une curiosité politique dont je crois devoir enrichir mes Mémoires pour l'instruction de la postérité.

Au temps dont nous parlons, le rédacteur-daguerréotype était une spécialité des plus recherchées : on le payait fort cher, il remplissait dans les journaux une mission de haute confiance. Le rédacteur-daguerréotype était forcément chevalier de la Légion d'honneur, et arrivait nécessairement au pouvoir avec son homme d'État.

On a vu des ministres oublier leurs parents, leurs amis, leurs auxiliaires; mais jamais, au grand jamais, leur rédacteur-daguerréotype.

Gringalet, un peu revenu des fumées de l'ambition, avait fini par accepter les fonctions de rédacteur-daguerréotype auprès de notre homme d'État Bébé; et on verra par la suite qu'il n'a pas eu à se repentir de cette décision.

C'était par l'intermédiaire de Gringalet que passaient tous les rapports entre Bébé et le *Monumental*; Bébé jouait de Gringalet comme d'un instrument, c'était son piano à premier-Paris.

Il faut avoir vécu comme moi, pendant des années, sous la coupe, sous la férule, sous la patoche, sous la hache, sous le glaive, sous le tomahaw d'un homme d'État, pour comprendre avec quelle joie on se sent débarrassé de cette affreuse tyrannie parlementaire.

Capricieux, insolent, fantasque, l'homme d'État traitait le propriétaire du journal en empereur romain, en sultan Shaabaham, en czar, en autocrate. Pendant dix ans, j'ai été le nègre, le groom, le chasseur, l'heiduque de Bébé; j'ai tenu le marchepied de sa fortune; j'ai monté derrière sa gloire, et cela sans même obtenir un seul remercîment! l'honneur de servir Bébé devait me suffire!

— De quoi, demandai-je à Gringalet, peut donc se plaindre Bébé?

— De tout, me répondit-il, de l'oiseau qui passe,

de la mouche qui vole, de la brise qui murmure, de la feuille qui tombe, du ciel, de la terre, de l'eau, du feu, des poissons, des étoiles, de la lune, du soleil et d'un article que vous avez publié hier.

— Quel article?

— La notice nécrologique :

« Hier, est décédée, dans sa terre du Hurepoix, madame la baronne de la Vertepillière, après une vie consacrée tout entière à l'exercice de toutes les vertus chrétiennes. La population du pays en larmes a suivi son convoi. Née en 1780, d'une famille noble du Hurepoix, elle se maria à dix-huit ans avec le jeune baron de la Vertepillière. Devenue veuve après dix ans de mariage, elle se retira dans son château en compagnie d'une parente qui avait épousé la nièce du petit neveu d'un cousin de M. le ministre des affaires étrangères, mort glorieusement sur le champ de bataille de Waterloo..... »

— Et c'est là ce qui fâche Bébé?

— Précisément.

— C'est trop fort !

— « Mon cher Gringalet, m'a-t-il dit ce matin, en me voyant entrer dans son cabinet, sachez que je ne suis pas la dupe de la perfidie du sieur Bilboquet. Pourquoi a-t-il mis cet entre-filet nécrologique à la première page du *Monumental*? Vous m'humiliez en étalant les alliances aristocratiques de mon ennemi quand tout le monde sait bien que je n'en ai aucune du même genre.

« En vantant les vertus, la charité, toutes les qualités de cette baronne de la Vertepillière, en parlant de ce parent mort à Waterloo, Bilboquet a voulu rendre le ministère intéressant au moment même où nous voulons l'attaquer; il y a parfaitement réussi.

« Ce Bilboquet, du reste, tout le monde m'en avait averti, est un drôle sans conscience qui finirait par me compromettre : il est temps que je me sépare de lui.

« A partir d'aujourd'hui, je renonce à m'occuper de près ou de loin du *Monumental* ; je vais écrire même à l'administration qu'on cesse de m'envoyer cette feuille. »

Voilà, ajouta Gringalet, où nous en sommes. Que faut il faire ?

— S'humilier encore, s'humilier toujours ! J'ai besoin de cet homme pour achalander mon journal, je ne puis me brouiller avec lui, je cours implorer son pardon et embrasser ses genoux. Chalumeau ?

Chalumeau se présente.

— Que désire monsieur?

— Fais atteler.

— Monsieur va sortir?

— Tout de suite.

— C'est qu'il y a là quelqu'un qui désire parler tout de suite à monsieur.

— Qu'il revienne, je n'y suis pour personne.

— Voici une carte qu'il m'a chargé de remettre à monsieur.

— Donne.

19.

Je pris la carte des mains de Chalumeau et je la lus.
Cela modifia tout de suite mes résolutions.

— Chalumeau, attends que je te le dise pour faire
atteler, et introduis au salon la personne qui a remis
cette carte.

Je fis à Gringalet un signe qui indiquait que je
voulais être seul.

— Compris, me répondit-il, je m'esbigne.

J'ouvris la porte du salon.

Je me trouvai en présence d'un homme de quarante
ans environ, blond, légèrement obèse, le sourire béat,
tenant les yeux baissés derrière le verre de ses lunettes; il s'exprimait lentement et avec un accent
allemand très-prononcé.

Comme l'accent est, en général, un moyen comique
assez vulgaire, je ne l'emploierai pas dans le courant
de notre conversation.

— Monsieur, me dit mon interlocuteur en s'asseyant dans le fauteuil que je lui offris, je viens de la
part des directeurs du chemin de fer auquel vous avez
accordé le bienveillant appui de votre feuille pour
vous présenter d'abord leurs remercîments.

Je m'inclinai légèrement.

— Je n'ai fait que ce que l'intérêt bien entendu du
pays m'a commandé. En fait de voies ferrées, la
France ne vient qu'en troisième ligne; mon devoir
n'était-il pas de soutenir les efforts de ceux qui se
dévouent à faire cesser cette triste infériorité?

L'envoyé du chemin de fer s'inclina à son tour.

— Ces messieurs, reprit-il, m'ont en outre chargé

de vous remettre, comme un faible témoignage de leur gratitude...,

— Quoi donc? fis-je d'un air étonné.

— Ceci.

L'Allemand me tendit une lettre que j'ouvris. Elle était ainsi conçue :

« Les membres du conseil de surveillance du chemin de fer du Sud-Ouest ont l'honneur de prévenir M. Bilboquet qu'il a été compris pour *soixante-dix actions* dans la répartition des actions de cette entreprise. Le premier versement sera reçu jusqu'au 15 octobre inclusivement à la caisse centrale de la société. »

Je rendis tout de suite la lettre à l'émissaire de la Compagnie en lui disant d'un ton simple et digne :

— La presse a dans la grande question des chemins de fer de graves devoirs à remplir. Que les Compagnies fassent leurs affaires, rien de mieux, pourvu qu'on ne leur immole pas l'intérêt des contribuables.

La France, vous ne l'ignorez pas, est un pays de routine; les chemins de fer ont des adversaires redoutables et nombreux; sans parler des aubergistes et des entrepreneurs de coucous, il y a beaucoup de gens qui regrettent encore les diligences, et même les coches.

D'un autre côté, il ne faut pas se le dissimuler, l'agiotage a rendu les chemins de fer suspects à la nation. On doit prendre garde qu'un simple système de locomotion ne devienne un moyen de corruption entre les mains corrompues.

Pour tenir la balance entre ces deux extrêmes, il convient que la presse garde son indépendance.

L'envoyé me regarda par-dessus le verre de ses lunettes.

— Barton, monsir Pilpoquet, che gombrenir pas bien, est-ce que fous refuseriez, bar hasard?

— Soixante-dix actions, oui, monsieur, par respect pour ma profession, par dignité pour la presse.

Je me levai gravement; mon homme en fit autant, et je le reconduisis jusqu'à la porte du salon, en l'honorant d'un salut majestueux.

Le pauvre Allemand n'en revenait pas.

Quand il fut parti, je m'approchai d'une table, et, sachant que Cabochard s'était jeté depuis quelque temps dans les fusions de chemins de fer, et qu'il exerçait une assez grande influence sur le Sud-Ouest, je lui écrivis ces quelques mots :

« Mon bon,

« Le Sud-Ouest est un cuistre : il m'offre soixante-dix actions ; pour qui me prend-il ? Il m'en faut cent cinquante, sinon la guerre! c'est à prendre ou à laisser.

« Tibi.

« B........ »

Comme je cachetais ce billet, l'éternel Chalumeau entra dans le salon.

— Qu'est-ce donc? qu'y a-t-il encore?

— Un gros monsieur qui crie dans l'antichambre qu'il vient pour vous faire gagner des millions.

— Son nom ?

— Il m'a dit qu'il était Marcas.

— Diable, Marcas ! j'ai justement besoin de lui. Je vais le rejoindre dans mon cabinet. Faites porter tout de suite cette lettre à son adresse.

Un moment après j'étais en présence de Marcas.

Tout le monde a connu Marcas, notre grand romancier Marcas, avec son gros ventre, ses longs cheveux, ses jambes courtes, sa face rubiconde, ses yeux petillants de génie, ses habits crasseux, sa grosse voix, son gros rire, sa grosse canne, du temps qu'il avait une canne.

De son vivant, ses amis disaient en parlant de lui : « Ce gredin de Marcas. »

Maintenant c'est le célèbre Marcas, l'illustre Marcas, le fameux Marcas, notre cher et grand Marcas !

— Mon cher Bilboquet, s'écria-t-il tout de suite en m'apercevant, je gagne en ce moment trente-trois mille quatre cent vingt-deux francs trente-cinq centimes par mois, autrement dit onze cents francs par jour pour faire un compte net ; chaque heure qui s'écoule sans travailler constitue pour moi une perte sèche de cent francs ; donc, parlons peu et parlons bien.

Vous êtes un grand industriel, moi je suis un grand homme : nous pouvons nous entendre. Je vous prends pour associé.

Nous commençons par fonder un théâtre, le Théâtre-Marcas. On n'y jouera que des drames de Marcas, des comédies de Marcas, des proverbes de Marcas, des vaudevilles de Marcas, des tragédies de Marcas.

Il nous faut une salle pour le moins aussi vaste que celle de l'Opéra. Nous mettrons les stalles d'orchestre à vingt francs, et les autres places en proportion, de façon à réaliser une moyenne de vingt mille francs par jour de recette.

Il y a trois cent soixante-cinq jours dans l'année ; or, trois cent soixante-cinq, multipliés par vingt mille, donnent, si je ne me trompe, deux millions cinq cent mille francs.

Nous mettons un million pour les frais généraux, intérêt de l'argent, appointements des acteurs, primes à l'auteur, affichage, éclairage, chauffage, pompiers ; il nous reste donc quinze cent mille francs à partager.

Notre entreprise étant en actions, nous réalisons en outre une prime énorme.

Déjà tous les Russes viennent se faire inscrire chez moi pour avoir des loges; la princesse Blaguestkoï m'a fait demander une avant-scène par l'intermédiaire de l'ambassadeur.

Que pensez-vous de cette idée ?

Marcas, sans me donner le temps de lui répondre, continua :

— N'êtes-vous pas frappé comme moi, de la stupidité des imprimeurs parisiens ? il faut que ces gens-là soient bêtes comme des sapeurs, niais comme des grondins, pour ne pas s'apercevoir des tonnes d'or qu'ils pouvaient gagner par l'impression de mes ou-

vrages. Allez-vous quelquefois vous promener du
côté du Gros-Caillou ?

— Jamais.

— Vous saurez donc qu'il y a là des terrains in-
cultes d'une immense étendue. Nous les achetons.
Sur cet emplacement, nous faisons bâtir un immense
édifice, dans lequel on imprimera, brochera, reliera
les ouvrages de Marcas, rien que les ouvrages de
Marcas.

L'impression aura lieu dans toutes les langues,
anglais, danois, allemand, suédois, italien, espagnol,
basque, indoustani, provençal, égyptien, russe, turc,
mède, iroquois, assyrien, persan, mohican, finlandais,
polonais, congo, Botacudos.

Le monde entier lit Marcas.

Vingt machines à vapeur fonctionneront nuit et
jour, on fabriquera le papier dans l'usine même, tous
les ateliers seront sous le même toit ; au centre de
l'imprimerie on élevera une tour du haut de laquelle je
pourrai, en écrivant, surveiller tous les travaux.

Un libraire de Calcutta, en qui j'ai toute confiance,
évalue à douze millions par an la somme que produit,
dans les quatre parties du monde, la vente de mes
ouvrages.

Nous avons de plus le débouché de l'Australie, tout
un continent à inonder de mes produits.

En centralisant ces bénéfices, nous absorbons les
douze millions, sur lesquels nous gagnons au moins
cinquante pour cent.

Après le théâtre et l'imprimerie, je fonde un journal, le *Marcas* politique, philosophique, drôlatique, physiologique et littéraire.

J'ai trois cent mille abonnés à quarante francs par an.

J'enlace, j'absorbe, j'engloutis la société tout entière et le gouvernement, je réalise à moi seul l'œuvre des *Treize*, Vautrin ne me vient pas à la cheville, le monde est à mes pieds, je remue l'or à la pelle. A propos, j'ai depuis ce matin un ver rongeur, faites-moi le plaisir de m'avancer vingt francs à compte sur le roman dont je viens vous parler.

En effet, le *Monumental* ne pouvait pas rouler toujours sur le même romancier, et je m'étais adressé à Marcas pour le relayer.

— Eh bien, lui demandai-je, est-il fini, ce fameux roman ?

— Je n'ai plus qu'à l'écrire, me répondit Marcas ; il y a trente ans que je le porte dans ma tête et dans mon cœur.

Il bruissait en moi dès les premières années de mon enfance, il fermentait déjà alors que je n'étais qu'une larve de grand homme, un simple pseudonyme.

Maintenant il va éclater comme une éruption sur la société, qu'il doit ébranler jusque dans ses solfatares les plus reculées.

Je n'attends plus, pour prendre la plume, que d'avoir signé un traité qui m'assure des droits de reproduction en Angleterre, en Belgique, en Allemagne, en Italie, en Espagne, en Amérique, au Mexique, en Bolivie, au Paraguay, au Pérou.

Quant à vous, mon cher Bilboquet, qui êtes mon ami, et de plus un galant homme, je vous le cède moyennant dix mille francs le volume en toute propriété, sauf le droit que je me réserve de le publier en in-octavo, en format Charpentier, en format Cazin, en édition diamant, en édition illustrée. Nous signerons le traité quand vous voudrez.

Nous prîmes jour, en effet, pour cette grande affaire. C'est Marcas qui a inventé la fameuse formule : *Dégraisser un éditeur*. Il convient donc avec lui de prendre son temps pour discuter.

Maintenant, me dis-je quand Marcas fut parti, j'ai pourvu au feuilleton du journal, songeons au premier-Paris. Allons calmer Bébé. Ce sera l'affaire de quelques bâtons de sucre d'orge ; ensuite je serai tout au plaisir.

Comme j'ouvrais la portière de ma voiture, l'Allemand du Sud-Ouest descendait d'un cabriolet.

Il accourut vers moi.

— Monsieur Bilboquet, voici un pli que les directeurs du chemin de fer m'ont ordonné de vous remettre tout de suite. Veuillez en prendre connaissance.

Le pli contenait l'envoi de cent cinquante actions.

— Que dois-je dire à ces messieurs?

— Dites-leur que j'accepte les cent cinquante actions ; à ce prix, la dignité du journalisme est sauvegardée.

Je courus chez Bébé.

J.                                    20

Mon homme d'État commença par me faire dire qu'il n'était pas chez lui. Je violai hardiment la consigne.

Il me reçut avec cette indifférence dédaigneuse et hautaine qui glace les novices, mais qui ne saurait émouvoir un vieux routier tel que moi. Il comprit bientôt qu'il fallait changer de ton et jouer un autre rôle.

— Vous venez encore me parler politique! s'écriat-il; pour Dieu, mon cher Bilboquet, laissons la politique de côté, elle m'ennuie, elle me fatigue, elle m'assomme. J'en ai par-dessus les épaules, comme on dit en langage antiparlementaire; je n'y veux plus songer.

Vous me voyez plongé dans la littérature jusqu'au cou. Oh! les lettres! les lettres! charme et consolation du sage! pourquoi les ai-je quittées? Mais j'y reviens, et pour toujours.

Je veux me délasser des grandes choses que je n'ai pas faites, en écrivant l'histoire. Voyez, je suis entouré de documents, de renseignements, de correspondances, d'atlas; je réunis des matériaux pour retracer les annales si émouvantes, si pathétiques, si intéressantes au double point de vue de l'art et de la politique, de la fameuse République de Saint-Marin.

Il faudrait un Machiavel, je le sais, pour écrire cette histoire, et je sens trop ce qui me manque pour accomplir une pareille tâche; mais enfin je tenterai de la remplir. On cessera, du moins, de m'accuser d'intrigue et d'ambition.

Demain, je quitte Paris, je pars pour la campagne. C'est en face de la nature, en rêvant sous l'ombrage majestueux des marronniers séculaires, qu'on évoque bien le souvenir des âges écoulés. La campagne, l'étude, le repos agréable, *otium cum dignitate*, je' n'ai jamais souhaité autre chose ; c'est à vous, ô muses ! désormais que je veux demander le bonheur.

— Pourquoi, m'écriai-je, la France tout entière n'est-elle pas là pour vous entendre ! O Lionne, ô Montesquieu, ô Choiseul de notre âge ! On ne dirait plus : « Il se retire pour dissimuler son humiliation et son impuissance ; il n'est plus même une fraction, un groupe, une nuance politique, il est abandonné, isolé, il est passé à l'état de simple boule blanche ou noire. »

Eh bien ! messieurs, quand cela serait ! L'homme d'État est tombé, l'historien reste. L'histoire de la fameuse République de Saint-Marin vaudra plus d'un discours de tribune et sera pour sa mémoire un monument plus durable que le vain titre de ministre ou de président du conseil.

Du reste, vos ennemis eux-mêmes vous rendent justice. Votre successeur au pouvoir me disait ce matin...

— Vous l'avez vu ? me demanda Bébé en se levant brusquement.

— Il m'a fait l'honneur de me mander ce matin.

— Dans quel but ?

— Franchement, je crois que c'était pour me sonder sur ce que je comptais faire dans le cas où vous abandonneriez la haute direction politique du *Monu-*

*mental.* « Mon cher monsieur Bilboquet, m'a dit le ministre, personne n'admire plus que moi les grandes qualités de mon prédécesseur, mais je le crois plutôt homme de théorie que de pratique, il est bien plus 'historien qu'homme d'État. L'histoire, voilà son affaire ! Il ne faut pas le sortir de là. »

Bébé marchait à grands pas dans son cabinet.

— L'histoire, voilà mon affaire ! c'est ce que nous verrons. Bilboquet, ajouta-t-il, mes préparatifs ne sont pas encore terminés ; je ne partirai pour la campagne que dans une semaine ou deux. Envoyez-moi Gringalet.

— Demain ?

— Tout de suite.

Par précaution, j'avais apporté Gringalet avec moi dans ma voiture. On l'eut bientôt fait monter.

— Surtout, me dit Bébé, ne retournez plus chez cet homme. Pas de défection !

— Entre Bilboquet, m'écriai-je, et son homme d'État, c'est à la vie et à la mort ! vous serez mes seules amours, toujours !

Le ciel m'est témoin que j'aurais voulu tenir ce serment, mais j'ai dû préférer encore une fois la patrie à un homme. Il le fallait ! Il le fallait !

Quelle vie que celle de propriétaire de journal !

Dans le court espace d'une matinée, j'avais eu trois grandes affaires à débattre, à traiter, à terminer.

Il m'avait fallu défendre l'honneur et la dignité du journalisme contre les actionnaires du chemin de fer du Sud-Ouest ;

Jeter avec Marcas les bases d'un traité pour assurer pendant trois mois l'approvisionnement de mon feuilleton ;

Calmer la colère de Bébé.

Dans toutes ces entreprises j'avais réussi ; mais que de peines, que d'efforts ! Il faut être à la fois adroit, souple, insinuant, fier avec les uns, humble avec les autres.

Par un heureux stratagème, j'avais tourné Bébé, et porté le désordre dans ses résolutions. A quelles flatteries, à quelles platitudes n'aurais-je pas été obligé de recourir sans cela !

Les rédacteurs d'un journal sont les serfs du propriétaire ; mais le propriétaire est l'ilote, l'esclave, la chose de l'homme d'État.

Si jamais j'ai quelque loisir, je veux, pour faire suite aux études de M. Alfred de Vigny, écrire un livre intitulé : *Servitude et grandeur du propriétaire de journal.*

Et pourtant on aime cette vie, et, si on est forcé par un événement quelconque de la quitter, on la regrette toujours.

En sortant de chez Bébé, je dis au cocher : « Chez madame Atala. »

Ma voiture roulait depuis quelque temps sur le boulevard lorsque, en mettant la tête à la portière, j'aperçus une femme qui faisait signe à mon cocher d'arrêter.

L'automédon finit par comprendre ce signal. Aussi-

20.

tôt la portière s'ouvrit, et donna passage à une femme
qui s'assit familièrement à mon côté.

— Continue ta route, cria-t-elle au cocher par le
vasistas ; moi je vais partout, peu m'importe où on
m'arrête. Eh ! bonjour, mon petit, mon vieux, mon
gros, mon loulou, mon bichon, comment ça va-t-il
depuis que nous ne nous sommes vus ?

Je la regardais avec attention.

— Est-ce que tu ne me reconnaîtrais pas, par hasard ? Aurais-tu oublié la petite Nini, Nini Capuchon,
ton rat ordinaire, ton premier rat, ton amour de rat ?

Je la reconnus ; en effet, c'était bien Nini Capuchon,
une de mes pensionnaires de l'Ambigu-Lyrique. Elles
étaient deux sœurs, Esther et Nini, toutes les deux
jolies, spirituelles, charmantes, deux démons.

Je lui demandai des nouvelles d'Esther. Sa physionomie se rembrunit.

— Parlons d'autre chose, me dit-elle ; je suis encore tout essoufflée d'avoir tant couru après ta voiture ;
mais, puisque je t'avais rencontré, je tenais à te voir.
Je pars demain.

— Pour où donc ?

— Pour la Californie. Paris n'est plus tenable pour
les artistes. Il y a trop de concurrence. Je voulais entrer comme sixième amoureuse dans la troupe d'un
nouveau théâtre qui va s'établir sur le boulevard.

Je me suis présentée chez le directeur avec trois
lettres de recommandation, l'une d'un pair de France,
l'autre d'un député, la troisième d'un agent de change.

Le directeur m'a répondu en prenant mes lettres :

— Mon enfant, vous êtes la soixante-quatorzième inscrite. Repassez dans quinze jours, vous aurez une réponse.

Pourquoi, me diras-tu, au lieu de quitter ta belle patrie, n'essayes-tu pas de te placer dans quelque théâtre de département ?

Écoute, ma réponse :

— Il y a en province quatre théâtres qui payent quelquefois leurs acteurs : celui de Lyon, celui de Marseille, celui de Bordeaux, celui de Toulouse.

Les autres sont toujours en faillite.

Je le sais, hélas ! pour en avoir fait moi-même la triste et cruelle expérience.

Reste l'étranger.

Mais les théâtres de l'étranger sont absolument dans le même cas que ceux de province. J'ai joué la comédie à Milan, le drame à Berlin, le vaudeville à Naples, et je n'ai jamais touché d'appointements.

Tu me demanderas sans doute : Nini, vous avez donc renoncé à la danse, à cet art qui vous a valu un si bel engagement à trente francs par mois à l'Ambigu-Lyrique ?

Eh ! mon Dieu ! oui ! J'avais des *pointes*, mais pas de *ballon*. Or, sans ballon, Bilboquet, il est bien difficile de parvenir dans la chorégraphie.

Nous disions donc que les théâtres à l'étranger sont absolument semblables aux théâtres en province, avec cette différence seulement que les directeurs à l'étranger ne prennent pas seulement la peine de faire faillite.

Ils vous plantent là un beau matin ou un beau soir, et tout est dit : tire-toi de là, ma petite, comme tu pourras.

Il y a bien le théâtre de Saint-Pétersbourg.

Là, les acteurs sont tous sûrs d'être couverts de diamants et de rentrer chez eux au bout de trois ans avec un ou deux millions en portefeuille.

Malheureusement, tout le monde ne peut pas faire partie de la troupe de Saint-Pétersbourg. Il faut, pour cela, des protections, et je n'en ai pas eu assez pour obtenir un emploi de choriste sur un théâtre du boulevard.

J'étais donc à battre le pavé de Paris lorsqu'un jour, au coin de la rue Coquenard, je rencontrai la petite Greluchet.

Cet ex-rat était passablement vêtu et me fit l'honneur de me reconnaître. A son cabas, je vis bien qu'elle n'était plus dans les arts.

— Bonjour, Greluchet, lui dis-je. Je me porte bien, et toi ?

— Tiens, tiens, me répondit-elle, c'est Nini !

— Moi-même.

— Et d'où sors-tu donc, ma pauvre Capuchon ?

— De chez le marchand de pommes de terre frites.

— Comme c'est drôle de se rencontrer ainsi après dix ans, au coin de la rue Coquenard !

— Très-drôle. Es-tu toujours à l'Opéra ?

— Non, et toi ?

— Ni moi non plus, et je voudrais bien y être encore.

Je lui racontai mon histoire, elle me raconta la sienne.

Greluchet, à la mort de sa tante, a fait un petit héritage. C'est une fille qui a toujours été rangée ; elle s'est mariée avec un nommé Lagingeole, qui exerce la profession ou l'industrie d'agent dramatique.

Tu vois, Bilboquet, que dans ma position on ne pouvait mieux tomber. Greluchet me présenta tout de suite à son mari.

C'était un homme de quarante à quarante-cinq ans, chauve mais sans lunettes, d'une taille au-dessus de...

— Je le connais, inutile de me donner un crayon de ce personnage.

Après mon interruption, Nini Capuchon reprit :

— Madame, me dit Lagingeole, votre histoire, hélas! est celle d'un bien grand nombre, j'oserai même dire d'un trop grand nombre d'artistes.

Je me suis dit : L'ancien monde repousse les comédiens et les comédiennes, ouvrons-leur le nouveau.

J'ai donc créé une agence dramatique pour les engagements d'outre-Océan.

Je demande à la personne qui se présente dans mes bureaux : Quelle est votre spécialité dramatique ?

Êtes vous ténor ?

Êtes-vous basse ?

Êtes-vous baryton ?

Êtes-vous confident ?

Êtes-vous traître ?

Vous êtes peut-être père noble ou financier ? Pardon, je m'aperçois que vous êtes grêlé, vous devez être un comique. Justement on en demande un pour les îles Philippines.

J'engage ainsi chacun selon sa spécialité.

Élargissant peu à peu mon cercle d'opérations, au lieu d'engagements individuels, j'ai procédé par engagements collectifs.

J'expédie maintenant au plus juste prix, dans les quatre parties du monde, des troupes aux directeurs qui veulent bien m'honorer de leur confiance.

J'ai fourni une troupe de vaudeville au théâtre de Séringapatam ;

Une troupe d'opéra-comique au théâtre de Chandernagor ;

Une troupe de ballet au théâtre de Hay-Kong, laquelle doit également desservir le grand théâtre de Macao.

Je reçois à l'instant une lettre de Ceylan dans laquelle le directeur du théâtre me demande de lui expédier par courrier une troupe de tragédie ; voulez-vous, madame, en faire partie ?

— Je n'ai pas de vocation pour la tirade, répondis-je ; j'aimerais mieux aller chanter le couplet sur le théâtre de Séringapatam. Ce nom me plaît : où prenez-vous Séringapatam ?

— Dans l'Inde.

— Qu'est-ce que l'Inde ? Un département ?

— C'est, me répondit Lagingeole en souriant, une partie de l'Asie gouvernée par les Anglais.

— Les Anglais ! J'adore les Anglais. Envoyez-moi à Séringapatam !

Telle que tu me vois, Bilboquet, j'arrive de l'Inde, trajet direct. Je pourrais t'en raconter de belles sur ce pays, mais j'ai tout juste le temps de te faire mes adieux. Lagingeole m'a fait avoir un magnifique engagement pour la Californie. Presse-moi une dernière fois sur ton cœur paternel d'ancien directeur, et laisse-moi filer.

Nini Capuchon tira le cordon, fit arrêter la voiture, et sauta légèrement du marchepied dans la rue.

— Bilboquet! s'écria-t-elle en se retournant, encore un mot : si je ne reviens pas millionnaire de la Californie, je compte sur toi pour me faire engager à Saint-Pétersbourg !

Et elle disparut en fredonnant :

> Adieu, patrie,
> Terre chérie,
> O France, adieu !

Je ne pus m'empêcher d'éprouver un certain sentiment de fierté en contemplant Nini Capuchon. Lorsque la *Casquette de Paris*, le *Monumental* et l'*eau infaillible* auront disparu de la mémoire des hommes, on se souviendra encore du *rat* et de Bilboquet son inventeur.

# CHAPITRE XI.

## LA HAUTE POLITIQUE.

LE JOURNALISME, LE BEURRE, LES ÉLECTEURS, LES ACTIONNAIRES,
LES FINANCES, SOUS LA MONARCHIE DE JUILLET.

Je veux devenir député. — Kergigot. — Le vol à la saisie. — Noëls
celtiques. — Crêpes et biniou — Le beurre politique. — Une voix.
— Pèlerinage à Saint-Corentin. — Un auguste personnage. — Le
gouvernement personnel. — La Jocondière. — Hay (membre de l'A-
cadémie française). — Molière, Voltaire, Cabassol. — Petite poste. —
Prince Tuker. — Debureau. — Alex. Arpin, alcide littéraire. —
Aglaé Baïonnette. — Auguste de l'Élastique.

Je commence l'histoire de mes premières tentatives
parlementaires.

L'arrondissement dont je voulais défendre les intérêts dans les conseils de la nation est situé au fond
de l'une des provinces les plus primitives de la
France. Les anciens usages y sont encore en honneur,
on y porte le même costume depuis quatre ou cinq
siècles. Les hommes de ce pays laissent croître leurs
cheveux, et les femmes les cachent sous de larges
coiffes de linon.

Les routes du département sont dans un état pi-
toyable, je me promis bien d'user de tout mon crédit

pour les faire réparer. Les auberges sont détestables :
on n'y boit que du cidre, on n'y mange que des
crêpes de blé noir. Le voyageur est obligé de coucher
dans des espèces d'étagères ménagées dans le mur. On
y étouffe en été, on y gèle en hiver. Nous étions en
été.

Après cinq jours d'un voyage des plus pénibles, je
fis enfin mon entrée dans le chef-lieu de mon arrondissement. Le lendemain à l'aube, je quittai l'auberge où j'étais descendu, la seule de la ville, pour
commencer ma tournée électorale.

On m'avait recommandé surtout de ne point négliger M. Corentin-Kergigot, un des plus riches
industriels du pays. Son industrie consistait dans la
fabrication du beurre. Ce fut par lui que je débutai
dans mes visites.

Kergigot m'accueillit avec une cordialité qui me
parut de bon augure, et tout de suite il me parla d'une
pétition adressée au ministre du commerce par les
marchands de beurre du pays, pour obtenir la diminution de certains tarifs qui nuisaient beaucoup, à ce
qu'il paraît, à la consommation du beurre fabriqué
dans la contrée. Je promis de m'occuper de cette
affaire dès mon arrivée à Paris, d'en parler au ministre, et de lui en faire parler par mes amis.

— Vous connaissez le ministre du commerce, me
dit Kergigot, vous aurez beaucoup de peine à lui
faire faire quelque chose dans l'intérêt de notre département. Nos voisins sont beaucoup mieux traités.
L'année dernière le président de leur comice agricole,

I.                                                21

M. Louisgriff, a été décoré pour avoir naturalisé en France une nouvelle race de cochons d'Inde. Quant à moi, qui ai fait de nouveaux moutons trois fois plus productifs en laine et en suin que les moutons ordinaires, et d'une chair infiniment plus délicate, je ne puis pas seulement obtenir du ministère qu'on m'accuse réception de mes pétitions.

— Je me charge de votre affaire, je m'adresserai directement au secrétaire particulier du ministre, qui est un peu de mes parents, et je vous promets que l'injustice dont vous vous plaignez avec tant de raison sera bientôt réparée.

Kergigot me conduisit dans ses étables, il me montra les moutons de son invention, et voulut à toute force que je goûtasse son beurre. Je le trouvai excellent.

— On commence, me dit-il, à l'apprécier à Paris, et j'en fais des envois assez considérables; mais, si quelque personne connue voulait l'adopter pour sa table et le recommander à ses amis, on le préférerait à tous les autres beurres, même à celui de Louisgriff, qui est bien moins léger et bien moins fondant que celui-là.

— Envoyez-en cent kilogrammes à mon adresse à Paris; que je les trouve à mon retour, et vous verrez que j'en tirerai peut-être bon parti.

Nous causâmes ensuite des intérêts de l'arrondissement dont je sollicitais les suffrages. Kergigot revenait toujours sur la diminution des tarifs. Je me promis d'étudier cette question, et je continuai mes visites. En serrant la main à mon électeur, je ne manquai pas de lui dire :

— Surtout n'oubliez pas les cent kilogrammes de beurre.

Ma seconde visite fut pour le curé.

— Monsieur le curé, lui dis-je, vous voyez devant vous un homme qui respecte trop la religion pour ne pas vouloir qu'elle reste complétement en dehors de nos misérables débats politiques. On m'a parlé de votre charité, et j'ai osé espérer, en traversant ce pays, que vous consentiriez à m'associer un moment à vos aumônes et à l'encouragement de vos écoles ; car je sais tout le bien que font les frères ignorantins, et je m'intéresse vivement à leur pieux enseignement.

Le curé me remercia et me conduisit chez les frères, ensuite il m'invita à visiter sa pauvre église.

— Vous ne verrez pas, me dit-il, des œuvres d'art bien remarquables : nous avons cependant un assez beau tableau qui nous a été donné par le député que nous avons choisi aux dernières élections ; nous lui devons également ce rétable et les deux grands chandeliers du maître-autel.

En rentrant chez moi, j'écrivis tout de suite à Paris.

« Mon cher Cabochard,

« Mes affaires vont assez bien. Kergigot est, je crois, pour moi. J'ai trouvé son beurre excellent, et je lui en ai commandé cent kilogrammes.

« Envoie-moi tout de suite, par la diligence, un tableau de sainteté de cinq à six pieds de haut, dans les prix de mille ou douze cents francs.

« Dans le cas où cet article serait épuisé et où tu ne trouverais rien à ma convenance, adresse-toi à un artiste qui se chargera d'exécuter ma commande en huit jours. Il ne faut que cinq ou six personnages dans le tableau.

« J'attends cet envoi avec impatience, et je te serre la main.

« Ton ami,

« BILBOQUET. »

« *Post-Scriptum*. — Tu es couché sur mon registre pour quinze kilogrammes de beurre. Cherche un peu à qui nous pourrons colloquer le reste. »

Après avoir vu le curé, je me rendis chez le maire. Nous nous entretînmes longuement de la salle d'asile, de la caisse d'épargne, de la question des tours et de l'enseignement mutuel, surtout de l'enseignement mutuel, qui, je n'avais pas tardé à m'en apercevoir, avait toute la prédilection du premier magistrat municipal de la cité.

Comme je retournais à mon auberge, située sur la place principale de la ville, j'aperçus une foule nombreuse attroupée devant la porte de la maison voisine. Une femme d'un certain âge criait, pleurait et s'arrachait les cheveux au milieu de l'attroupement.

Je demandai de quoi il s'agissait.

— Il s'agit, me dit un des assistants, d'une pauvre malheureuse qui ne peut pas payer son loyer, et dont le propriétaire fait saisir le grabat.

— Quel est le chiffre de sa dette ?

— Cent cinquante francs.

Je tirai cent cinquante francs de ma poche, je les remis à l'huissier, et je rentrai chez moi accompagné des bénédictions de tout un peuple.

Le lendemain, comme je me rendais chez Kergigot, je fus témoin d'une scène semblable le matin ; dans l'après-midi un pareil spectacle s'offrit à deux reprises différentes à mes yeux. Les jours suivants, je ne pouvais faire un pas sans assister à des saisies. Il est bon d'être généreux, me dis-je, mais tout doit avoir des bornes, même la générosité. On saisit beaucoup, on saisit trop dans cette ville. Il est temps de continuer ma tournée électorale dans le reste de l'arrondissement.

Comme je mettais le pied sur le marchepied de la guimbarde qui devait me rouler dans les fondrières qu'on appelle routes dans le pays, je sentis quelqu'un me tirer par le pan de ma redingote. Je me retournai pour demander à l'individu qui me retenait ainsi ce qu'il voulait de moi.

— Monsieur, me dit-il, tel que vous me voyez, j'ai un oncle électeur assez influent; pour moi, je figure parmi les poëtes bas-bretons, et je viens vous prier de me rendre un petit service.

— Lequel?

— Je suis l'auteur d'un volume de Noëls en langue

21.

celtique ; tout le monde les chante dans le pays. On
m'a dit que si l'Académie française les connaissait,
elle me donnerait pour sûr un prix de trois
mille francs au moins. J'espère donc que vous voudrez bien vous charger de mes Noëls en langue
celtique, les faire imprimer à Paris, et ensuite les
adresser à l'Académie française, extrêmement sensible, m'a-t-on assuré , à tout ce qui regarde le bas-
breton.

Je promis au neveu de l'électeur de lui trouver un
imprimeur, et de recommander ses Noëls en langue
celtique aux académiciens de ma connaissance, et je
pus enfin me mettre en route. A chaque pas cependant, j'étais arrêté par des gens qui, ayant appris mon
départ, accouraient pour me remettre des pétitions
de tous genres, pour toutes sortes d'emplois.

Connaissant l'amour de mes électeurs pour tout ce
qui tient à leur nationalité, je m'étais fait faire, par le
tailleur de la Porte-Saint-Martin, un costume complet de Breton : veste bleue passementée de cordons
de diverses couleurs, gilet brodé, braies larges et
flottantes, guêtres de cuir, chapeau à larges rebords.
Le tout m'avait bien coûté deux cents francs. C'est
ainsi que je me présentai dans chaque village, précédé
de deux joueurs de biniou.

J'allais de pardons en pardons, buvant du cidre,
mangeant des crêpes, donnant des prix aux lutteurs et
aux coureurs, luttant et courant quelquefois moi-même
pour faire de la couleur locale, et m'ancrer davantage dans l'esprit de ces populations. Un jour, ayant

voulu descendre dans l'arène pour prouver aux électeurs quel cas je faisais des amusements de leur pays,
je reçus de mon adversaire (j'ai su depuis qu'il avait
été payé par le candidat avec lequel j'étais en riva-
lité) un tel coup de poing, que j'en roulai à cinq ou
six pas de distance. Pendant huit jours au moins, j'eus
un nez d'une grosseur prodigieuse, et, pour achever
ma guérison, j'allai faire un pèlerinage au tombeau
de saint Corentin.

J'eus soin de faire insérer l'annonce de ce pèlerinage dans tous les journaux, petits et grands, du département.

Tant de soins ne pouvaient manquer, il me semble,
de recevoir leur récompense. La Bretagne, encore
arriérée sur toutes les autres provinces, ne connaissait pas l'institution des rosières. Pendant mon voyage,
j'en avais doté deux.

Grâces à ma générosité, l'église du chef-lieu de
l'arrondissement possédait un tableau brossé de main
de maître.

J'avais été la providence de cinq ou six locataires,
sans compter les autres traits de générosité auxquels
je m'étais livré, pensant qu'il est du devoir d'un candidat de ne reculer jamais devant une bonne action.

Je m'étais ruiné en cidre, biniou, crêpes, lard,
eau-de-vie, croûtes au vin, et autres consommations
du même genre.

Rentré dans Paris, j'attendais avec impatience des
nouvelles de mon élection, qui me paraissait cer-

taine ; j'en recevais même les compliments de mes amis, lorsque le courrier m'apporta la lettre suivante :

« Monsieur,

« Votre concurrent est arrivé hier au soir, et nous avons voté ce matin. A l'unanimité vous n'avez pas obtenu une seule voix.

« Vous comprenez, monsieur, que nous ne pouvions pas choisir pour nour représenter un homme qui donne des dîners avec des femmes nues.

« Veuillez agréer l'assurance de mes sentiments distingués. »

« KERGIGOT. »

« *Post-Scriptum*. Vous recevrez en même temps que ma lettre les cent kilogrammes de beurre que vous m'avez commandés. Il est de première qualité. »

L'homme fort ne se laisse abattre ni par l'adversité, ni par le ridicule : *impavidum ferient ruinæ*, dit Horace. Supportons avec courage et résignation notre mésaventure, tâchons d'avoir l'impudence de l'infortune et l'impertinence du malheur.

Je redoublai donc d'audace, de gastronomie, de jeu et d'oisiveté. Mes galanteries n'occupaient pas assez l'attention publique à mon gré. J'eus l'idée de passer mes soirées dans un des nombreux gynécées de Paris. J'y jouais aux cartes avec ces Aspasies à l'heure, ces Laïs à la nuit ; j'y faisais tirer des loteries au profit de ces dames, comme autrefois Louis XIV dans les voyages de Marly ; j'y donnais des festins à

mes amis, où je gorgeais de vins et de viandes ces
ilotes en jupons. Mes familiers, mes parasites, répan-
daient le bruit de ces orgies; on parlait de moi le
lendemain. J'étais heureux.

Un soir que je me dirigeais les mains dans les poches et le cure-dent à la bouche vers l'ordinaire théâtre de mes amusements nocturnes, je rencontrai Cabochard. Nous ne nous étions pas vus depuis mon
voyage.

— Bilboquet, me dit-il, sais-tu bien que je ne suis
guère content de toi? Si cela continue, je serai obligé
de te renier, de chercher un autre élève, un nouveau
disciple bien-aimé. La vie que tu mènes, mon garçon,
est indigne d'un individu qui se respecte, d'un homme
élevé à mon école. Ton échec électoral te tient encore
au cœur, et tu cherches à t'étourdir. Il n'y a
que les cerveaux faibles qui s'étourdissent; une tête
forte porte sans se courber le poids de la réalité. De
quoi s'agit-il, en définitive? D'une élection man-
quée; la belle affaire, vraiment! Il suffit de savoir s'y
prendre, et, mon pauvre Bilboquet, tu t'y es fort mal
pris.

Tu as des antécédents assez fâcheux sous le point
de vue de la gravité; il faut tâcher de les faire oublier. Un commis voyageur en vin de Champagne,
égaré en Basse-Bretagne, où le champagne est resté
inconnu jusqu'à la dernière révolution, t'a rencontré
sur son chemin. Il a raconté sans malice qui tu étais,
et pour te faire mousser. Les Bas-Bretons, gens fort
arriérés et fort scrupuleux, ont mal pris la chose. Tu

n'as eu qu'une voix ; il fallait t'y attendre. Quand on
a eu comme nous une jeunesse orageuse, il faut être
prudent et se tenir sur ses gardes : le bourgeois est si
méfiant !

Il est temps, cher ami, de te refaire une virginité.
Tu as un journal qui ne manque pas d'une certaine
influence, profites-en pendant que tes patrons sont au
ministère. Hâte-toi de te recrépir d'une charge de finances. Quand tu auras passé par la bureaucratie ;
quand on t'aura confié l'administration des deniers de
l'État, tu pourras te présenter la tête haute devant tous
les colléges électoraux de France et de Navarre. Jusque-
là, mon garçon, Sysiphe électoral, tu essayeras en
vain de gravir le roc parlementaire ; la pierre du passé
te retombera sans cesse sur le dos.

Ce discours de Cabochard me fit réfléchir. Le drôle
avait parfois du bon, et je compris qu'il ne méritait
pas tant de dédain que j'avais bien voulu le croire. Je
résolus de suivre son conseil, et, dès le lendemain, je
me présentai chez le ministre.

—Jusqu'ici, lui dis-je, monsieur le ministre, vous devez me rendre cette justice que je ne vous ai pas trop
importuné de mes demandes. Ai-je sollicité la pairie?
Non. Une ambassade ? Pas davantage. Cependant il se
peut que vous quittiez un de ces jours le pouvoir. Si
vous ne me donnez aucune espèce de place, on ne croira
pas à mon désintéressement. On sera convaincu de
mon impuissance, et cela nuira fort à ma considération. Or, la dignité personnelle est ce que l'homme
doit avoir au monde de plus cher. C'est donc par di-

gnité que je viens solliciter une simple place de collecteur général.

— Je ne demande pas mieux, répondit le ministre, que de vous l'accorder, mais y en a-t-il une vacante?

— Il y en a deux.

— En ce cas, vous avez ma parole.

— J'y compte.

Le ministre était gascon, quoique Provençal, et je me serais, dans toute autre circonstance, médiocrement fié à sa parole; mais il avait besoin de moi; battu en brèche par une foule de journaux, il se serait bien gardé de se brouiller avec le défenseur à peu près unique qui lui restât dans la presse. J'attendis donc avec assez de sécurité le résultat de ses promesses.

Quinze jours, un mois, s'écoulèrent ainsi; ne recevant aucune nouvelle du ministère. je me décidai à y retourner, bien résolu à n'en pas sortir sans emporter ma nomination dans ma poche.

La nomination d'un collecteur général avait paru le matin dans le *Moniteur;* je voulais connaître les motifs qui retardaient la mienne, et je tenais absolument à en avoir le cœur net. J'abordai résolûment le ministre.

— Permettez-moi, monsieur le ministre, de vous demander des explications bien naturelles sur les retards que, malgré vos promesses réitérées, subit de jour en jour ma nomination.

— Croyez-bien, mon cher Bilboquet, qu'il n'a pas dépendu de moi qu'il en fût autrement; mais, vous le savez mieux que personne, je ne suis pas absolument le maître. Une volonté auguste........ une pensée immuable...... l'impossibilité de faire prévaloir notre maxime : *le roi règne et ne gouverne pas*...... une opposition sur laquelle j'étais loin de compter... Enfin, il faut renoncer à notre idée.

— J'ai votre parole cependant , monsieur le ministre; elle doit être sacrée pour les hommes d'État comme pour les simples particuliers.

— Homme d'État tant que vous voudrez ; mais enfin, vous n'ignorez pas que les nominations de collecteur général se discutent en conseil.

— Eh bien ?

— Au dernier conseil , je tire donc votre nomination de mon portefeuille, et je la mets sur la table où mes collègues la prennent et se la font passer de main en main. Elle arrive ainsi jusqu'à un auguste personnage que je ne me permettrai pas de nommer, afin de ne point sortir de la Charte.

L'auguste personnage tire alors une longue pancarte de la poche de son habit marron , et se met à lire à haute voix la protestation que voici. Je l'ai conservée exprès pour vous la faire voir.

« Les soussignés collecteurs généraux de France et de Navarre,

« Ayant appris qu'il était question d'introduire dans leur compagnie un individu du nom de Bilboquet;

« Attendu que cet individu , quoiqu'il ait un gros ventre, qu'il affecte des airs impertinents, qu'il donne des diners, qu'il entretienne des danseuses, ne remplit aucune des conditions nécessaires pour faire un bon financier;

« Attendu qu'il n'a point de cuisinier, qu'il fait venir du cabaret tous les dîners qu'il donne ; qu'il n'a ni hôtel, ni petite maison, ni Folie en construction ;

« Considérant, en outre, que le susdit Bilboquet a été saltimbanque, pharmacien, directeur de théâtre, entrepreneur de journaux, toutes professions qui dégradent la finance,

« Les soussignés ont l'honneur de protester devant Votre Majesté contre l'intrusion du sieur Bilboquet dans la corporation des collecteurs généraux, bien décidés, si le ministre passe outre, de donner en masse leur démission.

« Les finances de l'État s'arrangeront comme elles voudront ! »

(Suivent les quatre-vingt-six signatures des quatre-vingt-six receveurs collecteurs des quatre-vingt-six départements.)

Que pouvais-je faire ? reprit le ministre : courber la tête devant une volonté plus forte que la mienne. Je m'y suis résigné : essayer de lutter contre les collecteurs généraux, ç'eût été folie. Ces gens-là sont les Atlas de la situation. Le monde politique repose sur leurs épaules ; ils tiennent les cordons de la bourse ; ils représentent le vrai quatrième pouvoir de l'État, et le plus fort : la haute banque ; ils briseraient comme

I.                                                    22

verre tout ministère qui tenterait de leur résister.
Cherchons quelque autre chose ailleurs.

Le raisonnement du ministre me parut assez plausible. Qu'est-ce que je suivrais après tout? Une grande place, collection générale ou autre chose, peu m'importe. Je parlai au ministre d'une légation en Allemagne.

— Une légation! me répondit-il; sans doute.......
Mais pourquoi ne songez-vous pas à reprendre?...

— Que pensez-vous de la direction des Beaux-Arts?

— Les Beaux-Arts?... à la bonne heure..... Mais vous feriez peut-être mieux de reprendre l'Ambigu-Lyrique? Rejetons-nous sur une préfecture de première classe.

— Soit; mais c'est bien ennuyeux, une préfecture.

— Croyez-moi : reprenez...

— Jamais !

Après cette réponse, je pris fièrement mon chapeau, et je fis une sortie majestueuse tout à fait dans le goût de la haute tragédie.

Je rentrai chez moi en fureur et bien décidé à faire une guerre à mort à un ministère qui m'avait si lâchement abandonné. Malheureusement, il tomba trois jours après, et je n'eus pas même la consolation de l'abandon.

Je ne vous ai point parlé jusqu'ici de l'intérieur du *Monumental* et de ses actionnaires. Il est indispensable cependant que je traite cette haute question.

On ne saurait mieux comparer le *Monumental*, lorsque j'achetai une part de sa propriété, qu'à un navire en dérive à la suite d'un combat ou à la veille d'un naufrage. L'indiscipline est à bord, il n'y a personne au gouvernail, tout le monde veut commander, et, si quelqu'un ouvre un avis utile et veut commander une manœuvre, c'est précisément sur lui que chacun tombe.

Les actionnaires du *Monumental* avaient fait de nombreuses difficultés pour me recevoir dans leur compagnie. Épiciers, vaudevillistes, voltairiens et révolutionnaires endurcis, ces messieurs se méfiaient de moi, ils me traitaient de *corrompu*, d'agent secret du pouvoir, tout cela parce que je n'étais pas franc-maçon, et qu'un jour j'avais eu l'imprudence d'avouer dans une réunion que je n'avais jamais lu Voltaire. Cependant, une action étant venue à la criée chez un notaire, par suite du décès d'un des actionnaires du *Monumental*, je m'en rendis acquéreur au prix de cent cinquante mille francs. C'était énorme, vu la diminution toujours croissante du chiffre des abonnés, mais j'avais mes projets.

Je voulais restaurer le vieux journal, radouber sa carène, réparer ses agrès, changer son pavillon, et lui faire courir de nouvelles bordées sur l'océan de la publicité.

Mais j'avais pour associés des gens décidés à sombrer plutôt que d'apporter le moindre changement dans la manœuvre.

Je trouve dans mes papiers quelques notes qui devaient me servir plus tard à remplir un chapitre particulier de mes Mémoires. Je laisse à ces notes la forme dramatique que je leur avais donnée pour les coordonner plus rapidement.

## UN INTÉRIEUR DE JOURNAL EN 1789.

La scène se passe dans les bureaux du *Monumental*. Le théâtre représente une salle ornée des bustes de Voltaire, de Molière, de Racine et de Manuel. Une grande table recouverte d'un vaste tapis vert au milieu de la salle. Douze individus sont assis sur des siéges autour de cette table.

PERSONNAGES.

MM. LA JOCONDIÈRE, de l'Académie française, député, futur pair de France.
CABASSOL, actionnaire et épicier.
HAY, de l'Académie française.
VERPILLIOUX, ex-jacobin.
BILBOQUET, publiciste.

Divers autres fonctionnaires, un rédacteur, un garçon de bureau. — La Jocondière préside la séance.

LA JOCONDIÈRE.

Nous sommes réunis pour aviser aux moyens de rendre au *Monumental* son ancienne prospérité.

CABASSOL.

Pour faire des économies.

LA JOCONDIÈRE.

La parole est à M. Bilboquet.

BILBOQUET.

La situation est grave, personne n'en saurait disconvenir; notre propriété est atteinte d'une maladie dont le dénoûment n'est que trop facile à prévoir, si nous ne nous empressons d'y porter remède.

CABASSOL.

Il faut faire des économies.

BILBOQUET.

Quels sont les premiers moyens auxquels un médecin habile a recours pour traiter son malade?

CABASSOL.

L'économie.

BILBOQUET.

D'abord, le changement de régime.

VERPILLIOUX.

Je vois où il veut en venir.

BILBOQUET.

Si l'alimentation employée jusqu'à ce jour ne lui paraît pas convenable, il en prescrit une autre.

HAY, de l'Académie française.

Vous insultez Voltaire.

VERPILLIOUX.

Vous n'êtes qu'un mirliflore.

22.

CABASSOL.

Au nom du ciel! ne nous fâchons pas, faisons des économies.

*Un rédacteur se présente.*

LE RÉDACTEUR.

Messieurs, on vous entend du cabinet de rédaction ; je vous engage à faire silence.

*La Jocondière agite la sonnette ; l'assemblée se calme : la séance continue.*

BILBOQUET.

Je disais donc, messieurs, qu'un changement de régime était souvent une chose indispensable à la santé. Le *Monumental* est-il oui ou non dans ce cas? là est toute la question.

CABASSOL

C'est une question d'économies. Il y a trop de rédacteurs.

BILBOQUET.

Les légumes ne paraissent pas convenir à notre malade.......

HAY, de l'Académie française.

Monsieur le président, rappelez l'orateur à l'ordre : il vient de traiter Molière de légume, ne laissez pas insulter plus longtemps nos gloires.

VERPILLIOUX.

Il veut nous désunir, c'est un émissaire du pouvoir corrompu et corrupteur qui nous régit.

LA JOCONDIÈRE.

Messieurs, au nom du ciel ! pas de personnalités ; ne nous occupons que de la question à l'ordre du jour.

CABASSOL.

L'économie !

BILBOQUET.

Je proteste contre toute espèce d'allusion ; et, si mes honorables collègues trouvent dans mes paroles quelque chose de blessant pour Molière, je m'empresse de le désavouer.

VERPILLIOUX.

Cafard !

BILBOQUET.

Nous avons tous ici le même intérêt : cherchons ensemble comment nous parviendrons à sauver notre malade.

CABASSOL.

Par l'économie : il y a trop de numéros dans la semaine. Si nous supprimions le numéro du lundi ?

BILBOQUET.

Persuadé que l'union est plus que jamais nécessaire parmi nous, ce n'est pas moi qui essayerai jamais de blesser les susceptibilités de mes honorables collègues. J'ai voulu dire seulement qu'il me semblait que la direction suivie par le *Monumental* n'était pas...

VERPILLIOUX.

Vous attaquez la Révolution.

CABASSOL.

Au lieu de tant parler, proposez donc des économies.

HAY, de l'Académie française.

Vous n'êtes venu ici que pour allumer la pomme de la discorde.

VERPILLIOUX.

C'est un agent de Pitt et Cobourg! On ne vient pas ici en coupé quand on a des intentions pures.

*Tous les actionnaires se lèvent et adressent de violentes observations à Bilboquet. Le président se couvre, le tumulte est à son comble. Entre un garçon de bureau.*

LE GARÇON DE BUREAU.

Le bureau de désabonnement est plein en ce moment ; plus de trois cents personnes vous entendent : l'une d'elles a proposé d'aller chercher la garde.

LA JOCONDIÈRE.

Messieurs, je lève la séance : de nouvelles lettres feront connaître aux actionnaires du *Monumental* le jour de la prochaine convocation de la Société.

*Les actionnaires passent à la caisse pour prendre leur jeton de présence. On leur répond qu'elle est vide.*

VERPILLIOUX, à Hay en se retirant.

Je vous avais bien dit que cet homme était un corrompu, un suppôt de l'aristocratie ; regardez sa voiture et sa livrée : il veut nous corrompre.

HAY, de l'Académie française.

Il veut nous assassiner ; c'est un romantique !

CABASSOL.

Tant qu'on ne fera pas des économies...

J'eus raison enfin pourtant de l'obstination de mes collègues, et la justice prononça la dissolution de la société du journal, dont je devins ainsi l'unique propriétaire. D'autres préoccupations, d'un ordre plus élevé, vinrent alors s'emparer de moi. Il s'agissait de sauver la caisse !

Le *Monumental*, quand j'avais pris le timon de sa rédaction, ne battait plus que d'une aile. Il succombait, après une lutte de dix ans, contre les efforts réunis de la grande, de la moyenne, et de la petite presse. Je mis au rancart son char de l'État vermoulu, ses horizons déchirés, et je cherchai à les remplacer.

Tâche immense !

Les clients disparaissaient à la file, chaque jour le canon du désabonnement enlevait des colonnes entières du registre. Il n'y avait pas de temps à perdre. Je me mis incontinent à réaliser un roman intitulé : *Bilboquet à la recherche d'une idée.*

CHAPITRE PREMIER.

Bilboquet propose une médaille d'or, de la valeur de cinq francs, à l'auteur du meilleur Mémoire sur les moyens de combattre le fléau du désabonnement.

La médaille portera d'un côté l'effigie de Bilboquet

avec ces mots en exergue : *Dieu protége le Monu-mental.*

### CHAPITRE DEUXIÈME.

Bilboquet a l'idée de publier en feuilleton, dans le *Monumental*, une histoire de l'Empire en dix vo-lumes.

### CHAPITRE TROISIÈME.

Bilboquet renonce à cette idée.

### CHAPITRE QUATRIÈME.

Bilboquet songe un instant à composer ses Mé-moires et à les faire paraître dans le *Monumental*. On lui fait observer que le moment n'est pas encore venu pour cela. Il renonce à cette idée.

### CHAPITRE CINQUIÈME.

Où Bilboquet rencontre un libraire, qui lui annonce une foule de nouvelles surprenantes : entre autres, que les romans publiés dans les journaux obtenaient un succès prodigieux, et qu'il n'était question dans tous Paris, dans toute la France, dans toute l'Europe, que de *Sang et boue, ou les Ténèbres de Lutèce*, dont les der-niers chapitres venaient à peine de paraître dans un journal rival.

Bilboquet apprend en outre que l'auteur de *Sang et boue, ou les Ténèbres de Lutèce*, a terminé tout récem-ment un nouveau roman intitulé l'*Hébreu en voyage*.

Stupéfaction de Bilboquet. Il veut lire, et il s'endort dès le troisième feuilleton.

### CHAPITRE SIXIÈME.

Bilboquet cherche toujours une idée.

### CHAPITRE SEPTIÈME.

De la conversation que Bilboquet et le libraire eurent ensemble. Le libraire persuade à Bilboquet d'acheter, moyennant cent mille francs, l'*Hébreu en voyage*. Bilboquet, ne trouvant pas d'idée, se décide à commettre cette folie, et ce qui en advint.

On m'a accusé de socialisme pour avoir publié des romans dans le *Monumental*; devant Dieu et devant les hommes, je proteste contre cette accusation. Jamais, au grand jamais, je n'ai cru à la queue promise par Fourier.

Je crois à la femme libre, mais non pas à celle des saint-simoniens.

La théorie subversive de l'égalité des salaires n'a aucune de mes sympathies; je le déclare sans crainte et sans arrière-pensée.

Le circulus peut être une belle chose; mais je n'y entends rien.

Quant à l'an-archie, mes concitoyens doivent être persuadés d'avance que je lui ai toujours refusé ma haute approbation.

C'est donc en vain que l'on prétendrait que je suis socialiste.

Le socialisme en romans a du bon, je n'en disconviens pas, et je me trouverais encore dans la nécessité d'achalander le *Monumental*, que j'aurais recours à l'auteur des *Ténèbres de Lutèce*; mais, en dehors de cela, allons donc!

Pour prouver, du reste, que les esprits distingués ne se trompaient pas sur mes vrais principes, je veux montrer à mes concitoyens sur quel pied de familiarité me traitaient les hommes les plus illustres de notre temps; je vais citer quelques lettres qui m'ont été adressées à différentes époques.

« Monsieur,

« Vous êtes un drôle.... »

Je me trompe, celle-ci ne doit pas être livrée à la publicité; passons à celle-là :

LETTRE DU PRINCE TULKER A M. BILBOQUET, OFFICIER DE L'ÉPERON D'OR.

« Monsieur,

« Je suis Russe de nation, Français de goût, cosmopolite de tempérament. J'ai successivement habité la Néerlande, la Finlande, l'Allemagne, l'Espagne, la Grande-Bretagne, l'Afrique, l'Amérique, la Belgique, la Hongrie, l'Italie, l'Australie, la Cafrerie et la Polynésie. Dans mes pérégrinations, j'ai toujours recherché l'amitié et l'estime des gens considérables; c'est vous dire, monsieur, que je ne suis venu à Paris que pour vous voir et vous serrer la main. Voulez-vous accepter un ambigu dans un cabaret des boulevards ? Il y aura des petits pois, des hommes de lettres, des faisans dorés, des archéologues, et des buissons d'écrevisses truffés de femmes nues : ce sera très-balthazar, et on en parlera dans Landernau.

« Agréez, monsieur, l'assurance de ma considération la plus distinguée.

« TULKER. »

Inutile d'ajouter que je fus le héros de ce banquet décolleté, qui fit du bruit. Passons à une autre lettre.

« Mon cher Bilboquet,

« Voici comment les gens qui ont du poignet font de la besogne :

« J'enlève un poids de cent kilos de la main gauche, un autre poids de cent kilos de la main droite ; je saisis avec mes dents un troisième poids de cent kilos, et, dans cette position, je dicte à mon secrétaire une nouvelle sentimentale qui pèse trois cents kilos. Annoncez la chose dans le *Monumental*, et n'oubliez pas de dire que je suis prêt à *tomber* le premier croquant de lettres qui voudra entrer en lice avec moi.

« ALEXANDRE ARPIN,
« Alcide du roman. »

La lettre qui suit est une de celles qui m'ont le plus touché.

1. 23

« Monsieur,

« On dit que je suis le roi des pierrots ; on a grif-
fonné, à propos de mon talent, une centaine d'articles. Mais, quand bien même l'empereur de Moscovie
et le grand kan de Tartarie me diraient que je n'ai pas
d'égal, je m'en soucierais autant que de la dernière
dent que vous avez perdue. Il faut que vous veniez
me voir dans *Pierrot pendu*, ce drame de tant de style
écrit avec tant de cœur par un homme de tant d'esprit. Je vous envoie une loge et mes compliments.
Colombine m'a promis d'être aimable avec vous.

« DEBUREAU. »

Je me fis un vrai plaisir d'aller applaudir ce grand
artiste, et je n'eus qu'à me louer de Colombine.

Voici maintenant un billet qui prouvera la bienveillance que j'ai toujours su inspirer au beau sexe :

« Gros monstre !

« Ce n'était pas assez de me compromettre aux
yeux de mon concierge, j'apprends que tu es au mieux
avec Mousqueton, Carabine, Sabretache et Pistolette.
A partir de ce jour, je te ferme ma porte. Adieu ! tu
ne trouveras plus la clef de mon cœur sous le paillas-
son du sentiment.

« AGLAÉ BAÏONNETTE. »

J'eus de la peine à éteindre la jalousie de Baïonnette, mais j'y parvins à force d'amabilité.

Voici la dernière lettre que je livre à la publicité ;
elle est de notre grand poëte Auguste de l'Élastique.

« Monsieur,

« Tout ce qui sort de votre plume est admirable.
Votre encrier foisonne d'idées ; les fleurs de rhétorique naissent d'elles-mêmes sur votre papier. Vous
êtes le plus grand politique, le plus grand littérateur,
le plus grand économiste, le plus grand artiste, le
plus grand.. tout ce que vous voudrez ! Vos amis
sont des géants, Gringalet est un mont Athos, Sosthène un Etna, Romiton un mont Blanc, Cabochard
un Ossa ; Rocofane un Pélion, Chaudrognac un Chimborazo grave ; vous êtes Bilboquet, et je suis votre serviteur.

« Auguste de l'Élastique. »

Je pourrais bien encore encadrer dans mes Mémoires les lettres de mon tailleur, de mon bottier et de
mon chapelier ; mais je m'arrête pour n'être pas trop
intéressant. Il faut savoir se réserver pour le second
volume.

# CHAPITRE XII.

Je suis un gros fat! — Le claqueur de cœur. — Éloa Bobinot, bas
bleu célèbre. — Encore Elleviou. — Gavaudan. — Une belle chute
de reins. — La trompette et les illusions. — Prends mon roman,
Bilboquet! — Et nos actionnaires! — Bilboquet est un âne! — Les
murailles de Paris.

Je crois que le moment est venu de parler un peu
de femmes pour faire diversion et nous préparer à des
sujets plus graves.

Vous n'exigez pas, sans doute, que je vous déroule
ici le catalogue des bonnes fortunes que m'a values
ma position d'à présent. Je ne veux point passer aux
yeux du public pour un gros fat, et, d'ailleurs, il n'y
a pas grand mérite, quand on se trouve à la tête d'un
journal influent, à être sur un excellent pied près de
de toutes les femmes *charmeintes!...*

Quand je songe que les beautés les plus recherchées, des actrices qui valent un million, il ne me
faut à moi pour les fasciner qu'un simple adjectif
courtois glissé dans un article le jour de leur rentrée ou de leur début!

Les actrices! quelle race surfaite, et comme on s'en

lasse vite! Nous les avons entrevues déjà, nous les retrouverons encore plus d'une fois par la suite. Je suis
toujours à me demander comment il y a des gens
assez bêtes pour se faire fourrer à Clichy pour les
beaux yeux des femmes de théâtre, si nombreuses
aujourd'hui, qui ont des poneys et qui mettent à la
caisse d'épargne !

D'abord, une actrice, pour un homme d'ambition,
ne peut-être qu'une entrave et non un véhicule.

Une actrice ne s'occupe absolument que d'elle, ne
ne vous parle du matin au soir que de ses rôles, de
ses répétitions, de ses succès, de son directeur, de
son régisseur, des pluies de bouquets qu'il faut lui
organiser ; vous n'êtes jamais son amant, vous n'êtes
que son claqueur.

Parlez-moi bien plutôt de ces femmes intelligentes,
au front carré, de ces organisations à part qui vous
apportent des idées et deviennent vos Égéries.

Il doit y en avoir encore quelque part dans ce
monde-ci, de ces élèves de madame de Staël... Je
demande la femme de style et de tête !

J'en étais là de ma rêverie orientale, étendu sur
mon ottomane, aspirant les bouffées d'un délicieux
tabac de Latakié dans une pipe merveilleusement ci-
selée, comme disent tous les feuilletonistes possibles,
lorsque j'entends une forte voix dans l'antichambre :

— Dites que c'est moi, Éloa, inutile de m'annoncer,
mon cher... je veux entrer, j'entre...

Je me lève aussitôt

23.

— Est-il possible! En croirai-je mes yeux! Éloa en ces lieux!

— Moi-même, cher ami; comme j'ai appris dernièrement que tu étais devenu un homme important, directeur de la *Casquette de Paris*, je me suis tout de suite souvenue de toi... J'ai moi-même une haute position intellectuelle. Je suis Éloa la romancière, la conteuse, la prophétesse, la sonore, la champêtre, la lyrique, la descriptive, la coloriste; en un mot, tu vois en moi la reine des bas bleus...

— Quoi! vous que j'avais laissée à Lorient richement mariée à M. Bobinot, ce gros fabricant....

— De conserves pour les voyages maritimes, petits pois, asperges, haricots flageolets, fèves de marais, cuisses de faisans à la gelée, et généralement toute la cuisine susceptible de faire le tour du monde dans des boîtes de fer-blanc.

J'étais lasse de m'appeler madame Bobinot; j'ai donc planté là mon mari et ses asperges pour faire de la littérature...

Règle générale, quand on sent qu'on est une femme de style et qu'on veut se lancer dans les lettres, la première chose à faire, c'est de planter là son mari. C'est le premier conseil que vous donne la muse!

Mais comme nous avons besoin de nous connaître plus intimement que jamais dans les carrières où nous nous trouvons maintenant tous les deux, permets-moi de reprendre les choses d'un peu plus haut; si je t'ennuie, dors et figure-toi que tu lis une de mes petites historiettes en vingt cinq volumes.

— Te souviens-tu, ô Bilboquet! du temps que tu étais paillasse?

Étais-tu beau, curieux, étrange! Comme tu avais bien tout ce qu'il fallait pour échauffer une tête de femme aussi riche en phosphore que l'était la mienne!

Tu étais venu t'établir à Nantes avec une troupe de saltimbanques, tout ce qu'il y avait au monde de plus sale et de plus déguenillé. C'était plus qu'il n'en fallait pour éveiller dans mon âme tous les stimulants de l'amour et de la curiosité.

J'étais saturée de cabotins de haute volée, je l'avoue; j'avais vu dans l'intimité tous les Elleviou, tous les Gavaudan de province qui passaient dans notre ville.

Ils avaient tous reçu de mes autographes et des mèches de mes cheveux. Les larynx n'avaient plus de charmes pour moi... J'avais besoin de frénésies plus épicées.

Je te vis, je donnai pendant plusieurs soirées de suite deux sous pour te contempler à la chandelle quand tu faisais le saut de carpe et que tu avalais des sabres.

Oh! oui, tu étais bien ce que j'avais rêvé, cet idéal que je cherchais partout sans pouvoir le rencontrer!

Le soir, quand l'affreux Bobinot était à son affreux café et m'abandonnait. moi pauvre jeune femme obligée de veiller toute seule sur la sainteté du foyer domestique, je te faisais venir dans mon boudoir par un escalier dérobé, à l'heure où tout est poésie et mystère autour de la femme ; où elle a le soin de déboucher tous les flacons de sa cheminée et de brûler toutes ses pastilles du sérail, parce qu'elle sent que le bien-aimé va venir.

Parle-moi de toi, ô mon histrion ! ô mon bohème ! ô mon paradoxe ! Va, ne crains rien, apporte ici tant que tu voudras, au milieu de ces fleurs, les réminiscences et les vagues odeurs de ton existence. Sois bien pittoresque, bien bigarré, bien canaille !...

Oh ! qu'elle doit être belle ton existence, toute diaprée avec ses mille hasards chatoyants, ses paillettes, ses naïvetés et ses ricochets sans fin !

Laisse-moi passer un instant mes longs doigts délicats dans la filasse qui ombrage ton beau front.

Laisse-moi toucher ta collerette, qui n'a jamais connu le blanchissage, et ta folle tunique en toile à matelas.

Mais, dis-moi, as-tu bien souffert dans cette existence agitée ? Pauvre adoré ! ce front s'est-il plissé aux fatigues et aux soubresauts de la pantomime ? Cette belle chute de reins a-t-elle été assez sillonnée, meurtrie, par la muse de la pantalonnade et des coups de pied n'importe où ?

Que de fois, dans mes songes de femme mariée, je me voyais unie à toi, courant à travers champs, avec un tambour de basque à la main, des myosotis sur la tête et un cotillon rapiéceté. J'étais avec mon paillasse, le paillasse de mes rêves ! Nous nous entretenions tous les deux au clair de lune, le long des routes ; nous mangions, près des fossés, le long des mares argentées, la bouillabaisse du caprice ; nous buvions ensemble le picton du malheur.

Tu es parti, ô Bilboquet ! en emportant ta trompette, ton tambour et ma dernière illusion. Si tu savais quel vide affreux ta baraque a laissé dans mon cœur !

J'avais eu vraiment une illusion dans ma vie, et pourtant je me destinais à la littérature !

C'est alors que je me suis décidée à me jeter à corps perdu dans l'invention. C'était là seulement que mon être épuisé pouvait encore espérer trouver un peu de montant et de fluide.

Je laissai donc un jour sur le lit conjugal le billet suivant :

« Mon cher époux, je vous quitte, attendu que je suis une femme immense et que vous n'êtes qu'une huître... »

Je fis mes malles immédiatement ; mais ceci tient à la seconde partie de mon odyssée ; permets-moi de reprendre haleine un instant... Ces souvenirs me brisent le cœur... Passe-moi un *panatelas*.

Comment j'ai fait mon chemin en fort peu de temps dans la littérature parisienne, tu le devines, ô Bil-

boquet! à présent que tu commences à être au courant
des coulisses et des dessous de cartes du métier.

Une femme qui sait jouer un peu de ce grand et
merveilleux instrument aux mille ficelles qu'on appelle la publicité a tant de ressources et de moyens
de se produire !

Et comme elle mérite bien d'être aimée, il faut
voir avec quelle supériorité de fantaisie elle traite les
choses de cœur et de sentiment !

Un monsieur quelconque qu'elle n'a jamais vu a
l'air de lui plaire en passant. Elle pourrait lui faire
l'œil tout bonnement; mais elle préfère lui écrire et
lui envoyer par la poste un échantillon de son beau
style :

« Mon cher monsieur, je n'ai pas le plaisir de vous
connaître, mais je suis folle de vous ; je suis convain-
cue que vous devez être mon idéal. Je vous attends
ce soir à minuit; j'aurai eu le soin d'accorder ma
lyre. Apportez vos pantoufles. »

Mais, comme il est convenu que je suis une femme
de génie, d'immensément de talent, que j'abhorre la
société, je suis parfaitement dans mon droit en écrivant le lendemain à ce même monsieur :

« Vous êtes mon cauchemar !

« Vous saurez qu'en vous invitant à passer chez
moi, c'est tout simplement un essai que j'avais voulu

faire. J'ai un cœur desséché et dans l'état le plus co-
mateux.

« Je vous ai pris comme médicament moral, pour
voir si vous pourriez me réveiller. Vous avez trompé
indignement mon espoir. Ne remettez jamais les pieds
chez moi. Passez ce soir sous mon balcon, je vous
jetterai vos pantoufles... »

Mais c'est surtout dans les détails du métier qu'il
faut voir comme je sais manœuvrer! Il n'y a rien au
monde comme un bas bleu célèbre pour savoir faire
ses affaires, comme nous disons en termes de coulisse.

La critique, hargneuse et cruelle pour d'autres, représente pour nous un chemin parsemé de roses et
de jonquilles ; nous avons tant de moyens de séduction, de captation, au besoin même d'intimidation !

Si le critique hostile est jeune et fraîchement éclos
à la publicité, nous le prenons avec lui sur le ton le
plus hautain :

« Il faut avouer, jeune homme, que vous êtes un
fier galopin ! Attaquer le livre d'une femme d'un immense talent, qui ne vous a jamais fait de mal !
Quelle jouissance éprouvez-vous donc à flétrir nos
gloires ?... Vous n'obtiendrez jamais de votre vie ni
un sourire de femme, ni un article dans un journal
propre. Allez, vous n'êtes qu'un vil insecte ! »

Si au contraire le critique en vaut la peine et jouit

d'une certaine prépondérance, nous changeons de gamme, nous ne menaçons pas, nous pleurons. Nous lui parlons de sa mère, de sa sœur.

Nous n'avons rien à lui refuser d'ailleurs; l'ingrat ! il le sait bien. Ce n'est certes pas lui que nous songerions à lancer par la fenêtre du désenchantement !

Les éditeurs, qui sont en général pourvus d'une certaine dose de sottise et de fatuité, nous recherchent, publient les œuvres des bas bleus de préférence à celles de leur sexe. Quand on édite une femme, il semble qu'on soit au mieux avec elle. C'est une manière indirecte d'afficher ses bonnes fortunes.

Tu t'étonnes, ô Bilboquet ! que je me sois imposée au public, qu'une foule de gobe-mouches crient à l'heure qu'il est que j'ai un immense talent sans avoir jamais lu une ligne de moi?...

Viens chez moi, tu verras de jeunes pontifes de l'art, des poëtes incompris, des sigisbées pleins de style, exclusivement occupés à cirer mes brodequins, à aller acheter mes bougies, mon savon, mon sucre et mes briquets phosphoriques.

O toute puissance du bas bleu moderne ! Heureuses, cent fois heureuses les organisations de femmes qui ont eu le courage d'accepter franchement ce rôle-là ! Quelle belle position sociale elles se font, ces créatures antisociales !

Éloa, ayant fumé silencieusement pendant un certain temps, reprit la parole en ces termes :

— Tu dois comprendre maintenant, mon cher Bilboquet, ce que je suis et quelle sorte de concours je suis capable d'apporter à ton journal.

J'ai beau être une femme de désenchantement et d'imagination, je suis en même temps une créature on ne peut plus positive.

J'ai une lyre sonore et des inspirations à perte de vue, ce qui ne m'empêche pas d'avoir la fibre de l'addition excessivement développée.

Voici donc ce que je te propose :

J'ai en bas une voiture à deux chevaux; cette voiture contient un de mes romans : c'est un genre tout à fait nouveau que je veux introduire en France, une production qui tient à la fois de l'épique, du lyrique, du rustique, du philosophique, du fantastique et du philanthropique, un roman à émotions navrantes et à paysages intimes.

Je ne te parle pas du style ni des détails, mais je crois entre nous qu'il n'y aura jamais rien eu de plus sublime, ni dans les psaumes, ni dans l'antiquité, ni dans Ossian, ni dans Orphée, ni dans Milton, Virgile et Dante.

Brouille - moi tous ces hommes-là ensemble, confonds-les dans une même omelette, et tu n'auras encore qu'une très-faible idée de la saveur de mon nouveau chef-d'œuvre.

Il faut donc que tu te décides tout de suite à me livrer, pour deux ou trois ans seulement, le feuilleton du *Monumental*. Renvoie tout ton monde, débarrasse-toi de toute cette tourbe d'écrivassiers de cinquième et

de sixième étage qui remplissent tes numéros ; donne-
moi un bon coup de balai à tous ces inconnus, qui, du
reste, comprendront eux-mêmes, s'ils ont du sens,
la nécessité de plier bagage devant un talent aussi
énorme que le mien.

Tu sais que, les feuilletons ne vivant absolument
que par les noms, il ne s'agit pas du tout qu'un ouvrage ait un mérite quelconque ; il faut seulement
qu'il soit bien signé.

Avoir le droit de faire avaler impunément au public
toutes sortes d'indignes platitudes, de remplissages,
de balivernes et de vieux papiers, c'est ce qu'on appelle avoir un beau nom en littérature.

Quant à la question d'argent, je veux la traiter
d'une façon très-large, comme avec un ancien ami.

Tu me payeras mon roman la moindre des choses :
un château, une mine d'argent, ou cinquante mille
livres de rentes, à ton choix.

Ainsi, c'est une affaire convenue, cher ami ; je te
donne la préférence sur les cent cinquante éditeurs et
publicateurs qui sont suspendus à mon pied de biche
et se disputent ce nouveau fruit de mes veilles. Je
vais faire signe à mon cocher et à mon groom pour
qu'ils montent le manuscrit.

Comprenant alors que cette créature sublime était
dans l'intention de me tirer une carotte gigantesque,
j'ai fait un appel vigoureux à toute ma présence d'esprit ; je lui ai demandé de vouloir bien m'accorder la
parole quelques instants.

— Éloa, lui ai-je dit, vous êtes certainement une

femme d'un talent effrayant et qui entendez admirablement les affaires ; mais il m'est impossible de souscrire aux propositions que vous me faites.

J'ai des engagements ultérieurs, chère amie ; mes cartons regorgent de rédaction. Et puis j'ai des actionnaires, beaucoup d'actionnaires hommes du monde, qui tiennent infiniment à tartiner pour leur propre compte.

Que diraient-ils, juste ciel ! s'ils savaient que j'ai consenti à laisser aliéner le *Monumental*, fût-ce même pour insérer l'*Iliade* et l'*Odyssée* de ce brave Homère ?...

— Bilboquet, parlons net ! Est-ce que tu songerais à refuser mon œuvre ?

— Je ne la refuse pas, chère amie ; seulement j'en ajourne indéfiniment l'acceptation.

— Ce qui s'appelle, dans la langue française, un refus net et formel...

— Ne confondons pas le refus poli, enveloppé, comme qui dirait la réception à correction dans les théâtres ; ce qui veut dire que l'auteur est enrichi d'un nouvel ours.

— Trève d'équivoques et de mauvaises facéties, Bilboquet ! Refuser mon œuvre !... Je ne suis qu'une faible femme, mais, quand on m'offense dans ma rédaction, je suis capable de tout, et il me pousse des griffes... Est-ce bien ton dernier mot ?...

— Tout à fait.

— Eh bien ! alors, je change de gamme ; je ne commande plus, je n'exige plus, je prie : j'attaque la note du lyrisme et de la sensibilité...

Prends mon roman, Bilboquet, prends-le, ce fruit doré de mes pensées et de mes rêves.

Tiens! veux-tu que je pleure? Tiens! veux-tu que je m'arrache mes cheveux de femme, que je me roule à tes pieds? Oh! souviens-toi, souviens toi!...

N'est-ce pas que c'est une chose bien touchante et bien triste qu'une femme qui prie et s'incline comme le roseau aux pieds d'un rédacteur en chef?...

Prends mon roman, Bilboquet : c'est la nature entière qui te le demande et te l'impose ; c'est la brise amère du pays natal, c'est le clocher du village, c'est le petit sentier incliné vers la mare où coulent tant de jolis petits ruisseaux ; ce sont tous les échos, les paysans et les faunes de mes bois et de mon département.

Prends mon roman, Bilboquet : c'est l'Italie qui t'en conjure; l'Italie, ma brune esclave et ma reine.

C'est Venise, qui m'a bercée sur ses lagunes ; c'est Bologne avec ses mortadelles; c'est Naples avec son macaroni : l'Italie si belle, la contrée où fleurissent les citronniers de la librairie, les articles, les caprices littéraires, les romans qui n'en finissent jamais.

Prends mon roman, Bilboquet ; vois à quoi tu t'exposes en le refusant ! Songe à tout l'univers qui a les yeux sur toi ! Songe au mont Sinaï, à la trompette du jugement dernier !... Songe au soleil! songe à la lune! songe à tout !

Oh ! quand je n'aurais plus qu'un dernier souffle

dans l'âme, qu'une dernière note dans le larynx, ce serait pour te crier encore une fois de tous mes poumons, comme dans les drames inventés par M. Harel : « Oh ! prends mon roman ! prends mon roman ! »

Malgré tout ce qu'Éloa pouvait me dire, je restais boutonné jusqu'au menton ; j'avais pris mon parti. Je me suis contenté de murmurer de nouveau que les exigences de mes actionnaires...

— Toujours ses actionnaires ! voyez s'il sortira de là ! Il n'a que ce mot-là à la bouche : « Mes actionnaires ! » Brute ! Vandale ! crétin ! vil esclave du capital !

Regardez-le ! a-t-il eu l'air de s'émouvoir un instant à toute la littérature que j'ai fait chatoyer devant lui ? En vain je lui ai prodigué la poésie des souvenirs ! Je lui ai fait de l'ode, du lyrisme numéro un ; le monstre ! il a pris cela pour de la moutarde de Dijon !

Tu verras, ô Bilboquet ! tu verras, dans ta carrière de publiciste, ce que vaut la colère d'un bas-bleu dont on s'est fait un ennemi !

A partir de ce moment, c'est une guerre à mort entre nous ; je ne laisserai pas passer un seul jour sans t'asticoter, sans enfoncer toutes sortes d'épingles dans la croupe de ta position sociale !

J'ai autour de moi des séides, des larbins de l'art et de la couleur : je les déchaînerai contre toi. Je connais des Murillo, des Rubens, des coloristes énormes ; je veux qu'ils badigeonnent sur tous les murs de Paris : « Bilboquet est un âne ; Bilboquet est le dernier des serins ! »

Je connais des compositeurs, des gens qui manient

24.

bien le cuivre; je veux qu'ils viennent jouer du cor, de l'ophicléide, du serpent, des timbales, du tam-tam dans ta maison, près de tes bureaux, pour rendre ton existence, ta rédaction impossibles !...

Je dirai partout, j'imprimerai partout que le *Monumental* est une sentine, le dernier des torchons !...

Va, tu ne m'as pas comprise ! Nous aurions fait de grandes choses ensemble. Nous nous reverrons, c'est dans la loi de nos deux étoiles ; mais tu me payeras cher la couleuvre que tu m'as fait avaler aujourd'hui !...

Après cette entrevue si violente avec Éloa, j'étais resté, pendant un certain laps de temps, dans un état maladif et nerveux.

J'avais compris que tout n'était pas roses dans ce métier de directeur de journal. Pour peu que j'eusse souvent à subir de ces séances de bas-bleus, je pouvais, dès à présent, me commander mon marbre pour le Père-Lachaise.

J'avais la littérature en horreur, les femmes littéraires surtout. Je commençais à comprendre que la femme qui est restée vraiment femme et ne pose pas pour le torse littéraire a bien aussi son mérite.

Elle peut ignorer l'orthographe, c'est vrai; mais du moins elle ne vient pas vous mettre le feuilleton sous la gorge et vous demander l'insertion ou la vie.

# CHAPITRE XIII.

Tandis que je poursuivais ces pensées, mon premier valet de chambre, toujours Chalumeau, entre tout effaré et m'annonce que, bien que j'eusse fait strictement défendre ma porte à toute espèce de physionomies lettrées, un jeune monsieur menaçait de lui sauter aux yeux s'il ne me faisait pas parvenir à l'instant même sa carte de visite.

Je prends la carte : — Cascaret ! Est-il possible ! encore un fragment de mon ancienne existence !

On l'introduit ; je le reconnais tout de suite malgré les années. Il a toujours cet organe en fausset et cette figure de papier mâché qui lui ont valu de si beaux succès dans l'emploi de jeune paillasse.

Je lui ouvre les bras avec une certaine aménité :

— Je crois. Dieu me damne ! que tu avais envie de

me battre froid et de me faire défendre ta porte?...

— Te faire consigner, toi, Cascaret! le pitre des pitres, mon séide, mon disciple chéri, à qui j'ai appris le métier, et que j'ai comblé de tant de taloches quand nous travaillions ensemble à diverses époques, sur la place du Châtelet, aux Champs-Élysées, au boulevard du Temple ! toi, en qualité de queue rouge, et moi d'escamoteur en chef?...

— Chut! silence, Bilboquet! ne réveillons pas ces affreux souvenirs! Depuis que nous nous sommes séparés, j'ai refait moi-même mon éducation...

Je suis devenu une espèce de Pic de la Mirandole, j'ai fréquenté les cours de la Bibliothèque, j'ai visité les États-Unis, j'ai pioché une foule de questions graves, j'ai déjà composé plusieurs brochures, des mémoires pour des compagnies d'actionnaires, des discours pour messieurs les députés...

— Tu es donc homme de lettres?...

— Du tout, je suis homme sérieux : j'écris, c'est vrai, mais je ne veux pas que personne s'avise jamais de m'appliquer ce titre frivole d'homme de lettres, qui vous bouche complétement l'arène politique. J'aspire à gouverner l'État !

C'est difficile, attendu que nous sommes en France au moins trois ou quatre millions de jeunes gens qui aspirons tous à gouverner l'État; mais, quand on a eu comme moi des commencements difficiles, on doit montrer de la persévérance et de l'énergie...

J'ai donc su dernièrement que tu étais à la tête du *Monumental* : c'est bien crème fouettée, mon bon...

Pourtant, comme je me trouve avoir pour l'instant des loisirs, et très-peu de finances, je veux bien con-descendre jusqu'à te proposer quelques hautes appré-ciations politiques qui pourront me pousser dans les combinaisons ministérielles futures... Une simple question... Combien payes-tu ?...

— Écoute, Cascaret, avec un autre que toi, avec lequel je n'aurais pas eu d'anciennes relations, je pour-rais recourir à des circonlocutions et à des échappa-toires officiels ; mais, avec toi, je veux aller ronde-ment et franchement..., pas de phrases... Tu veux entrer dans la rédaction pour avoir quelque chance de dîner quelquefois ?...

— C'est vrai...

— Eh bien, je te dirai que toutes les places sont pri-ses : j'ai tant de rédacteurs ordinaires, extraordinaires et surnuméraires, que je n'ai absolument qu'un seul emploi à t'offrir...

— Lequel?...

— Celui de critique étiolé...

— Qu'entends-tu par ces paroles?...

— Le critique étiolé, cher ami, est un jeune homme bâti à peu près comme toi, qui a ton teint, ton profil, chétif, blafard ; il se destine aussi à gouverner la France.

C'est lui que j'emploie quand j'ai à faire faire, sous le voile de l'anonyme, quelque éreintement bien dés-agréable, bien incongru, un ami, un parent ou un ancien collaborateur à broyer sous le pilon de la cri-tique.

On est exposé nécessairement à accrocher de la part des tempéraments vindicatifs quelques-unes de ces apostrophes comme tu savais si bien en recevoir autrefois à la face du soleil. On est très-peu payé, mais c'est de l'argent sûr...

Seulement, je dois te prévenir que, dans la profession de critique étiolé, on meurt très-vite ; c'est comme pour les fabricants de blanc de zinc : en voilà trois ou quatre qui me meurent entre les mains depuis quelques mois.

Est-ce l'atmosphère de nos bureaux, est-ce l'idée de bonheur, de gloire qu'on attache à un si doux métier ?... C'est ce que je ne te dirai pas.

Du reste, ceci n'est qu'un détail : sois sobre, tâche d'éviter les vapeurs délétères de l'absinthe et du fiel que tu seras obligé de broyer sous mon influence et à mon commandement, et je pense que tu vivras...

— Eh quoi ! me répond Cascaret, après tant d'années de séparation, avec ce noble cœur et cette intelligence cultivée que je te rapporte, voilà ce que tu oses me proposer ! Un éreintement obscur, mesquin, qu'il faudra sans doute diriger contre des hommes de rien, des romanciers, des faiseurs de poésie. Ah ! fi !...

Si c'était un éreintement en grand que tu me proposes, s'il s'agissait de percer le cœur et l'existence de personnages haut placés, couverts de l'estime générale, je ne dis pas : j'ai reçu dans ma vie trop de coups de pied pour ne pas désirer en rendre quelques-uns aux gens placés au-dessus de moi. Et puis cela peut mener à quelque chose ; on peut voir là un avenir.

Mais de la petite escarmouche, de l'éreintement occulte, ah ! fi encore une fois !

Tu as voulu me ravaler, je le vois, parce que tu comprends que je suis un homme sérieux, parce que tu crains que je ne te fasse tôt ou tard concurrence.

Tu te crois un homme important, ô Bilboquet ! eh bien, c'est moi qui te le dis, malgré tes hautes prétentions, tu n'es qu'un fantaisiste !

Ainsi donc, à l'apogée du succès, me voici à la tête de deux ennemis puissants, une petite canaille prétentieuse et un bas-bleu célèbre !

— Que vous êtes heureux d'avoir des ennemis ! me disait Gobichon, qui m'entendait gémir tout bas.

Gobichon, le courtier d'affaires, le tripotier universel, qui vise à être député, industriel en grand, et qui vient consulter le livre des adresses dans les bureaux du *Monumental* pour avoir l'air d'être de la rédaction.

Qui est-ce qui ne connaît pas Gobichon ? Nous le retrouverons plus tard : il fera son chemin si la police correctionnelle ne lui rogne pas les ailes.

C'est égal, j'ai pour l'instant en horreur la publicité, la littérature, les livres, la copie ; il me faut un autre horizon, d'autres aspects. J'étouffe dans le cadre d'un journal.

Ces tiraillements, ces luttes, ces petits duels de

chaque jour avec les amours-propres les plus monstrueux du monde, tout cela m'use, me fatigue; j'ai
besoin de rafraîchir un peu mes poumons et mes pensées par l'aspect des arbres et de la haute société.

Je dis donc à mon cocher (j'ai un cocher, parole
d'honneur!), je lui dis de me diriger vers le bois de
Boulogne.

Comme je détournais l'avenue Charles X, une voiture d'assez bon genre s'arrête près de la mienne.
Tout à coup une femme baisse la portière, jette son
voile de côté et me fait un signe de la main.

— Renvoie tout de suite ton affreux berlingot à
l'écurie, monte dans le mien; j'éprouve le besoin de
faire avec toi le tour du bois, comme nous disons
dans la haute...

— Est-il possible, est-ce bien toi que je retrouve
dans cette calèche toute rayonnante de toilette?... Toi,
la perle des perles, la sirène des sirènes, l'incom-
parable Atala!...

— Écoute, Bilboquet, n'es-tu pas de mon avis? Je
trouve qu'il n'y a rien de plus assommant, quand on
se rencontre au bout d'un certain nombre d'années,
de se dire pendant des heures entières: « Te souviens-tu? te rappelles-tu? te remémores-tu?... »

Eh! oui, grosse bête, je me souviens... J'ai fait
la parade, c'est connu; j'ai avalé des cailloux, je ne
m'en cache pas, surtout avec toi, ce qui ne m'empêche
pas d'avoir voiture et un mobilier énorme avec
écuries et remises...

Je t'aperçois, je crois que le moment est venu

d'essayer de faire ensemble de la collaboration et de mélanger un peu les ficelles de nos deux existences...

Je suis toujours, malgré ma nouvelle reliure, l'Atala d'autrefois, le cœur sur la main, pas poseuse, avec le même entrain, le même désir de galvaniser un peu à mon tour le genre humain, qui m'a fièrement embêtée dans mon jeune âge...

— Atala, avant de nous engager plus avant, une seule question : As-tu un protecteur?...

— J'en ai dix, mon cher, vingt, trente, si tu veux.

Comment, gros arriéré que tu es! tu en es à t'informer si une femme telle que moi a ou n'a pas un vieux monsieur généreux avec des besicles en or, qui lui prend son cœur et toutes ses soirées pour la bagatelle de quelques centaines de francs par mois, sans compter les étrennes, les cadeaux et les parapluies d'extra qu'elle est obligée d'enlever à la pointe du sentiment.

Allons donc, d'où sors-tu, mon vieux paillasse? tout cela c'est de l'histoire on ne peut plus ancienne, c'est de l'académie... Regarde-moi bien en face... Quel âge me donnes-tu?...

— Atala, cette question m'embarrasse...

— Allons, ne rêve pas aux rébus... J'ai vingt-sept ans, j'ai cinquante ans, j'ai dix-neuf ans, j'ai seize ans, j'ai trente-neuf ans. l'âge que tu voudras, je suis jeune le matin, vieille à midi, plus jeune que jamais le soir... Voilà pour le physique!...

Ah! tu ne sais pas ce dont est capable une femme

I.                                                     25

qui se sent un certain avenir et qui a commencé dans le monde par avaler des cailloux...

Je ne veux pas te promener dans le labyrinthe nécessairement assommant de mes aventures depuis que nous nous sommes perdus de vue... Est-ce qu'il y a encore des aventures dans cette vie?... Est-ce qu'il y a du nouveau, est-ce que tout n'est pas usé, connu, trituré, éreinté?... Prends-tu du tabac, ma vieille?...

— Toujours, ai-je dit en enfonçant mes doigts dans une tabatière en cristal de roche qu'Atala me présentait.

— Je prise seulement entre camarades, entends-tu? Quand je suis dans le monde, je m'en prive...

Tu sauras donc (rassure-toi derechef, je ne te ferai pas longtemps de la copie), tu sauras donc que lorsque nous nous sommes séparés, j'ai joué la tragédie, mon cher, à la banlieue, rien que cela, en compagnie de M. Beauvallet, aujourd'hui membre de la Comédie-française...

Avons-nous hurlé, Dieu!... Cela m'a donné de la littérature. De tous les rôles que j'ai appris ou que j'ai dû apprendre par cœur, il ne m'est absolument resté que les quatre vers suivants, que le même M. Beauvallet faisait ronfler d'une façon un peu *chouettarde*.

Nous sommes seuls :

>                         — Écoute.
> Je suis ambitieux; tout homme l'est, sans doute;
> Mais jamais roi, pontife, ou chef, ou citoyen,
> Ne conçut un projet aussi grand que le mien.

J'ai donc conçu un projet, ô Bilboquet ! et je le crois suffisamment élaboré. Tu peux m'aider à le réaliser avec la position que tu occupes aujourd'hui. Sans cela, crois-tu donc que je me serais avisée de t'accoster? J'aurais fait comme je fais depuis plusieurs années, je serais passée à côté de toi sans avoir l'air de te reconnaître. Je suis bonne fille, mais toujours cabotine en diable ! Je ne fais jamais d'avance à personne sans que cela me rapporte...

Mais est-ce que tu ne trouves pas que ce tas de poussière qu'on appelle le bois de Boulogne est aujourd'hui plus assommant que jamais ?

Rentrons, nous dînerons ensemble... Tu peux bien quitter pour une demi-journée ton éteignoir de journal.

Si j'étais romancier, je serais nécessairement tapissier et je vous décrirais en détail l'intérieur d'Atala.

Ma phrase s'immiscerait dans les coussins de tous ses fauteuils, compterait les clous de ses moindres tabourets, serpenterait autour des draperies, des portières, des rosaces. Vous auriez au moins cinq ou six chapitres de tapisseries, d'étoffes, de câbles, de torsades, de bâtons dorés. Je ferais ce que nous appelons de la littérature de commissaire-priseur.

Si j'étais romancier, je serais nécessairement jardinier-fleuriste.

J'aurais donc à vous expliquer en détail les jardinières et les serres chaudes d'Atala. Je consacrerais plusieurs autres chapitres aux orchidées, aux azalées, aux bananiers, aux lataniers, aux cannes à sucre, aux strélizas, aux ficus noirâtres, aux fougères du Cap, aux lotus du Nil aux grandes fleurs d'azur, etc...

Quand j'aurais épuisé tout le règne végétal connu, j'inventerais des fleurs, des plantes difficiles, impossibles, je trouverais des roses cochinchinoises, allobroges, carthaginoises ; je ferais, en un mot, de la copie à l'horticulture, ou, si vous aimez mieux pour que le mot y soit, de la *copi-culture*.

Mais je ne suis pas romancier, je ne suis qu'un homme de souvenir et de vérité. Je me borne donc à vous dire que l'intérieur d'Atala répondait entièrement à ce que je m'étais figuré : un mélange de magnificence et d'extrême laisser-aller ; — des bocaux de cornichons sur des dressoirs de Boule. Nous avons bu du vin bleu dans des coupes d'or.

— Entrons en matière, me dit Atala après s'être versé un verre du vieux cassis de la folichonnerie ; tu veux être quelque chose, beaucoup de chose, et moi aussi ! tu veux gouverner le monde, et moi aussi ! Nous nous comprenons.

Il me faut une position immense, un avenir Balthazar... Je trouve que j'ai assez avalé de cailloux comme ça...

Tu as déjà établi des bases, tu t'es accroché à la littérature, à l'administration, à la politique, au théâtre, c'est bien ; mais ce n'est pas tout.

Que feras-tu avec ton vieux journal, qui dans six mois peut-être n'existera plus, ou paraîtra plus triste et plus suranné qu'une jeune première de la haute comédie, si dès à présent tu ne corrobores pas cette influence par une autre influence bien autrement importante et forte dans ce siècle de la famille et de la morale?... Je veux parler de la femme entretenue.

Veux-tu que nous accaparions toutes les femmes galantes de Paris; que nous ayons à notre disposition tout leur pouvoir, tout leur prestige ; que les plus huppées ne soient plus sous notre main que comme des instruments et des poupées à ressorts dont nous ferons jouer toutes les œillades?...

Tu sais sans doute que quelques livres et quelques beaux esprits ont dernièrement inventé une noüvelle espèce ou plutôt une nouvelle étiquette de femmes excessivement ingénieuse.

On a tiré le nom de certaines femmes galantes d'un quartier de Paris très-élégant, du reste, qui porte à présent le même nom que ces dames.

C'est fort agréable, par parenthèse, pour les propriétaires, qui se trouvent avoir ainsi des façades qui raccrochent et des portes-cochères qui font l'œil. Certes, on peut bien dire de ceux-là qu'ils ont pignon sur rue !

Ces femmes donc, remplies d'actualité et qui laissent si loin derrière elles la vieille courtisane de nos pères, on les appelle des lorettes.

C'est un titre qui me parait destiné à vieillir; on le changera, je crois, pour en adopter d'autres. En attendant, il fait fureur.

Plusieurs lorettes exercent un grand empire. Quel-

25.

ques-unes jouent la femme honnête à ravir : d'autres
sont au théâtre.

Les mieux posées ont déjà des intérieurs délirants,
des tentures roses, des lits roses, des rideaux roses,
des toilettes roses. Les logements sont grands comme
la main, mais on peut les développer.

Je ne crois pas que la société puisse tenir devant
les lorettes.

Malheureusement, elles vivent toutes à l'état de
concurrence et d'isolement ; elles n'ont pas le moindre
esprit de corps.

Elles passent leur vie entière à se débiner mutuel-
lement, à se faire un tort considérable, moralement
ou plutôt physiquement parlant. De là leur faiblesse,
leur impuissance relative.

Si on pouvait avoir à soi toutes les lorettes de France,
les soumettre, comme un bataillon bien discipliné, à
une même attaque, à une même marche, subordon-
ner leur ascendant, tout ce que leur individualité représente à la volonté d'un chef unique ; qu'en dirais-
tu, ô Bilboquet ! comme aurait pu dire M. Beauvallet,
mon ex-camarade.

Mais que vois-je? Ton sourcil se fronce, parce que
tu as aujourd'hui une chaîne de montre et de bonnes
connaissances ; tu crains que ta bonne, ta noble
Atala, ne t'entraîne dans quelque saleté. Un mot vol-
tige sur tes lèvres : — Entremetteuse! dis-tu malgré
toi.

Eh! mon ami, vois donc les choses d'une façon

un peu plus large ! Entremetteuse ! Tout le monde l'est ici-bas, plus ou moins.

Le diplomate qui met les puissances en rapport, — le banquier qui met en relation l'homme qui a trop d'argent avec celui qui n'en a pas assez, — le notaire qui met le jeune homme courageux en rapport avec la jeune fille qui a une belle dot et une bosse dans le dos ; — tout ce monde-là, mon cher, entremetteur, pas autre chose !

Tu me diras peut-être que le but diffère, que les conséquences ne sont pas les mêmes : j'en conviens. Mais aussi, qu'est-ce que je te propose ?

Est-ce par hasard de nous rapprocher en quoi que soit de ces sorcières qui louent un cabinet garni pour vendre, à d'infâmes canailles de vieux débauchés, de pauvres innocentes qui meurent d'inanition ? C'est de l'ancien régime, ça, c'est du Rétif de la Bretonne !

Est-ce que c'est la même chose, dis-moi, d'exercer d'une façon honteuse et mesquine, ou bien splendidement sur un vrai théâtre ?

Nous ne vendons personne ; d'ailleurs, nous opérons sur des ventes déjà faites. Nous développons une grande industrie. La justice n'a pas le plus petit mot à nous dire.

La lorette, aujourd'hui, est encore dans l'enfance ; elle est généralement dépourvue de littérature ; tu peux lui en fournir, toi, Bilboquet, par tes relations.

Songe donc à tout ce qu'on pourrait faire avec la lorette cultivée, frottée de style, bien supérieure, en cela comme en tant d'autres choses, à beaucoup de

femmes honnêtes qui ne mettent pas même l'orthographe.

Tu as sous la main une foule de jeunes littérateurs
inoccupés dont tu ne sais que faire; utilise-les : ceux qui
ont du physique et qui se lavent les mains, fais-en
des amants de cœur.

Invente le feuilletoniste-Bréda, le secrétaire de la
rédaction de ces dames, le jeune homme qui écrit leurs
lettres d'amour, leur fait des mots pour les raouts et
soupers, et devient ainsi leur bichon de lettres, le
*King-Charles* de leurs pensées.

Vois quelles proportions peut prendre notre industrie !

Nous fournissons le souper en tous genres, le souper calme ou orageux, avec ou sans arrosement sur
les passants.

Nous fournissons l'orgie, l'orgie complète avec dés
pipés et cartes biseautées à l'usage des provinciaux et
des étrangers candides.

Nous avons la lorette pour tous les âges, toutes les
conditions de la société.

Nous avons la lorette mystérieuse et non compro-
mettante, celle qui est destinée à l'homme établi, au
riche commerçant, qui a de bons exemples à donner
à sa famille ;

La lorette au vin de Champagne pour les hommes
d'imagination qui mâchent des cure-dents devant la
Maison-d'Or ;

La lorette au cidre de Normandie pour les gens

qui croient encore aux gants de peau de lapin et à la Frétillon de Béranger ;

La lorette d'avant-scène pour les coulissiers qui veulent avoir l'air d'être au parquet ;

La lorette majestueuse ou canaille, la Vénus de Milo ou mademoiselle Mousqueton.

Enfin, la lorette philosophique, parlementaire, celle qui lit le journal et qui fait la phrase ; cette dernière se rapproche nécessairement de l'espèce bas bleu.

Grâce à cette association si puissante, nous rayonnons partout ; nous pouvons modifier, influencer à notre gré tous les intérieurs, toutes les familles, les gouvernements eux-mêmes, oui, les gouvernements.

Un petit peuple quelconque, gouverné par un bon vieux roi, veut faire renvoyer son ministre d'Etat, changer un cabinet qui le gêne dans ses entournures; il écrit à notre maison :—Une favorite, s'il vous plaît!..

Elles sont rares aujourd'hui, on n'en trouve guère depuis la décadence de la poudre.

C'est égal, nous en inventons une ; nous découvrons une fantaisie très-accentuée, une cravache quelconque, nous la mettons à la main de la première venue.

Nous disons à cette femme ou à cette cravache, si tu aimes mieux :

« Va faire une révolution, frappe en pleine figure tous les membres du ministère, le chancelier, le ministre des finances, de la guerre, de la justice ; frappe tout le monde ; l'Europe entière en rira beaucoup.

« On ne sait pas où cela peut te conduire; d'ailleurs,
on a vu des rois épouser des cravaches. »

Voilà mon plan, Bilboquet, tu dois en voir toute la
portée, si tu as, comme tu le prétends, la bosse de la
politique. Jamais deux êtres s'entendant bien, en-
lacés comme nous devons l'être, n'auront eu dans
les mains un pareil levier pour battre en brèche les
fortifications de la vieille société, et y pénétrer par
toutes les ouvertures possibles.

Seulement, faut-il te l'avouer? Une seule chose
m'inquiète et me chiffonne: un de ces petits détails,
mesquins en apparence, mais qui suffisent souvent
pour arrêter dans sa course la locomotive du succès.

Cet obstacle, c'est une nièce à moi, Marie Billou,
une fille de rien, jolie comme les anges, mais opi-
niâtre comme tous les démons. Je l'ai fait élever avec
toute sorte de tendresse et de soins, j'espérais qu'elle
me ferait honneur un jour; je la considérais comme
un morceau d'ambassadeur, de boyard russe ou même
de tête couronnée.

Eh bien, mon cher ami, croirais-tu qu'elle me
résiste et me tient tête? Elle est amoureuse, sentimentale.

Elle veut maintenir et ressusciter le sentiment dans
un siècle où il est absolument mort!; c'est très-
dangereux!

En vain tout me sourit; en vain je me sens richement meublée, avec un crédit illimité devant moi,
j'ai un malaise dans le cœur, une pierre dans mon

soulier, un cauchemar dans ma vie : cette nièce à laquelle je pense à tout instant malgré moi !...

— Rassure-toi, mon Atala, dis-je aussitôt à mon ancienne camarade. Nous viendrons bien à bout de cet obstacle, qu'on appelle l'innocence d'une enfant qui ne veut pas être une femme vendue, précisément parce qu'elle n'en voit que de pareilles autour d'elle... Je connais ce type-là... Quant à ton projet, tu as raison de dire qu'il est énorme ; je m'y rallie de toutes les fibres de mon intelligence.

Oui, nous pouvons faire de grandes choses ensemble, ô Atala ! cette alliance de la femme galante et de l'intelligence actuelle doit tout révolutionner, tout soulever.

Achète donc une foule de bougies du Phénix et ouvre tes salons, peuple-les de femmes... je m'engage, de mon côté, à y insérer tout ce que Paris possède de plus rutilant dans les arts, la politique, les lettres, la philosophie et tout le tremblement !...

Seulement, tu ne peux plus t'appeler Atala... Fais choix d'un pseudonyme...

— J'avais pensé à madame de Saint-Hugène, mais c'est trop *Délassements-Comiques*... Si je m'appelais tout simplement *Polymnie?*... Non, les noms allemands sont très-bien portés pour l'instant, je m'appellerai la baronne de Gerolstein...

— Va pour la baronne de Gerolstein !... Ce nom est littéraire et a en même temps un satané parfum de diplomatie qui sourit à ma pensée !...

# CHAPITRE XIV.

Avant de passer à l'exécution du plan neuf et hardi
qu'Atala, dite baronne de Gerolstein, venait de dé-
rouler à mes yeux, j'avais à faire des études nécessaires, à jeter un coup d'œil consciencieux sur certaines pages de la vie parisienne que je n'avais encore
fait, jusqu'à présent, qu'effleurer en amateur ; je
veux parler des tables d'hôte, ou, comme on disait au
commencement de la monarchie de Juillet, des *maisons à parties.*

Les hommes qui portent aujourd'hui le toupet mécanique de la gravité doivent se souvenir encore à
présent de ce qu'étaient ces maisons ; réunions fantastiques et pittoresques, curieux répertoire de tableaux de mœurs, d'originaux de toute espèce, de
personnages les plus variés.

Ces salons excentriques représentaient une ébauche mesquine et grossière de l'établissement de haute exploitation, de haute intrigue, de haute volupté politique et littéraire que nous avions en vue. C'était le germe de l'idée qu'il s'agissait de faire éclore.

Moi qui devais être l'impulsion, l'inspiration de la chose, tout en restant derrière le rideau, bien entendu, j'avais à braquer mon binocle d'homme supérieur sur ces cercles où l'on retrouve tous les gens ruinés de Paris et de provinces, des débauchés, jeunes ou décrépits, tous les vieux fous qui courent après les femmes entretenues; des étrangers de plus ou moins de distinction, des hommes de lettres échevelés, des vaudevillistes voués à l'industrie, des artistes qui venaient étudier des types de lorette pour s'exercer à faire les portraits des femmes du monde, une foule de nymphes célèbres, comme nous les appelions encore alors; des déesses qui nous arrivaient avec des robes de velours, coiffées de marabouts, et qui, maintenant, peut-être, vendent des oranges à la porte de l'Ambigu.

Je les regrette, je l'avoue, ces excellentes tables d'hôte, où la jeunesse française allait étudier les belles manières et la haute galanterie. C'était vraiment animé, mouvementé, et puis c'était un vrai centre.

Vous n'aviez pas comme aujourd'hui la lorette potbouille; la femme entretenue à l'état d'isolement qui reste chez elle à manger des côtelettes de porc frais pendant six mois pour s'économiser une pelisse d'hermine. On dînait tous les jours hors de chez soi, au soleil, en famille. Les jolies femmes de Paris, les femmes

I. 26

les mieux entretenues, n'avaient pas de mobilier de chez Monbro ; mais, en revanche, elles avaient des mots. de la gaieté, de l'entrain. Où est aujourd'hui la lorette Paul de Kock ?

A l'époque dont je parle, c'est-à-dire il y a quelque vingt ans, la France était encore ébranlée jusque dans ses fondements, à la suite d'une révolution récente : les mœurs, les idées, n'avaient pas repris tout leur aplomb ; les diverses classes de la société étaient plus ou moins mélangées, enchevêtrées les unes dans les autres. Il existait donc un grand nombre de tables d'hôte à Paris.

Il y en avait rue d'Amboise, rue d'Artois, rue Lepelletier, rue Feydeau, sur la partie la plus confortable des boulevards, dans ces rues à part qui serpentent autour des flancs voluptueux du faubourg Montmartre.

C'était, disons-le franchement, un peu une imitation de la grande et belle institution de Frascati : Frascati ! Dieu ! quelle perte !...

On jouait comme à Frascati, mais sur une plus petite échelle ; il y avait des essaims de femmes qui vous souriaient quand le sort vous favorisait, vous jetaient à la tête des déclarations d'amour, des guirlandes de roses. et vous empruntaient *six francs cinquante* avant d'aller se coucher. C'était intime, concentré ; un mélange d'étalage et de débine incroyable. Tout le monde se connaissait dans les maisons à parties ; on arrivait très-vite à se tutoyer.

On dînait, autant qu'il m'en souvient. dans les environs de six heures. La table était généralement présidée par une grosse femme comme les vieux dessins d'Henry Monnier vous la représentent : — Falstaff en douillette épinard, une toque en velours, des bagues (quelles bagues !) à tous les doigts, des anneaux de fer-blanc aux oreilles, trois mentons et un carlin qui dînait plus ou moins à table avec tout le monde ; la lorette ayant eu des malheurs et pesant cent soixante-dix : — voilà l'ancienne directrice de table d'hôte.

Beaucoup de jeunes gens, très-élégants, se rendaient à ces symposium bras-dessus, bras-dessous avec leurs maîtresses en titre. On finissait par les connaître sous le nom de ces mêmes maîtresses dont ils portaient les couleurs et le nom de baptême comme sous les Croisades. Nous avions *monsieur* Olympe, *monsieur* Virginie, *monsieur* Pauline, *monsieur* Folichonnette, etc.

Comme c'était agréable pour les pères de famille qui voulaient faire de leurs fils des hommes posés, qui se figuraient que ces mêmes fils vivaient à Paris enfoncés dans la haute société, les soirées de magistrats, les bibliothèques de l'École de droit. Ils arrivaient chez le concierge, ces pauvres bonshommes de Quimper-Corentin : « Monsieur un tel ? — Vous voulez dire *monsieur* Paquita... Il y a trois jours qu'il n'est rentré chez elle ; si vous voulez prendre la peine de repasser... » — N'avoir qu'un fils unique et retrouver une Andalouse !

J'ai connu dans les tables d'hôte le major, le vrai major, celui dont on vous a tant parlé dans les pièces

de théâtre. Il a existé, je l'atteste, je l'ai vu fonction-
ner bien des fois. C'était tout à fait l'homme que vous
savez, ayant fait toutes les guerres de l'Empire, toujours avec le même habit noir, les favoris peints en
bleu, le nez coquelicot, décoré comme soixante mille
hommes, et faisant filer la carte.

Nous avions aussi le monsieur d'un certain âge, le
compère, le chatouilleur de la table d'hôte, celui qui
se chargeait d'alimenter la conversation de traits d'esprit et de faire circuler les cornichons.

Je le vois encore se penchant, vers le milieu du dîner, du côté de la maîtresse de la maison, pour lui
dire avec un aplomb de gentilhomme : « Par la
sambleu ! madame de Saint-Ernest, il faut avouer que
vous nous gâtez !... Non, vrai, on ne comprend pas
que vous puissiez donner des dîners aussi incroyables
pour une somme aussi modique... Tout cela est d'un
copieux, d'un choisi !... »

Dînait-on dans les anciennes tables d'hôte? — Je
ne saurais trop dire : j'y venais pour observer et non
pour manger. Tout ce que je puis assurer, c'est qu'on
y consommait considérablement de salade.

Nous avions des femmes de tous les âges et de
tous les formats, depuis quinze ans jusqu'à soixante.
On dansait dans les grands jours. Le flambeau rap-
portait à la maison beaucoup plus que le dîner. L'é-
carté était nécessairement défrayé par une foule de
prestidigitateurs du premier mérite.

Nous avions des actrices de Chantereine qui nous
offraient tous les soirs des loges pour leurs bénéfices,

des rats de l'Opéra qui commençaient à pointer, des femmes en pain d'épice qui avaient vu le Directoire et joué la tragédie avec Talma, des joueurs de tous les étages, des revendeuses à la toilette devenues rentières, d'anciennes tireuses de cartes retirées des affaires ; au milieu de ce curieux pêle-mêle, des gens à peu près comme il faut qui venaient là s'encanailler, s'abrutir, par désœuvrement ou par habitude.

Une fois qu'on avait respiré cette atmosphère des maisons à parties, il était bien difficile d'en sortir. On s'incorporait dans l'air, dans le mobilier ; impossible de supporter le contact d'un autre monde ; on était là comme le reptile dans l'alcool.

Que de singuliers originaux j'ai notés au passage ! Les gens qui disent qu'il n'y a plus ni émotion, ni hasard, ni fièvre, ni comédie dans les mœurs d'à présent, n'ont jamais vécu dans ces tripots intimes, où l'on voyait passer sous ses yeux toutes les guenilles, tous les oripeaux de l'existence parisienne.

Quelquefois, pour varier nos plaisirs, nous avions les petits drames sombres de la maison, qui nous passaient devant les yeux et qu'on oubliait si vite. Les impressions ne sont pas de longue durée dans ce monde mobile et bariolé de tant d'incidents.

Il m'est resté dans l'esprit l'histoire d'un jeune homme que je me souvenais d'avoir vu dans plusieurs de ces maisons que je fréquentais dans ce temps-là.

Un soir où une de ces dames donnait chez elle un bal par souscription, le salon était à peu près vide,

26.

nous nous trouvions deux ou trois personnes seulement autour de la cheminée.

Gringalet entra, en sa qualité d'homme sérieux il
fréquentait aussi les maisons à parties. Il avait connu
le jeune homme dont on venait de prononcer le nom.
Il nous raconta ce qui suit :

### HISTOIRE DE HENRI FAVREUX.

Vous l'avez vu tous les soirs ici, messieurs, il y a
quelque temps ; c'était, comme vous savez, un jeune
homme très-gracieux et très-ironique, qui n'avait jamais pu parvenir à se gâter tout à fait dans ce monde
de fripons, d'aventuriers, de chevaliers d'industrie et
de filles entretenues que nous avons l'honneur de
fréquenter.

On sentait dans toutes ses paroles, ses démarches,
une espèce de sentiment de moquerie et même de
mépris de lui-même.

Quand il se mettait à la table de bouillote ou d'é-
carté, devant une de ces figures de vieux joueurs,
râpés, décrépits, qui ressemblent à une colonne de
la *Gazette des Tribunaux*, on voyait se dessiner sur sa
figure la phrase suivante :

« Faut-il en être réduit-là ! »

C'est triste, en effet, de vivre d'une pareille existence, quand on a vingt-cinq ans à peine, une figure
des plus intéressantes, de la distinction dans toute sa
personne, et qu'on appartient à une famille honorable,

qui n'a rien fait assurément pour voir trainer son nom
dans de sales égouts.

Que voulez-vous? une fois qu'on a mis le pied
dans cette existence-là, il devient bien difficile de retourner en arrière. On s'apprivoise de cœur et d'habitude avec ces femmes dont on fait sa société intime;
on devient de degré en degré l'*amant de table d'hôte*.

Ce titre-là indique que l'on fait le tour des femmes
galantes qui font avec vous non pas du métier, mais du
sentiment. N'est-ce pas en effet très-flatteur de pouvoir se dire qu'on est aimé de ces femmes qui sont
censées ne plus rien aimer dans ce monde?

Elles ne manquent pas de vous dire toutes qu'elles
font une exception en votre faveur; âmes de trafic et
de billets de banque pour tous les autres, pour vous seul
âmes de passion et de dévouement. Vous leur refaites
des illusions, des croyances. Que de fièvres, d'im-
prévu, de poésie, dans ces liaisons-là, si remplies
d'incidents, de catastrophes! La littérature d'ailleurs
n'est-elle pas là pour les soutenir? Voyez le théâtre!
Voyez la Tisbe, Marion Delorme, et tant d'autres
courtisanes célèbres que les poëtes d'aujourd'hui ont
mises à la mode. La dixième muse, c'est une femme
entretenue.

Il arrive souvent que la maîtresse que vous avez
quittée s'injurie, se bat publiquement, en pleine table
d'hôte, avec celle qui est en train de vous ruiner. Vous
êtes le prix de la joute.

N'est-ce pas un beau spectacle pour un homme de
cœur de voir deux malheureuses filles ajouter à tout

ce que leur situation a, par elle-même, de triste et de dégradant, des scènes de halles et de mauvais lieux, les plus tristes frénésies de cette démence qu'on est convenu d'appeler de l'amour à part?

Tout cela, parce que vous êtes un jeune homme excessivement aimable, que les femmes s'arrachent et veulent aimer toutes à la fois. Pourquoi ne vous joueraient-elles pas en cinq points à l'écarté?

Cet Henri Favreux, si intéressant, a donc eu l'insigne honneur d'être successivement l'amant de toutes ces dames que nous voyons se réunir ici chaque soir. Ces boudoirs qui ne s'ouvrent pour les autres qu'avec la clef d'or, il y pénètre lui, avec la clef du cœur. Pour peu qu'il ait des instincts de fatuité, il peut se faire de grandes illusions sur lui-même, se considérer comme un mortel d'une autre essence que les autres, qui n'a absolument qu'à se baisser pour ramasser des bonnes fortunes. Henri Favreux n'a pas cette gloriole-là.

Il dit à qui veut l'entendre que la seule manière honorable et vraiment agréable de posséder les femmes qui sont à vendre, c'est de les payer. Le reste n'est au fond que honte et déboire.

On conçoit, en effet, qu'il soit assez peu attrayant et poétique d'être forcé de se dire, lorsqu'on est en tête à tête avec sa maîtresse, qu'on est chez un autre homme, qu'on foule ses tapis, qu'on respire ses fleurs, qu'on froisse ses coussins. On sonne à la porte, — c'est lui, c'est *monsieur!* s'écrie la camériste effrayée. On a reconnu son coup de sonnette, qui vient vous dire à haute voix : — Sortez de chez moi, braconnier, maraudeur, contrebandier! Vous êtes en train de me voler ma maîtresse, qui sait si vous respecteriez mon portefeuille?

Heureux lorsque la femme de vos rêves ne vous claquemure pas précipitamment dans le placard du mystère avec les pantoufles, les vieux châles et les vieux manchons! Vous entrez par le salon, vous sortez par la cuisine. On a même vu des amants de cœur qui sortaient par la fenêtre.

Ce pauvre Henri est le fils d'un employé supérieur dans un des ministères, mort depuis deux ans, et qui dépensait annuellement le produit de sa place.

Beaucoup de gens qui n'ont rien que leurs revenus sont plus riches à Paris que ceux qui ont quelque chose, par la raison qu'ils ne songent pas à faire de réserves, ni d'économies. C'était ainsi qu'avait vécu le père d'Henri; il idôlatrait son fils et lui permettait de satisfaire ses goûts bien au delà de ce que lui permettait sa position. Les dépenses d'un fils unique, c'est le luxe d'un père idolâtre.

En mourant, M. Favreux fut bien obligé de faire savoir à son fils qu'il ne laissait à sa mère que le strict nécessaire. C'était à lui à lutter avec courage dans la vie, et à se créer une position digne et sérieuse.

Il lui serra la main une dernière fois, et s'éteignit plein d'espoir et d'illusion, comme tant d'excellents pères qui se figurent qu'il suffit d'affectionner un fils à l'excès pour en faire un honnête homme.

Henri, dont le cœur était aimant et sensible, se rapprocha de sa mère et résolut de changer entièrement de vie. Pendant les premiers temps qui suivirent la mort de son père, on ne le vit plus dans les tables d'hôte, les bals publics, les loges de théâtre; il était devenu ce qu'on appelle un jeune homme rangé.

Malheureusement cette conversion ne fut pas de longue durée. Il aurait fallu qu'il se mariât pour se transformer tout à fait.

Mais mariez-vous donc, inspirez donc de la confiance à une famille honorable, quand vous n'avez à lui offrir pour toutes garanties qu'une fâcheuse notoriété dans un monde équivoque, des habitudes de jeu, de plaisir, de dépenses, une suite de liaisons qu'il est toujours fort à craindre de voir survivre à la consommation du mariage!

Henri revint insensiblement à ses anciens goûts. Il ne fit d'abord que quelques apparitions assez rares dans les tripots qu'il fréquentait autrefois, et seulement soi-disant pour voir d'anciens amis qu'il ne voulait pas perdre entièrement de vue. Mais bientôt il y séjourna davantage, il se remit à jouer, de ce jeu chétif et léthargique où l'on ne trouve même pas les vraies émotions, les leçons terribles du jeu en grand, qui a du moins le mérite de vous tuer quelquefois.

Les femmes galantes sont comme vous savez tout ce qu'il y a de plus flatteur au monde quand elles veulent s'en donner la peine. Elles font au besoin toutes les avances, elles mettent sans cesse leur amour-propre sous leurs pieds; de là, leur immense supériorité sur les autres femmes.

Henri était soi-disant l'homme nécessaire des réu-

nions. On lui persuada que tout était triste, languis-
sant, depuis sa retraite; c'était à qui lui sourirait, lui
prodiguerait de ces avances et de ces attentions gra-
cieuses auxquelles on ne résiste guère, à moins d'avoir
un caractère de bronze et de rocher; or ces carac-
tères-là ne fréquentent guère les maisons à parties.

Au bout d'un mois, Henri était plus que jamais en-
raciné, accoquiné dans les tables d'hôte. Il avait repris son ancien genre de vie, tout en se disant tous les
jours que demain ou après-demain, au plus tard, il en
changerait.

C'est toujours ainsi que les choses se passent quand
on fréquente ce monde étrange; on n'y vient que par
occasion, par hasard; on n'y est jamais que sur un
pied provisoire, et ce provisoire-là dure souvent
toute la vie.

De toutes les femmes dont on parle et qui sont ca-
pables de faire faire des folies à un homme, Juliette
Desgranges est certainement la plus séduisante et la
plus vraiment belle.

Vous l'avez vue, messieurs, vous connaissez son
air, sa figure, sa taille de duchesse; vous la voyez
quand elle marche, quand elle sourit, quand elle
regarde!

On se demande comment il se fait que les femmes
galantes ont tant de prestige et exercent dans le monde
un pouvoir si considérable, tout caché qu'il est?
Venez les voir, vous qui en parlez si souvent sans les
connaître! Jugez vous-mêmes de cet amas de perfec-
tions, de grâces et de détails vraiment divins que la

nature s'est plu à rassembler sur quelques-unes de ces créatures d'élite !

Juliette, qui tient à conserver un certain quant-à-soi au milieu des autres femmes ses pareilles, avait toujours jusqu'à présent traité Henri Favreux avec une sorte de froideur et même de répugnance marquée.

Précisément parce qu'il passait pour un homme réfléchi et universellement idolâtré, elle tenait à avoir l'air d'en faire fi, et ne voulait pas, comme elle disait en employant le terme consacré, avoir le *reste* de toutes les autres femmes.

Cependant, lorsque Henri fit ce qu'on peut appeler sa rentrée dans le monde des tables d'hôte, après la mort de son père, Juliette changea entièrement de manières avec lui.

Elle devint gracieuse, elle lui fit plusieurs avances très-marquées, probablement parce qu'elle le voyait accablé, désenchanté de tout. Rien ne monte l'imagination d'une femme comme ces apparences-là. Je tiens tous ces détails de Henri lui-même, avec lequel je me suis trouvé lié par hasard, et qui n'a pas cru devoir user de réticences dans les aveux qu'il m'a faits.

Un soir, c'était chez la Chamarant, qui ouvrait son salon pour la première fois, Juliette s'approcha de lui et lui lança à l'oreille les mots suivants : « Tout à l'heure, chez moi, rue Saint-Georges ; j'ai à vous parler. »

C'était, comme vous voyez, une déclaration d'amour faite à bout portant. Juliette était ce soir-là plus belle et plus gracieuse que jamais.

Henri sortit de chez la Chamarant, et se dit ce qu'on se dit toujours en pareil cas : « Irai-je? N'irai-je pas?... » On délibère pour la forme seulement, car on sait très-bien d'avance qu'on ira, malgré tout ce que la conscience ou la raison peuvent vous dire.

Il trouva Juliette qui avait déjà quitté sa robe de velours pour prendre un de ces délicieux peignoirs en mousseline claire qui sont la ceinture de Vénus de la lorette moderne.

Elle était somptueusement meublée, comme il s'y attendait, et même entourée de plus de goût et de recherche que n'en ont ordinairement les femmes galantes dans leur intérieur.

— Écoutez, Juliette, dit Henri dès qu'il fut assis près d'elle, je veux que vous sachiez tout de suite à quoi vous en tenir sur mon compte. Du vivant de mon père, j'avais assez d'argent pour satisfaire à beaucoup de mes fantaisies, ce qui a pu faire illusion à vous comme à tant d'autres.

Depuis que mon père est mort, j'ai reconnu que je n'avais rien au monde que les ressources de l'éducation qu'il a bien voulu me donner... Ma mère a tout au plus de quoi se suffire à elle-même... Voilà ma position en deux mots... Permettez-moi de prendre congé de vous.

Rappelez-vous bien, jeunes gens, que rien n'est plus dangereux que de faire de l'épanchement dans aucun cas avec une femme entretenue : non pas qu'elle soit tentée d'abuser de vos secrets : il faut dire la vérité, elles sont en général sûres et discrètes pour les choses qu'on leur confie.

Mais, du jour où elles sont maîtresses de quelques-uns de vos chagrins, de vos supplices d'amour-propre, de famille ou de position, vous ne savez pas quelles armes vous leur donnez contre vous.

Elles s'emparent de ce chagrin, elles en font le leur propre ; elles jouent à ravir de ce sensible instrument que vous leur avez livré. Elles se souviennent, s'attendrissent, pleurent avec vous... Quand une fois une femme a pleuré avec vous, allez donc vous séparer d'elle !...

— Je ne sais pourquoi, répondit Juliette à Henri, vous me parlez de votre position de fortune. Je vois que vous vous êtes entièrement mépris sur mes intentions en vous attirant ici ; cela m'étonne, en vérité, de la part d'un homme de distinction et d'esprit comme vous...

Je vous vois depuis quelque temps triste, abattu ; j'ai tenu à connaître la cause de vos peines... J'ai pensé que nous serions mieux ici pour causer que dans le salon de la Chamarant, où l'on fait tant de bruit et où l'on rencontre tant d'affreuses figures...

Vous avez cru sans doute que l'intérêt, le calcul, me guidaient... Ah ! je n'oublierai jamais ce qui s'est passé entre vous et moi aujourd'hui ! Adieu, monsieur ; vous m'avez fait beaucoup de mal...

Henri se retirait lentement en balbutiant quelques mots d'excuse.

— Écoutez, dit Juliette en ôtant tout à coup son mouchoir qu'elle tenait appuyé sur ses yeux d'un air de désespoir, cette vie que je mène m'est odieuse ; si je n'ai pas quelqu'un qui m'aime, à qui je puisse faire partager tout ce qu'il y a en moi d'affection, d'attachement vrai, je suis décidée à en finir... Tous les hommes que je vois se figurent comme vous que je ne songe qu'à l'argent, parce que j'ai été quelquefois forcée de me vendre... L'argent ! mais je le méprise ! mais je l'ai en exécration !... Dieu ! si on savait ce que ce mot-là me fait endurer ! Adieu, Henri, adieu pour jamais ! Cette nuit sera la dernière de ma vie !...

Vous savez ce que veut dire, en style de femme entretenue, cet adieu suivi de menaces de mort ; cela veut dire, dans cette douce langue de l'amour qui a tant de nuances et de ressources :

« Reste, reste près de moi ! Je t'aime : ne songeons qu'au moment présent !... Si tu m'aimais, il me semble que je deviendrais moins méprisable : tu ferais de moi presque une honnête femme ; tu me rendrais des illusions, des croyances que je n'ai plus... »

Qui donc aurait le courage d'abandonner à son désespoir une créature si divinement belle, plus belle encore dans l'abandon et les larmes qu'au milieu des prestiges du plaisir et des fêtes ?

Henri resta chez Juliette, non pas la nuit seulement, mais huit jours entiers ; — ces huit jours, qui passent comme un instant et pendant lesquels on oublie tout ce qui existe sur la terre ; où l'on ne pense, ne respire, n'existe absolument que l'un par l'autre.

Pendant ces huit jours d'ivresse, qui sont le paradis d'une liaison, la femme entretenue devient véritablement une honnête femme. Elle ferme sa porte à tout le monde. Elle déchire, en éclatant de rire, des billets où des généraux russes lui offrent des écrins, des chevaux, toute une fortune, quelquefois même leurs mains... Elle ne sait plus, ne connait plus qu'une seule chose au monde : c'est qu'elle aime à la folie un être qu'elle se figure devoir aimer jusqu'à la fin de ses jours.

Quant à l'amant même le plus pauvre, le plus dénué de toutes ressources, demandez-lui comment il se fait que pendant ces huit jours il se trouve aussi riche qu'on peut l'être à Paris, dans un temps donné ? Il a du jour au lendemain une voiture, les plus belles loges d'avant-scène à tous les théâtres, le cabinet le plus délicieux à tous les restaurants, des fleurs, des bagatelles charmantes, des bijoux qui naissent autour de lui comme au frottement de la lampe d'Aladin.

Tout cela vient, se trouve, sans qu'on sache comment. L'amour qui commence a un éclat qui n'est qu'à lui, un luxe improvisé, le seul vrai luxe qui vient comme un songe et s'évanouit malheureusement de même.

Ce fut seulement au bout de ces huit jours qu'Henri commença à se réveiller, et crut apercevoir un matin un léger nuage d'inquiétude sur le front de Juliette.

— Je veux absolument savoir ce qui te tourmente.

lui dit-il, tu me dois tous tes secrets, puisque je t'ai confié tous les miens…

— Je n'ai rien, absolument rien, mon ami, répondit Juliette.

Mais le ton dont elle disait cela indiquait clairement qu'elle était très-tourmentée, très-inquiète.

Elle avait dans sa main un papier à demi chiffonné qu'Henri tenait absolument à voir.

Il voulut s'en emparer; elle résista, la lutte se prolongea quelques minutes. Enfin, il resta le maître du papier qu'il s'empressa d'ouvrir… C'était un protêt pour un billet de deux cents francs, souscrit au tapissier qui avait fourni ce nid délicieux de palissandre et de velours.

— N'est-ce que cela qui te tourmente, ma Juliette? s'écria Henri dans un mouvement d'élan, donne, donne, c'est moi que cela regarde!…

Juliette fit quelque résistance, mais Henri avait le papier dans les mains et ne voulait pas le lâcher. Il en resta possesseur et descendit aussitôt.

Une fois dehors, il s'avisa de regarder dans sa poche. Il en était à sa dernière pièce de cinq francs; c'est la suite bien naturelle d'une semaine passée tout entière en fêtes, en promenades, en plaisirs de toute espèce.

Il avait épuisé à peu près tous ses amis, les riches et les pauvres. On ne trouve d'ailleurs à emprunter que dans des limites fort restreintes, lorsqu'on n'a d'autre argument à faire valoir, près de ses intimes, que celui-ci : « J'ai une maîtresse, mon cher, qui

27.

me coûte les yeux de la tête et me fait faire toutes sortes de folies…»

Sa mère était la seule ressource sérieuse sur laquelle il pût compter. Il n'hésita pas à lui demander les deux cents francs pour l'acquittement des billets du tapissier. Il prit un prétexte : un ami qu'il avait à tirer d'embarras, mais qui le rembourserait fidèlement sous peu de jours.

Madame Favreux ne fit pas de difficulté pour remettre à son fils la somme qu'il lui demandait. C'est du reste ce qu'il y a de plus politique et de plus sensé à faire en pareille circonstance.

Ce fils a du cœur ou il n'en a pas.

S'il a du cœur, il comprendra le sacrifice qu'une mère vient de faire en sa faveur et s'arrangera pour ne pas renouveler de telles demandes et pour acquitter bien vite la dette sacrée qu'il vient de contracter. — S'il n'en a pas, un refus ne ferait que l'irriter, le plonger peut-être plus avant dans le désordre ; il sera toujours temps, si le cas se représentait, de recourir à la résistance et au refus.

Cependant, le billet du tapissier avait été à peine soldé, qu'un autre billet un peu plus considérable avait paru à l'horizon dans l'intérieur de Juliette.

Cette fois, elle y mit un peu moins de ménagement et de mystère. Elle eut le soin d'annoncer d'avance à Henri le jour de l'échéance, pour qu'il eût à se mettre en mesure Cette annonce du billet était accompagnée de la formule de rigueur :

— Tu sais, mon ami, si cela te gênait ?…

Henri fut obligé de s'adresser plusieurs fois de suite à sa mère, qui se trouvait avoir placé entre les mains d'un notaire le peu qu'elle possédait. Madame Favreux continua à satisfaire aux demandes de son fils sans lui faire d'observations.

Il est inutile sans doute de vous dire que Juliette se gardait bien de dévoiler aux yeux de Henri toute l'étendue de sa situation financière.

Le billet en souffrance était toujours le dernier des derniers. Elle expliquait ses moyens d'existence par une rente annuelle que lui faisait un de ses anciens adorateurs, ce qui suffirait pour la faire vivre si elle parvenait, une fois pour toutes, à s'affranchir de ces maudits billets.

Henri lutta autant qu'il put, il emprunta non-seulement à sa mère, mais à d'autres personnes encore. Il comprit qu'il n'avait plus qu'à laisser aller les choses et à fermer les yeux sur l'abîme ouvert devant lui.

Quel reproche sérieux pouvait-il adresser à Juliette? Elle vivait en s'imposant des privations qu'elle n'eût pas eu certainement à supporter si elle ne se fût pas attachée à lui.

— Crois-tu donc que je serais aux prises avec ces embarras-là, lui disait-elle souvent, si je ne tenais pas à te rester fidèle?...

Une femme entretenue n'emploie jamais impunément un pareil argument auprès de l'homme dont elle est parvenue à s'emparer. On ne songe pas qu'elle en dit probablement autant à toutes les personnes qu'elle voit. — On finit par ne plus trouver, dans les demandes

d'argent qu'elle vous adresse, que des gages de dévouement, de tendresse, des préférences toutes particulières, et on arrive insensiblement à mettre pour
elle au mont-de-piété son dernier bijou et son dernier
gilet.

Henri en était là depuis un certain temps. Il espé-
rait toujours avoir atteint le moment où Juliette lui
annoncerait enfin qu'elle était sortie à tout jamais de
ce qu'elle appelait ses *inquiétudes*.

Un jour, il venait de rentrer depuis une heure à peu
près dans le petit appartement qu'il occupait dans le
faubourg Saint-Germain, au-dessus de celui de sa
mère. Il se trouvait dans une de ces crises d'accable-
ment et de tristesse plus fréquentes qu'on ne croit
dans ces sortes de liaisons.

Si amoureux ou si endurci qu'on soit, on ne peut
s'empêcher de faire un retour sur soi-même et de se
demander où l'on va, quelle sera l'issue d'une passion
qui vous pousse au hasard dans une route fatale dont
on n'ose envisager le terme.

Cette femme qui vous domine au point de ne plus
vous laisser la disposition d'aucune de vos pensées,
il y a des moments où on la hait, où on ne peut s'empêcher de la maudire....

On sent qu'elle vous perd, qu'elle étouffe en vous
jour par jour jusqu'aux derniers germes d'énergie et
de dignité, et pourtant on l'aime malgré tout, on ne
sait que faire jusqu'au moment où on doit la revoir.
On mord sa chaîne avec rage et on l'embrasse en
même temps avec frénésie.

Henri fut arraché brusquement à ses pensées par
un coup de sonnette qui le fit tressaillir. — Serait-ce
Juliette qui vient le surprendre comme elle faisait autrefois, quelques instants à peine après s'être séparée
de lui?...

Ce n'était que la femme de chambre; elle lui remit le billet suivant :

  « Cher ami,

  « Il me faut absolument pour aujourd'hui deux
mille francs dont j'ai le plus impérieux besoin; ne reviens que lorsque tu les auras trouvés.

                    « Ta JULIETTE... »

Henri bondit avec fureur; — il descend aussitôt,
s'élance dans la première voiture qui passe; au bout
de quelques instants, il était près d'elle.

  — Mais je suis à bout de tout, je n'ai plus rien, j'ai
épuisé toutes mes ressources...

  — Eh bien! cher ami, emprunte.

  — Emprunter! Mais à qui, bon Dieu! Voilà plusieurs mois que j'emprunte pour vous en désespéré,
que je lasse mes amis de mes demandes, que je multi-
plie autour de moi les engagements les plus insensés...
Vous m'aviez dit que tout était fini, que vous n'auriez
plus recours à moi...

  — Écoutez, Henri, les moments sont trop précieux
pour entamer une scène. Il me faut ces deux mille
francs aujourd'hui, vous m'entendez... Dites-moi net-

tement que je n'ai pas à compter sur vous, j'écris tout de suite au prince Morakin, qui me fait la cour...

— Juliette...

— Eh bien ! cher ami ?...

— Juliette !... — Oh ! non, tenez, vous n'êtes pas sérieuse, vous vous moquez de moi cruellement...

— Je suis très-sérieuse... lisez plutôt...

Juliette prit dans la cheminée un billet cacheté qu'elle fit voir à Henri. Celui-ci resta quelques instants confondu, atterré comme un homme qui n'a plus sa raison. Il laissa tomber le billet par terre; Juliette s'empressa de le ramasser.

— Et elle disait, murmura Henri en poussant un sanglot, que je l'avais réhabilitée ; elle m'a forcé à croire en elle !...

— Que veux-tu ? ce n'est pas pour son plaisir qu'une femme fait de ces choses-là... Si tu en souffres, crois-tu que je n'en souffre pas aussi ? Mais il y a dans la vie de ces nécessités auxquelles il faut bien céder malgré soi... Allons, ne te monte pas la tête, donne-moi ta main... Je puis attendre jusqu'à ce soir... Tu peux bien me trouver cette somme-là... Ce sera la dernière que je te demanderai, vrai !... Tu as tant d'intelligence, tant d'activité... Pars, mets-toi en campagne, tu verras que tu ne seras pas plutôt dehors qu'il te viendra des inspirations magnifiques... Je le déteste, cet affreux Morakin... Vieux Cosaque, va !... N'est-ce pas, Henri, j'aurai ce soir mes deux mille ancs ?...

— Oui, Juliette, vous les aurez...

— Ah! j'étais bien sûre que tu ne laisserais pas ta Juliette dans l'embarras pour une misère... Viens, mon ange, que je te relève tes cheveux... A six heures, n'est-ce pas?... Tu prendras un perdreau rouge chez Potel.

Henri sortit de chez Juliette beaucoup plus calme qu'il n'était entré.

La femme positive et pratique qui existe toujours sous l'épiderme de la femme galante ne s'était jamais dévoilée à lui avec aussi peu de mystère. Il se crut détaché de Juliette, et fit serment de ne plus la revoir.

Serments toujours funestes et qui portent malheur en amour, parce qu'on est bien sûr d'avance de ne pas les tenir... Est-ce qu'on est jamais libre de fixer le jour et la minute où l'on ne verra plus celle que depuis longtemps déjà on s'est accoutumé à voir à tous les instants?

Si vous voulez rompre sérieusement avec une femme, ne vous le dites pas surtout, ou sinon craignez d'être à ses genoux une heure à peine après que vous lui aurez dit en vous-même un adieu éternel. On ne rompt jamais une liaison soi-même; c'est le hasard ou plutôt une autre liaison qui se charge de cela.

Henri, une fois rentré chez lui, ne put résister longtemps à l'idée d'être à jamais séparé de Juliette.

Les conditions odieuses qu'elle lui avait faites s'étaient en partie effacées de son esprit. Il n'avait en lui qu'une seule pensée, l'arracher de l'abîme où elle était sur le point de tomber, l'empêcher de conclure un pacte honteux, de devenir la dernière des femmes en se jetant, sous l'empire d'une nécessité d'argent, à la tête du premier venu.

Pauvre garçon ! il se faisait, comme tous les jeunes amants, une femme à l'image de ses rêves, avec du cœur, de l'énergie, une répugnance sérieuse pour une existence de honte, tout ce que démentaient les sentiments de Juliette.

— Allons, se dit-il dans un mouvement de résolution désespéré, une dernière tentative ; si je réussis, si je puis lui obtenir ce qu'elle me demande, c'est pour le coup que je serai dans le cas de rompre avec elle... de ne plus m'occuper de ce qu'elle deviendra...

Il descendit chez sa vieille mère, qu'il trouva occupée à travailler comme d'habitude près de sa fenêtre. Madame Favreux ne sortait guère de chez elle ; elle marchait avec difficulté et ne pouvait faire même une courte promenade sans le secours d'un bras.

Il y avait bien longtemps déjà que son fils ne lui avait offert de la conduire au Luxembourg, et, comme elle le voyait toujours très-préoccupé, cherchant à abréger autant que possible les rares visites qu'il lui faisait, elle évitait de lui parler de la tristesse de son isolement, de sa santé qui s'affaiblissait chaque jour, ni de lui dire un mot qui pût avoir l'air d'un reproche.

— Ma bonne mère, dit Henri en entrant, pardonne-moi d'avoir à t'entretenir encore une fois de mes vilaines affaires... Il s'agit cette fois de me créer une position fixe, honorable... On me demande pour m'attacher à une banque particulière que l'on vient de fonder, un versement de deux mille francs...

— Mon fils, interrompit la vieille dame avec un mélange de douceur et de gravité, épargne-toi la triste nécessité de mentir devant moi... Je connais l'emploi de toutes les sommes que tu m'as demandées depuis quelques temps... J'ai fait solliciter l'autorisation d'entrer dans la maison de refuge de Sainte-Perrine, à Chaillot... Je suis sûre d'avoir un asile pour le peu de temps que j'ai encore à vivre... Il me reste juste la somme dont tu as besoin ; je savais que tu allais me la demander, je l'ai mise de côté exprès pour toi, prends...

— Ma mère, s'écria Henri, en reculant devant les billets que la vieille dame lui présentait, je ne sais comment m'expliquer ce que vous me dites... Est-ce que vous soupçonneriez?...

— Je ne veux pas te laisser plus longtemps dans le doute, mon pauvre enfant, reprit madame Favreux, l'existence que tu mènes doit te causer assez de chagrin, sans que j'aie à y rien ajouter... Lis cette lettre, que j'ai reçue ce matin : tu verras toi-même que tu n'as plus à chercher de détours avec moi...

Henri prit d'une main tremblante une lettre décachetée que sa mère venait d'ouvrir devant lui. Il lut ce qui suit :

« Madame,

« Je n'ai pas l'honneur d'être connue de vous ;

mais, comme je sais que vous êtes la bonté même, je suis sûre que vous ne prendrez pas ma démarche en mauvaise part. Ma liaison avec votre fils n'étant plus un mystère pour personne, je pense bien que vous n'êtes pas sans en être informée. J'ai eu plusieurs fois à faire à Henri des demandes d'argent pour lesquelles je sais qu'il a eu à recourir à vous. J'ai l'intention de m'adresser aujourd'hui à lui pour une somme de deux mille francs dont je ne puis absolument pas me passer. Je comprends que si vous vous décidiez à remettre à votre fils cette nouvelle somme, il vous faudrait des garanties. Je m'engage donc, madame, foi d'honnête fille, non-seulement à ne plus rien demander à Henri à l'avenir, mais même à lui faire fermer rigoureusement ma porte, ce qui ne me sera pas bien difficile, attendu qu'il ne m'inspire plus la moindre affection depuis longtemps... Vous verrez, madame, si je suis une fille de parole.

« Votre dévouée,

« JULIETTE DESGRANGES. »

— Tu vois, mon pauvre Henri, reprit madame Favreux, dans quelles mains tu es tombé... Je prierai Dieu pour qu'il te guérisse de cette fatale liaison, c'est tout ce que je puis te dire...

— Ma mère, s'écria Henri, ma mère, vous m'accablez, vous me...

Il voulait continuer, mais les mots expiraient dans sa bouche ; il était pâle, tremblant.

— L'infâme ! reprit-il, en foulant aux pieds, dans

sa rage, la lettre de Juliette, oser vous mêler à sa honte, à la mienne !... Ma mère, j'ai de bien grands reproches à me faire ; je me suis conduit comme un misérable. Je jure de rompre avec cette femme...

Henri pressa contre ses lèvres les mains de sa mère ; il monta précipitamment chez lui sans écouter le cri qu'elle poussait pour le retenir.

On entendit au bout de quelques secondes l'explosion d'une arme à feu : toutes les personnes qui habitaient la maison accoururent dans l'appartement qu'occupait Henri Favreux. Il avait eu la précaution de s'enfermer avant de lâcher la détente d'un pistolet qu'il avait toujours à côté de lui depuis quelque temps.

On fut obligé d'enfoncer la porte : on ne trouva plus qu'un cadavre étendu sur le carreau. La balle avait emporté tout un côté du visage.

Juliette Desgranges parut avoir une certaine affliction lorsqu'elle apprit la mort de ce jeune homme. Elle est restée quelque temps sans paraître dans les maisons à parties. Il y a huit jours que ce triste événement a eu lieu ; elle essaye de se consoler. C'est elle qui donne ce soir ce bal par souscription qui nous prive de la présence de ces dames...

Arrière donc maintenant, arrière les tripots, les maisons de jeu vulgaires, les cercles de femmes galantes et autres lieux clandestins, dont nous avons vu jusqu'à présent se dessiner les pâles silhouettes !

La baronne de Gerolstein, que je continue à appeler Atala, vient d'ouvrir ses salons magiques dans le centre du vrai Paris, au beau milieu de la rue du Mont-Blanc; tout ce qu'il y a de plus somptueux, incendiaire, un luxe à faire frémir la Guimard; à nous la gloire d'avoir retrouvé le dix-huitième siècle sous le règne de Louis-Philippe!

Vous vous souvenez de cette époque heureuse où tout le monde, en France, était régence plus ou moins : c'était dans les environs de 1832. On soupait chez Gobillard, place de la Bourse; on avalait d'un seul trait une bouteille de champagne; on assiégeait les bals masqués, et quels costumes! quels nez! on y voyait les gens les plus comme il faut : des marquis, des comtes déguisés en chiffonniers.

Vous aviez alors le député grivois, l'orateur de la Chambre qui méditait ses discours sous l'horloge du foyer de l'Opéra; — l'ivrogne littéraire; — le professeur de faculté qui se partageait entre l'enseignement et les coulisses; — l'homme de cour adonné aux dominos et aux pierrettes. — Tous ces personnages, plus ou moins échevelés, dispersés jusqu'alors sur des points divers, devaient naturellement se grouper et se réunir dans la maison d'Atala, qui devint tout de suite le véritable œil-de-bœuf, le bazar modèle de la galanterie, de la littérature et des amours.

J'avais deviné d'avance tout le parti que je pouvais tirer d'un pareil centre, moi, Bilboquet, déjà tout-puissant alors, fermier général du journalisme, directeur de théâtre, industriel en grand; j'aurais bientôt recueilli un monceau de notes et de renseignements utiles sur tous les personnages contemporains.

J'avais ainsi une fenêtre sans cesse ouverte sur les hautes classes de la société : j'étais à même de voir tous les soirs, dans le débraillé de la galanterie, la finance, le barreau, la politique, les arts. J'allais pouvoir mettre sur quelques-uns de nos grands hommes futurs le grappin du plaisir et des petits soupers. Je puis dire que c'est moi qui ai inventé les jouisseurs de l'intelligence.

On n'admettait chez Atala que des femmes de premier choix, des sirènes de haute volée. On y dinait bien : je commençais déjà dans ce temps-là à avoir un certain coup d'œil en fait de cuisine.

Je surveillais le menu indirectement ; je maintiens que, dans les premiers temps, la table était une des meilleures de Paris, sans en excepter le Cercle des ganaches.

C'est dans le salon d'Atala que je fis connaissance avec cet homme si curieux, que je désirais voir depuis longtemps. C'était bien le hasard qui nous avait empêchés de nous rencontrer jusqu'alors, car nous fréquentions le même monde.

Il faudrait n'avoir jamais traversé le boulevard, n'avoir jamais mis le pied à l'Opéra ou dans les cours de danses, pour ne pas connaître, au moins de vue, cet excellent M. Jérôme, qui vivra dans le Panthéon de l'histoire et les tables d'hôtes des Batignolles, sous ce titre, qui lui est si légitimement acquis, de : *Protecteur des rats.*

28.

Je n'avais pas besoin qu'on me le nommât : j'entrais un jour chez Atala avant le dîner. Il y avait devant la cheminée un groupe de diplomates et d'hommes très-respectables.

Au milieu du groupe, un monsieur d'environ cinquante-cinq ans exécutait des jetés battus, des pliés et autres bouffantes, pour expliquer un certain pas que mademoiselle Taglioni, alors dans toute sa gloire, avait manqué dans le ballet de la veille.

— Eh! ce ne peut être que ce bon monsieur Jérôme, me dis-je aussitôt en m'approchant du cercle, le seul homme qui comprenne aujourd'hui la danse en Europe, qui ne voie dans la danseuse moderne que l'esthétique et non le cotillon... Celui-là fait vraiment à l'Opéra de l'art pour l'art, du rat pour le rat...

— C'est vrai, me dit aussitôt M. Jérôme en me tendant la main, j'aime la danse, je ne m'en cache pas, je ne veux pas qu'elle meure en France; elle s'en va malheureusement, elle meurt; je représente ses Thermopyles. Mais nous lutterons, nous vendrons cher notre dernière pirouette...

Là-dessus, M. Jérôme se mit à reprendre sa démonstration et à faire, avec ses propres tibias, la critique de mademoiselle Taglioni et de M. Duponchel.

J'ai appris depuis qu'il avait gagné cinquante ou soixante mille livres de rentes dans je ne sais plus quels bonnets de coton. Comme Amphitryon, comme homme de table et d'hospitalité, c'était bien le plus infâme carotteur que j'aie jamais rencontré dans les avenues de la haute bourgeoisie et de l'élégance.

Au bal masqué, il avait la manie d'inviter à souper tous les gens qu'il voyait sur son chemin. — Vous savez qu'on soupe chez moi après le bal, disait-il au hasard à tous les masques, dominos, pierrots, Robert-Macaire, qui s'agitaient et piaffaient dans les corridors et dans la salle.

Il eût été capable d'inviter le contrôleur, les ouvreuses de loges, le pompier, tous les bustes du foyer, Gluck, Piccini, le père Rameau, Mozart... don Juan, va !

On se trouvait quelquefois cinquante viveurs et beaucoup plus de femmes pour venir *faire la débauche* chez lui, comme on disait au dix-huitième siècle. L'ambigu était maigre : on avait comme comestibles des radis, l'huile et le vinaigre, des mendiants et des ronds de serviette. Que de fois j'ai vu ses convives obligés de descendre chez le charcutier !

A part ses soupers-régence, qui étaient des mystifications souvent cruelles, M. Jérôme avait plusieurs qualités aimables. Il avait surtout la corde de l'enthousiasme, qui est si rare aujourd'hui. Il aimait la danse et le rat avec une audace et une bonne foi dignes d'un autre profil et d'un autre nez. Qui sait? ce sera peut-être le dernier naïf de ce temps-ci.

Jamais, au grand jamais, on ne l'a vu manquer une représentation d'un ballet : toujours sa même stalle à l'orchestre, derrière le manche de la quatrième contrebasse. Il fallait au moins trois employés pour lui apporter sa lorgnette. C'étaient les deux clarinettes de Saint-Sulpice.

Mais aussi il fallait bien qu'il plongeât aussi avant que possible dans la scène pour examiner comment se comportaient les mollets et les cous-de-pied des choryphées et des rats! Quelle attention! Quelle finesse d'aperçus et de binocle! Il ne regardait pas, il dansait lui-même, il frétillait dans sa stalle. C'était la tarentelle assise, la cachucha sur une chaise curule.

Il fallait le voir animer du geste et de la voix ses chers rats, qu'il connaissait par les moindres détails de leur existence.

— Tu te négliges, Boulotte, je t'ai déjà dit que tu manquais de *flou*, ma fille...

— Et Pichenette, là-bas, quelle tenue! Regarde-moi tes bras et tes cous-de-pied! Malheureuse enfant! Songe-donc à ton avenir...

—Quant à toi, Cascarinette, tu sais que je ne te dis plus rien; tu ressembles à une bayadère à peu près comme l'Apollon du Belvédère ressemble à M. Grassot... Et dire que je lui ai prodigué mes leçons!... Va vendre des pommes à la pointe Saint-Eustache, ma fille, va vendre des pommes...

Comme ces diverses interpellations faisaient bon effet, au milieu des ensembles, quand la scène tout entière ruisselait de fleurs, de gazes, de sylphides et de mythologie! — M. Jérôme, abonné de l'Opéra! quelle injustice! C'était l'Opéra qui aurait dû s'abonner à M. Jérôme...

Il fallait le voir chez lui le matin, à l'heure où il donnait ses audiences aux rats. Son salon était un véritable Conservatoire.

Dans l'antichambre, on voyait les mères qui tricotaient et raccommodaient leurs bas de laine, tableau d'intérieur, digne de l'ancienne Grèce, qui rappelait l'*Ulysse* de M. Ponsard.

Dans une autre pièce, vous voyiez M. Jérôme entouré de ses petits agneaux, les dressant, les encourageant :

— En avant deux ! les pieds en dehors, les épaules effacées, la pointe plus inclinée, la jambe gauche beaucoup plus en l'air; plus de moelleux dans les bras, pas tant de sérieux dans la physionomie, du sourire, morbleu ! du sourire !...

M. Jérôme, qui est la seule fibre vraiment chorégraphique de France et de Navarre, a toujours prétendu qu'on prenait les rats beaucoup trop tard.

On attend pour faire prendre le maillot aux petites filles qu'elles aient fait toutes leurs dents et qu'elles soient à peu près formées. Quelle profanation ! C'est quand elles ont deux ou trois ans tout au plus qu'on doit songer à les faire travailler. — Marchent-elles, c'est assez, il faut qu'elles dansent. A nous, Dauberval ! A nous, Vestris ! A nous le menuet, la gavotte, le fandango, la redowa, la pyrrique et la bamboula ! Hourrah ! hourrah ! — Qu'est-ce que la vie ? un corps de ballet. Le rat, c'est l'avenir de l'humanité.

C'est incroyable ce que cet homme a dépensé de fatigues, de soins, d'érudition, couru de dangers réels pour alimenter une noble passion qui devait profiter, non pas à lui directement, mais à d'ingrats direc

teurs qui l'admettaient tout au plus dans leurs coulisses.

Savez-vous bien qu'il a étudié toute l'antiquité, au
point de vue de l'entrechat; qu'il a vécu toute sa vie
avec toutes ces vieilles femmes qu'on oublie si vite
quand on a passé son baccalauréat : Therpsychore,
Atalante, les Dryades, les Hamadryades, et autres
déesses qui représentent le bal Mabille d'Athènes et
de Rome? Personne au monde n'a pioché comme lui
la question des nymphes.

Savez-vous qu'il a fait les plus longs voyages, qu'il
a été au fond de l'Orient, dans les savanes du Canada,
dans les gorges de la Circassie, pour chercher le vrai
type de la femme, le rat modèle, la vraie forme dans
toute sa pureté?

Il a raison : la plastique n'existe plus en Europe.
Où est la rotule? Où est la pâte? Le corset a tout gâté.
Il a voulu implanter en France le rat sculptural, le
rat de Médicis ou de Milo. Le gouvernement lui a-t-il
seulement offert une médaille de dix-huit francs?

J'ai dit qu'il avait couru des dangers, je l'ai dit et
je le maintiens.

Savez-vous que lorsqu'il aperçoit, sur un trottoir
quelconque, une petite fille qui lui paraît avoir de la
désinvolture, il songe aussitôt à la jeter dans la danse ;
c'est plus fort que lui! Rien ne lui coûte pour obtenir
l'agrément de ses chers parents.

C'est la fille d'un charbonnier qui vend des fa-
lourdes, qu'importe? — C'est la Gitana, la Zingara, la
Gipsy, la Péri! Quel avenir! Il ne s'agit que de la

décrasser. Vous verrez, quand on l'aura envoyée à la Samaritaine !

Savez-vous bien que quelquefois l'Auvergnat de père, qui a vu la *Grâce de Dieu* et qui aime à voir lever l'aurore, se fâche tout rouge quand on lui parle de faire entrer dans le corps de ballet *cha fille, cha brava Marthe, chon unique enfant!*..

On en a vu qui brandissaient sur le front de l'infortuné Jérôme le manche à balai de la paternité.

— Che va t'en flanqua, moi, du ballet par la fache... Vieux débaucha ! Vieux chan cœur ! Venir chercha jusqu'à cheu leurs pères les pauvres cheunes innochentes !..

Faites donc de l'art dans la civilisation moderne, lancez-vous donc dans la propagande ! comme on vous accueille, comme on vous comprend !

O siècle prosaïque, siècle des chemins de fer, des Auvergnats, des magasins de confection et des romans à quatre sous! Nous ne sommes plus que vapeur, houille, caoutchouc, restaurant à prix fixe. Vous demandez pourquoi l'élégance et le ballet s'en vont. Ne pas même pouvoir enlever la fille d'un Charabia pour un parc aux cerfs à grand orchestre !

Quelquefois M. Jérôme nous donnait des bals. Les rafraîchissements étaient affreux ; mais, à un signal donné, on éteignait les lumières. Nous voyions un rideau s'ouvrir, puis derrière une gaze mystérieuse des tableaux ravissants, des groupes enchanteurs, des femmes et de petites nymphes aussi décolletées que possible, qui nous exécutaient, sans dire un seul

mot, des odes d'Anacréon, des passages du chevalier
de Parny. C'étaient les ombres chinoises de la
volupté.

Avouez que l'homme qui paye ses contributions et
qui a le courage, au dix-neuvième siècle, d'introduire
les tableaux vivants dans ses dieux pénates, est loin
d'être une organisation ordinaire. Tout le monde était
admis sans distinction pour l'amour de la plastique
et à cause de l'obscurité. On laissait entrer le concierge, les domestiques, les grooms.

Je me souviens encore d'un vieux savant très-grave,
qui demeurait sur le même palier que le protecteur
des rats. Il avait la vue très-basse. Un soir, il se
trompa de porte, il tomba dans un couloir et se trouva
juste derrière un tableau vivant. Il poussa des cris de
paon et voulu faire résilier son bail.

Quelquefois le salon de M. Jérôme se transformait
tout d'un coup en bocage ; on voyait sortir des nymphes de tous les cabinets. — Un autre jour, vous étiez
chez un fleuve ; les rats se présentaient avec des joncs
autour du corps et des couronnes de cresson sur la
tête.

M. Jérôme donnait aussi ce qu'il appelait des
diners politiques. Vous savez qu'il n'y a point de ville
où l'on se laisse aussi facilement inviter qu'à Paris.

J'ai vu à la table de cet immense chorégraphe des
hommes de très-haute volée. Comment se trouvaient-
ils là ? Demandez-le aux mœurs, aux habitudes de ce
siècle.

On dinait, à la rigueur, les jours de diners politiques. Le vin de Champagne était impossible ; mais enfin il circulait.

Je me souviens toujours que, dans ces galas, l'inventif Jérôme imagina un jour de nous faire servir un plat immense, de forme oblongue, qui excita les acclamations de toute l'assemblée. Que pouvait-il donc y avoir sous ce couvercle gigantesque? C'était au moins le turbot de Domitien.

Le couvercle fut ôté, et jugez de l'enthousiasme et de l'étonnement général!... Il y avait sur cet énorme plat une charmante jeune personne dans le costume de Vénus au moment où elle sort du sein des eaux.

Dites que nous n'étions pas Régence, Crébillon fils!

N'est-ce pas quelque chose de merveilleux, d'enchanteur, s'imaginer de faire servir à table, devant vingt-cinq personnes, une jeune fille toute nue sur un plat d'argent! Vivent les rats! vive le corps de ballet! vive la morale! vive M. Jérôme, le Dieu de la danse et de la volupté!

Quelques esprits caillouteux s'aviseront peut-être de demander quel était le rang qu'occupait dans la société cette jeune personne, qui venait de faire son entrée brillante dans le monde sous de si heureux auspices. J'ignore ce détail. Mais, ce que je puis assurer, c'est que les apparences étaient parfaitement sauvées.

La mère n'était pas présente quand on apporta sa fille comme un turbot à la hollandaise devant les

I.                                              29

hommes les plus spirituels de Paris. On lui avait fait une position à part, à cette mère : elle était à la cuisine, occupée à laver la vaisselle.

Vive M. Jérôme, encore une fois ! C'est lui qui élève les rats à la brochette, qui les dresse, les façonne, leur aplanit les alentours de la carrière.

Notez qu'il n'a jamais pris un rat pour son propre compte. Il n'est pas comme ces vieux Lovelaces de l'orchestre, qui font de l'égoïsme à deux, avec les jeunes nymphes, dans les cabinets de Deffieux ou de Paul Broggi, les enlèvent insensiblement au culte de la pirouette pour les jeter dans l'emploi de femmes entretenues, où le rat maigre, étiolé, chétif de sa nature, est à peu près sûr de ne pas réussir.

M. Jérôme invente des rats, mais non pas pour lui, pour le public. C'est là sa spécialité, son titre de gloire; ne l'oubliez pas !

Je demande qu'on fasse quelque chose pour lui, qu'on l'immortalise, qu'on fasse son buste, oui, son buste; pourquoi pas ?

Qu'on le moule, qu'on le sculpte, en terre glaise, en marbre de Paros, en cire à cacheter, en tout ce qu'on voudra ; mais que nous le possédions, qu'il prenne son rang parmi les grands hommes, les grands originaux de ce siècle-ci.

J'ai cru devoir m'arrêter quelque temps sur la physionomie de ce noble Mécène, de ce généreux patron des beaux-arts, que quelques mauvais plaisants se sont plu à défigurer.

Je le regarde, quant à moi, comme un des hommes

qui ont rendu le plus de services aux sensations modernes et au maintien de l'intelligence.

Il est certain que, sans lui, sans ses soins vigilants
et dévoués, le rat serait devenu insensiblement sec et
respectable comme la dame de chœur. On aurait
toléré à l'Opéra le rat mère de famille !

M. Jérôme a lutté courageusement contre cette
invasion de la morale sur les planches qui rendrait
bientôt le théâtre impossible. Tout se moralise aujourd'hui, même les coulisses, qui visent au prix
Monthyon.

Nous avons à présent, à Paris, de soixante à
quatre-vingts amateurs de pirouettes, plus ou moins
gris pommelés, qui ne peuvent se passer de venir
braquer leurs binocles sur un certain nombre de petites filles qui leur parlent la langue du spiritualisme
en levant les bras et les jambes en l'air et en prenant
toutes sortes de poses on ne peut plus attrayantes et
nouvelles.

Au moins, faut-il que les jeunes créatures qui
remplissent ces charmantes fonctions-là aient en
partage un peu de jeunesse, de prestige et beaucoup de plastique. Le niveau des rats tend chaque
jour à s'abaisser, maintenons-le ; sans cela, que de-
viendrait la société française ?

Ici s'arrête le premier volume de ces Mémoires ; le

public ne m'a vu encore que dans la première phase de ma vie.

J'ai marché d'un pas timide, je l'avoue, dans le sentier du banquisme, et mes ennemis me reprocheront peut-être cette timidité ; mais je dirai au lecteur impartial : Attendez pour me juger ; le second volume me montrera dans toute la force de mon génie et de mon audace.

Je raconterai, avec la même impartialité, les grandes choses que j'ai faites à la Bourse, dans la commandite, dans les chemins de fer, dans les actions, dans les obligations, dans les reports, les primes et les coupons. Bilboquet industriel ne sera pas moins grand que Bilboquet homme littéraire et politique.

FIN DU PREMIER VOLUME.

# TABLE.

## Introduction.

## Chapitre premier.

### RESTAURATION.

## Chapitre II.

### LE BANQUISME ÉLÉMENTAIRE SOUS LA RESTAURATION.

## Chapitre III.

## Chapitre XI.

### LA HAUTE POLITIQUE.

LE JOURNALISME, LE BEURRE, LES ÉLECTEURS, LES ACTIONNAIRES, LES FINANCES
SOUS LA MONARCHIE DE JUILLET.

## Chapitre XII.

LE BAS BLEU, LES ROMANS ET LES CIGARES SOUS LA MONARCHIE DE JUILLET.

## Chapitre XIII.

LA LORETTE. — LES FEMMES GALANTES.

## Chapitre XIV.

FIN DE LA TABLE.

www.ingramcontent.com/pod-product-compliance
Lightning Source LLC
Chambersburg PA
CBHW050141030726
47505CB00005B/1189